Zu diesem Buch

Kriminalfälle aus dem Alltag, von hartgesottenen Schreibern als schnörkellose, spannende Story präsentiert, verschlang das amerikanische Publikum seit den zwanziger Jahren in Millionenauflagen. Dieses Buch versammelt die schönsten True-Crime-Geschichten aus den Groschenheftchen, die so wunderbare Namen wie ‹True Detective›, ‹Shocking Detective› oder ‹True Police Cases› trugen. Hier finden sich Fingerübungen von Großen des Kriminalromans wie Jim Thompson neben Meisterstücken unbekannter Autoren – Grauen aus erster Hand, das das Blut des Lesers gefrieren läßt.

Weitere True Crime Stories von Dashiell Hammett u. a. sind demnächst unter dem Titel «Noch mehr Mörder» (rosach 9560) erhältlich.

Jim Thompson u. a.

Mörder

True Crime Stories

herausgegeben von Marc Gerald

übersetzt von Hans-Michael Bock, Christel Dormagen, Manuela Heise, Ilse Henckel, Jörn Ingwersen, Stefanie von Kalckreuth, Gisela Pispers, Christa Schuenke, Werner Waldhoff

rororo

Rowohlt

Die amerikanische Originalausgabe erschien 1992 unter dem Titel
Murder Plus. True Crime Stories from the Masters of Detective Fiction
bei Pharos Books, New York.
Die deutsche Übersetzung erfolgt in zwei Teilen,
der zweite Band wird im Januar 1994
im Rowohlt Taschenbuch Verlag erscheinen.

Für Marla

Deutsche Erstausgabe
Veröffentlicht im Rowohlt Taschenbuch Verlag GmbH,
Reinbek bei Hamburg, Oktober 1993

Lektorat Barbara Wenner
Umschlaggestaltung Walter Hellmann
(Fahndungsblatt aus dem Jahr 1934, das die berühmten
Banditen des amerikanischen Mittelwestens zeigt)
Satz Aldus (Linotronic 500)
Gesamtherstellung Clausen & Bosse, Leck
Printed in Germany
1290-ISBN 3 499 19549 6

Inhalt

TRUE CRIME STORIES FROM THE MASTERS OF DETECTIVE FICTION
MURDER
Plus
COMPILED BY
MARC GERALD
Including
• JIM THOMPSON
• DASHIELL HAMMETT
• ERLE STANLEY GARDNER
• HARLAN ELLISON
And Many More
FROM THE GOLDEN AGE OF PULP MAGAZINES

Marc Gerald

Geschichten, die das Leben schrieb
Eine Einführung

Vielleicht haben Sie so ein Heft schon mal gesehen? Sie wissen schon, das mit den drallen Miezen im hautengen Fummel, die nur die allertödlichsten Waffen präsentieren – 47er Kalaschnikoffs, Uzis, Glocks, 45er Colts. Für jede Waffe ein anderes Girl. Und vielleicht sind Ihnen ja nicht nur die Girls ins Auge gefallen, sondern auch die Schlagzeilen drumherum? Knallig, stakkatohaft wie eine Maschinengewehrsalve: «Erst machte sie ihr Opfer heiß, DANN MACHTE SIE IHN KALT!» Oder «Leichen schockten Pittsburghs Schnüffler – Einstimmiger Kommentar: KEIN SCHÖNER TOD FÜR DAS NETTE ALTE PAAR!»

Vielleicht hatten Sie sogar den Mut, ein solches Heft aufzuschlagen? Wenn ja, haben Sie dort bestimmt von Heimwerkern und Tellerwäschern gelesen, von Babysittern, Lehrern – von irgendeinem Allerweltstyp, der sich, aus welchem Grund auch immer – Ihrer Phantasie sind keine Grenzen gesetzt –, urplötzlich in einen entmenschten, wahnsinnigen und eiskalten Killer verwandelt hat. Natürlich sind Sie auch dem hartgesottenen Detective begegnet, der sich abstrampeln muß, um den mordenden Irren vor Gericht zu bringen.

Falls Sie noch immer im dunkeln tappen – ich rede vom *True Detective*, einem Blatt, das sich nicht in den Grenzen des sogenannten guten Geschmacks bewegt, sondern in einer anderen Welt. Es gab eine Zeit, da war *True Detective* die tragende Säule des Pulp, weniger liebevoll auch *Schund* genannt, und brachte Beiträge von den brillantesten Schreibern jener Tage. Doch diese Kultur gehört längst der Vergangenheit an. Und so fristet der *True Detective* heute sein Dasein in den hintersten Ecken der schäbigsten Zeitungsstände, im Ramschregal zwischen *Tattoo Times* und den *Superstars of Wrestling*.

Ich entdeckte den *True Detective* übrigens nicht am Zeitungsstand, sondern beim Friseur: Salon Old Worthington in der High Street in Columbus, Ohio. Ich war damals keinesfalls älter als sechs oder sieben, aber an die Alpträume erinnere ich mich noch heute – besonders an einen. Er handelte von einem Schnürsenkel-Würger, der im Herzen des Landes eine Handvoll Schulmädchen um die Ecke gebracht hatte. Ich zitterte vor Entsetzen, las aber weiter, und als ich in die Pubertät kam, haben meine Eltern und Lehrer sich ernsthaft überlegt, ob sie nicht mit mir zum Psychiater gehen sollten, denn mein Faible für das billige Revolverblättchen war mittlerweile zur Manie geworden. Als ich dann zweiundzwanzigjährig und voller Ideale vom College kam, ließ ich kurzerhand alle Pläne für meinen weiteren Bildungsweg fahren, um mich einem höheren Ziel zu verschreiben: dem Pulp. Ich brachte es zum leitenden Redakteur des *True Detective* und seiner Brüder – des *Master Detective*, des *Official Detective*, des *Inside Detective* und des *Front Page Detective*.

Das war 1988. Für die meisten, die mit dem Verbrechen Geschäfte machen, ein gutes Jahr. Verzweifelte Menschen. Brutale Zeiten. Unsicherheit. Der Aktienmarkt war zusammengebrochen. Crack an jeder Straßenecke. Dutzende von Serienmördern jagten landauf, landab nach Beute. Überall tauchten plötzlich Massenmörder auf und schlugen zu – die Frequenz war alarmierend: Laut Statistik brachte jede Woche irgend jemand mehr als vier Menschen auf einmal um. Und es gab etliche neue und ausgefeiltere Formen, ums Leben zu kommen: in der Gewalt von Autodieben, im Drive-in, als unbeteiligter Passant bei einer Schießerei von Drogendealern oder in den Armen eines Lovers, der sich als Psycho-Killer entpuppt. Die Dinge standen so übel, daß Amerika es sogar fertigbrachte, seinen Präsidenten nicht zuletzt aufgrund von verlogenen und rassistischen Werbespots zu wählen, in denen Willie Horton auftrat. Derselbe Willie Horton aus Massachusetts, der während der Amtszeit von Gouverneur Michael Dukakis eine Haftstrafe wegen Mordes verbüßte und bei einem Wochenendfreigang in Maryland auftauchte, wo er eine Frau vergewaltigte und ihren Verlobten mißhandelte.

Im Bemühen, mit diesem wilden Gewaltrausch Schritt zu halten, erlebte True Crime oder der Tatsachenkrimi eine Blütezeit. Bücher wie *Small Sacrifices* von Ann Rule, *Blind Faith* von Joe McGinnis oder *Cold Kill* von Jack Olson kletterten an die Spitze der Bestsellerlisten. Neue Fernseh-Shows über Mord und Totschlag, Gewalt und Gemeinheit eroberten mit Macht die Ätherwellen, zum Beispiel *A Currant Affair* oder andere, gleichfalls auf echten Fällen basierende Sendungen wie *Unsolved Mysteries* und *America's Most Wanted*, die den Zuschauer aufforderten, sich im Fernsehsessel an der Jagd auf die Täter zu beteiligen. Die Sender entdeckten Miniserien «angeregt durch wahre Begebenheiten» als Zugnummern für die Schlüsselzeiten im Tagesprogramm, wo die Einschaltquoten ausschlaggebend für die Werbepreise sind. In den Kinos starteten zwei bemerkenswerte Filme nach authentischen Fällen: *The Thin Blue Line*, Erroll Morris' minutiöser Dokumentarfilm über einen Texaner, der unschuldig für den Mord an einem Polizisten eingesperrt wird, und *Henry: Portrait of a Serial Killer*, in dem John McNaughton offen und unverblümt die Geschichte von Henry Lee Lucas, dem wahrscheinlich interessantesten Serienmörder in der Geschichte der Vereinigten Staaten, und seinem humorvollen Komplizen Otis Toole erzählt.

Man sollte meinen, daß die Impulse, die diesen neuen Formen des Tatsachenkrimis zu Ruhm verhalfen, auch dem *True Detective* genützt hätten. Schließlich waren das unsere Abkömmlinge, moderne Pendants unseres jahrelangen Wirkens. Doch weit gefehlt.

Das Hauptquartier des *True Detective* befand sich im zwanzigsten Stock eines baufälligen Bürogebäudes aus der Vorkriegszeit im Stadtteil Hells Kitchen in Manhattan. Dort herrschten Verbitterung und Trübsal, denn die Zukunft des Blatts war alles andere als sicher.

Die Detective-Hefte gehörten RGH Publications, einer Vater-Sohn-Gesellschaft. Obwohl wir uns Werbung und ähnlichen Luxus versagen mußten und die Nummern so geschmacklos aufgemacht waren, als ob man die Leser mit Gewalt vergraulen wollte, wurden sie nach wie vor jeden Monat von etwa fünfhunderttausend Unerschrockenen gekauft. Doch unsere Leser – Matronen mit Blauspülung im Haar, ans Haus gefesselte Leute, Greyhound-Passagiere, Polizisten und Axtmörder – wurden alt und starben wie die Fliegen.

Noch schrieben wir zwar schwarze Zahlen, aber der Gewinn schrumpfte zusehends, vor allem, weil unser nettes verhutzeltes Anzeigenmännchen jetzt keinen Weg mehr sah, Inserate von Tabak- und Spirituosenherstellern unterzubringen. Statt dessen suchte er weiter unten. Ganz weit unten. Die Rückseite war für unseren größten Anzeigenkunden reserviert – eine Firma, die ein potenzstärkendes Mittel verkaufte und im Slogan «Die totale Kraftexplosion» versprach. Außerdem hatten wir auf den Anzeigenseiten neunhundert Telefonnummern und Sex-Annoncen für Leute, die sich nach der Lektüre über schauderhafte Gewaltverbrechen den Freuden fleischlicher Lust hingeben wollten, Angebote für Fernkurse, die eine karriereträchtige Ausbildung zum Privatdetektiv, zum Schlosser oder auch zum Perükkenhändler versprachen. Als Trost für einsame Herzen lockten «Perlen des Orients» und «Unberührte Inselmädchen».

Um das Überleben des Blatts zu sichern, wurde die Mitarbeiterzahl drastisch reduziert. Es blieben nur sechs Redakteure, und die mußten jeden Monat fünf Titel machen.

Mein Chef war Art Crockett. Art ging auf die Siebzig zu, versteckte seine Halbglatze unter einem Filzhut und trug immer eine Strickweste über dem gestärkten weißen Hemd. Er ging am Stock, war auf einem Auge blind, hatte für jede Gelegenheit den passenden Scherz auf Lager, und sein Husten hörte sich nach zwei Schachteln am Tag an, obwohl er neuerdings nur noch eine halbe rauchte. Auf ärztliche Anordnung.

Es war Arts gutes Recht der Welt, die Rolle des knorrigen, zähen alten Chefredakteurs zu spielen. Dann das war die Rolle seines Lebens.

Er war ein paar Blocks von unserem Büro entfernt aufgewachsen, hatte während des Zweiten Weltkriegs als Funker bei der 100. Infanterie-Division gedient, den Bronzestern und das Verwundetenabzeichen bekommen. Nach seiner Entlassung gab er sich mit den verschiedensten unbefriedigenden Jobs ab – bei einer Salzfabrik, in einem Kühlhaus und als Fahrstuhl-Mechaniker. Doch eines Tages setzte er alles auf eine Karte, und das, obwohl er eine Frau und zwei Kinder zu ernähren hatte. Er fing an, Plots zu schreiben, schnell und für bares Geld – ein Penny pro Wort.

Seine ersten Stories erschienen in Krimi-Heftchen der zweiten Generation wie *Manhunt, Pursuit, Menace* und *Conflict*. Anfang der sechziger Jahre gab er eine ganze Reihe bizarrer Sado-Maso-Magazine mit Namen wie *Argosy* und *True* heraus, die von den unglaublichsten, angeblich wahrheitsgetreuen Männerabenteuern handelten und auf deren Titelseiten freizügige Darstellungen von Girls im Nazi-Look mit Leder, Peitschen und Ketten prangten. Als diese Blätter eingingen, zog er weiter auf die satteren Weidegründe der *True West*-Schmöker. Es blieb ein kurzes Intermezzo, denn auch für sie kam bald das Aus, und Art wechselte zum *True Detective*.

Obwohl die fünfunddreißig Jahre Schnellschreiberei sehr wohl ihre Spuren hinterlassen hatten, war Art ein beträchtliches literarisches Talent. Wenn nötig, konnte er immer noch erstklassige Geschichten spinnen. Normalerweise haute er einfach nur schrille Anmacher und Titelzeilen in seine alte Royal – Baujahr ca. 1936 –, eine Kunst, die er beherrschte wie kein zweiter. («Der arme Kerl lag am Boden. Sie hatten ihn buchstäblich totgeschlagen. Und das war schlimm genug. Doch was sein blutverschleierter Blick wahrnahm, kurz bevor das Ende kam, war vielleicht noch schlimmer.» Oder: «Das war die letzte Demütigung für diesen Sexbesessenen, und keine Macht der Welt konnte sie aufhalten, als sie mit dem bedrohlich blitzenden Messer auf ihn zukam.»)

Die meisten Stories des *True Detective* stammten von Reportern aus dem ganzen Land, die schwarz für das Blatt arbeiteten, von Polizisten oder Ex-Polizisten und von freischaffenden Journalisten. Es gab ein paar Leute, die trotz widriger Umstände ganz passable Geschichten zustande brachten: Joseph Koenig (der Autor von *Little Odessa*), Ann Rule (zunächst eine sehr fleißige Lieferantin, die später den großen Wurf als Bestseller-Autorin landete und danach nur noch wenig schrieb) sowie Charles Sasser und John Dunning, die sowohl dokumentarische als auch erfundene Krimi-Paperbacks schrieben und deren Arbeiten durchweg von großer Vitalität und Abenteuerlust geprägt waren.

Die meisten aber waren durch die jahrelange Routine so verbraucht, daß sie sich keine große Mühe mehr gaben. Jack Heise, der Altmeister des True Crime Pulp, hatte in seinem Wohnwagen in Spokane, Washington, seit 1936 jeden Monat zehn Geschichten per Zweifingersuchsystem in die Maschine gehauen. Bud Ampolsk, Bill Kelly, Bill Cox und Walt Hecox waren jeweils seit fünfunddreißig Jahren dabei. Nach so langer Zeit noch neue Anregungen zu finden, war nicht einfach. Erschwerend kam hinzu, daß die Autoren, um überhaupt leben zu können, rund um die Uhr schreiben mußten – 250 Dollar bekam man 1988 für fünftausend Wörter, also fünfzig weniger als in den düstersten Tagen der Depression.

Ich habe den *True Detective* wirklich von ganzem Herzen geliebt. Daß er nicht mehr Leser hatte, stimmte mich bitter. Aber mein Gott, was sollte ich machen? Die Sache war nun eben einmal so und nicht anders; unsere Goldene Ära lag vierzig Jahre zurück, und das Blatt war nur noch ein schwacher Abglanz dessen, was es einmal gewesen war.

Gegründet wurde der *True Detective* 1924 von dem Fitneßfanatiker Benarr Macfadden, der ein einmaliges Genie an Kreativität und Phantasie war und in der ersten Hälfte des Jahrhunderts zu den führenden Verlegern zählte. Für Macfadden galt das Prinzip: Die Wahrheit ist allemal kurioser als die Fiktion. Sie brachte auch mehr ein. Nachdem er bereits einen Haufen Geld mit Heften wie *True Story, True Romance, True Experiences* verdient hatte, in denen auf Tatsachen basierende Stories im Bekenner-Stil erzählt wurden, konzipierte er den *True Detective* als Magazin, das ein realistisches Bild der von Chaos und Verunsicherung gezeichneten Welt geben sollte.

Dank der Prohibition standen die zwanziger Jahre der heutigen Zeit an Brutalität in nichts nach, und das alltägliche Grauen jener Jahre war der Stoff der Stories, die der *True Detective* damals veröffentlichte. So lebte das Blatt mit der ihm eigenen Übertreibung von demselben demokratischen Geist, den wir auch bei Dashiell Hammett, Carrol John Daly und Erle Stanley finden. Mit ihren Beiträgen für die Zeitschrift *Black Mask* hatten diese Autoren 1924 die Kriminalerzählung revolutioniert und den Mord, wie Raymond Chandler es formulierte, wieder zu den Menschen zurückgebracht, «die mit wirklichen Gründen morden, nicht nur um dem Autor eine Leiche zu liefern, und mit realistischen Gegenständen, nicht mit handgearbeiteten Duellpistolen, Curare und tropischen Fischen».

Das Blatt berichtete am laufenden Band über echte Entführungen, trickreiche Bankgeschäfte, Urkundenfälschungen, Kunstdiebstähle, Hochstapeleien und Betrugsdelikte, sein Spezialgebiet aber war und blieb Mord, und egal, wo man wohnte – Es geschah immer ganz in der Nähe. Ob Ausgestoßener oder strahlender Sieger, Salonlöwe oder gelangweilte Hausfrau, ob Hotelpage, Barmann, Truckfahrer, Farmer, Spieler oder Bettler – jeder konnte zum Mörder werden und alle zu Mordopfern. Gemordet wurde zu jeder Tages- und Nachtzeit, an jedem Ort – im Hafenviertel oder auf einem einsamen Highway in der Wüste, im Vergnügungspark oder auf dem Stellwerk, in einer Appalachen-Hütte oder einem Apartment an der Park Avenue. Doch das Schockierendste war, daß im *True Detective*, wie im wirklichen Leben, oft aus entsetzlich nichtigen Motiven gemordet wurde – für lächerliche Geldsummen, weil jemand jemanden schief angesehen hatte, aus Lust am Abenteuer oder auch ohne erkennbaren Grund.

Für 25 Cent entführte uns Macfadden in diese düstere und oft qualvolle, immer brutale Schattenwelt, und es war allemal ein faszinierendes Erlebnis. Die Leichen und das Blut waren grotesk real, und genau das jagte den Menschen gewaltig Angst ein. Macfadden erkannte das. Er wußte auch, daß die Mehrzahl seiner Leser, die Leute also, für die es nichts Bedrohlicheres als das Verbrechen gab, sich danach sehnten, am Ende der Story erleichtert aufatmen zu können, mochte die Tat auch noch so fürchterlich und der Täter noch so furchterregend sein. Deshalb war sein Grundprinzip: die Gerechtigkeit muß in jedem Fall siegen und jeder Kriminelle zu guter Letzt von einem heroischen Gesetzeshüter seiner Strafe zugeführt werden.

Und was waren das doch für Helden, diese «gescheiten, schlauen und schneidigen Männer», die, um mit Macfadden zu sprechen, «mysteriöse Verbrechen untersuchen, deren arglistige Täter keinerlei Spuren hinterlassen...» und «das Geflecht der rätselhaften Umstände in die Hand nehmen, um langsam und geduldig all seine Schlingen und Verknotungen zu entwirren, bis endlich das große Geheimnis entschlüsselt ist und der Verbrecher vor seinen Richter kommt».

Die Stories beruhten auf Tatsachen, doch bei dieser Form der Polizeiarbeit war immer ein Stück Phantasie im Spiel, denn wir dürfen nicht vergessen, daß ihre Helden Hilfssheriffs, Ermittlungsbeamte, Experten für Spurensicherung und Ankläger aus den Kleinstädten der amerikanischen Provinz waren. Mag sein, daß ein paar von ihnen auch im wirklichen Leben zähe, harte und entschlossene Burschen waren – im *True Detective* jedoch galt das für alle... ohne Ausnahme.

Kritiker disqualifizierten den *True Detective* als niveaulos. Manche stießen sich an der rohen, schonungslosen Gewalt, andere an der Mischform von Reportage und Fiktion und dem Hang zum Trivialen, wieder andere machten Einwände gegen die Regel geltend, die Polizisten ihrer Meinung nach völlig unrealistisch in Überhelden zu verwandeln. Die Leser aber hielten dem *True Detective* die Treue, und es gibt Schätzungen, wonach in seiner Glanzzeit monatlich zwei Millionen Exemplare verkauft worden sein sollen.

Außerdem hatte die Zeitschrift durchschlagenden Erfolg bei den Verlegern, denn das Rezept war leicht abzukupfern. So gab es in kürzester Zeit an die fünfundsiebzig Zeitschriften, die alle über dieselben Fälle berichteten, dieselben Künstler und Gestalter beschäftigten und die Verbrechen nach immergleichen Mustern neu aufgossen. Ihre Ähnlichkeiten kommen schon in der Wahl der Titel zum Ausdruck: *Daring Detective, Shocking Detective, Startling Detective, Big Book Detective, Detective World, Underworld Detective, Headline Detective, Headquarters Detective, Dragnet Detective, Complete Detective, Homicide Detective, Confidential Detective, 10 True Crime Cases, True Police Cases*, um nur ein paar zu nennen.

Hunderte von Autoren lebten während dieser Hochkonjunktur davon, die Blutgier der Leser zu stillen. Sie mußten kräftig in die Tasten hauen. Vor den Zeitungsständen lauerten die Crime Junkies gierig auf jede neue Ausgabe. Pro Monat gingen sage und schreibe zehn Millionen Exemplare über den Ladentisch, bis das Genre Anfang der fünfziger Jahre der Inflation, ökonomischen Fehleinschätzungen der Verleger, dem Fernsehen und den Paperbacks zum Opfer fiel.

Aus literarischer Sicht können wir die Mehrzahl der Stories in diesen Groschenheftchen getrost vergessen. In der Regel sind sie von namenlosen, untalentierten Nieten zusammengebraut worden, die dem Genre kaum kreative Anstöße gaben. Aber es gibt darunter auch Arbeiten von so bekannten und angesehenen Kriminalreportern wie Edward Radin, Alan Hynd und John Bartlow Martin. Ihre Plots sind nicht selten faszinierend, wenngleich der Stil eher journalistisch ist und mit seiner umständlichen plumpen Sprache oft überholt wirkt.

Daneben gab es eine Gruppe von Autoren, die das Genre um eine exquisite erzählende Erfindungsgabe und um Reportagen bereicherten, wie nur ein echter Journalist sie schreiben kann. Dieser erlauchte Kreis hat Kriminalliteratur vom Feinsten hervorgebracht, und sollten Sie über einige Ihnen unbekannte Namen erstaunt sein, so liegt das daran, daß nur noch wenige True-Crime-Texte dieser Autoren im Handel sind.

Längst vergessen sind die Namen der amerikanischen Vertreter des Crime Noir: Robert Bloch, Charles Burgess, Harlan Ellison, Robert Faherty, Bruno Fischer, Day Keene, Lionel White und Harry Whittington. Kaum einer redet heute mehr von ehemals bekannten Mainstream-Autoren wie Leslie Ford, Bret Halliday, Erle Stanley Gardner, Nunnally Johnson, Eleazar Lipsky, Stuart Palmer, Patrick Quentin, Craig Rice, Lawrence Treat und S. S. van Dyne. Im Gedächtnis geblieben ist uns nur Dashiell Hammet.

Die Geschichte ist mit den Groschenheftchen nicht gerade sanft umgegangen, und das gilt auch für die in dieser Anthologie versammelten Stories. Da sie sogar nach den Maßstäben des Pulp als Wegwerf-Unterhaltung betrachtet wurden, legte man keinen großen

Wert darauf, sie der Nachwelt zu erhalten. Selbst die für ihre Riesenbestände berühmte Library of Congress befand nur den *True Detective* und den *Master Detective* für bewahrungswürdig. Es wird daher mit den Jahren immer schwieriger, solche Texte zu finden. Einige tauchen in wenig bekannten, heute sehr begehrten Paperbacks auf. Die meisten Stories sind nie wieder gedruckt worden. Sie stehen nirgendwo anders als in den Heftchen, in denen sie ursprünglich erschienen waren. Diese alten Nummern, deren Papier braun und brüchig geworden ist, findet man heute nur noch bei Trödlern, bei Nachbarschaftsverkäufen, auf Flohmärkten oder bei Privatsammlern.

In diesen auf Tatsachen basierenden Kriminalgeschichten verbindet sich brillantes schriftstellerisches Können mit bestem journalistischem Handwerk. Einige Stories, die die berühmtesten Fälle der damaligen Zeit zum Gegenstand haben und wahre Perlen ihres Genres sind, geschrieben von Meistern der Kriminalliteratur, wurden eigens für den vorliegenden Band ausgegraben und zusammengestellt.

Während manche Autoren bereits mit Volldampf produzierten, hatten die meisten gerade einmal die Startlinie passiert, als diese Stories erstmals erschienen. Sie boten dem fleißigen Schüler eine hervorragende Trainingsstrecke, auf der sich viele Fertigkeiten erlernen ließen, die man zum literarischen Erfolg braucht, zum Beispiel die Anordnung einzelner Episoden in einer temporeichen Schilderung, die Entwicklung und Prägung einer Figur, von der womöglich nur Knochen und ein paar spärliche Erinnerungen existieren, die Wahl der richtigen Details, um Zeit und Raum einzufangen, und der Wechsel der Erzählperspektiven, während die Geschichte Schritt für Schritt vorangetrieben wird.

Es war wie beim Schachspiel – die Regeln waren einfach und unveränderlich, ihre Beherrschung aber kompliziert und vielschichtig. Die Stories mußten sich an die Fakten halten, sie mußten leicht verständlich und schlicht sein – für Experimente war absolut kein Platz. Die Redakteure hatten für stilistische Einheitlichkeit zu sorgen, und der Rotstift lag immer frisch gespitzt und griffbereit auf dem Schreibtisch. Wer am Prinzip rütteln wollte, tat es Schritt für Schritt. Ein

Texter, der zu weit vom vorgeschriebenen Pfad abwich, lernte schnell, mit welchen Konventionen man locker umgehen durfte und wo es keine Kompromisse gab. Wer das nicht begreifen wollte, mußte darben.

Indem sie über authentische Verbrechen berichteten, erlernten die Autoren nicht nur das Handwerk, sondern bekamen auch massenhaft realistisches Material für ihr literarisches Schaffen in die Hand – faszinierende Typen mit seltsamen Marotten und Eigenschaften, dazu Plots, Handlungsorte und -abläufe. Und viele machten Gebrauch davon.

Robert Bloch offenbart in seiner bemerkenswerten Story *The Shambles of Ed Gein* (Das Schlachthaus des Ed Gein), wie freizügig er sich aus diesem Fundus von realen Stoffen bedient hat. Er gibt zu, daß jener Ed Gein, ein Nekrophiler, dessen Messer noch schärfer war als sein Verstand, ihm als Vorwurf für seinen 1959 erschienenen Roman-Klassiker *Psycho* diente. Man muß kein intimer Kenner der unvergeßlichen Romane von Jim Thompson sein, um «The Case of The Catalogue Clue» (Verdrehte Tatsachen) zu mögen oder den geschwätzigen Sheriff, den intriganten Pagen, den ungeliebten Spekulanten und die aufstrebende Stadt im texanischen Westen wiederzuerkennen, die einst so idyllisch war. Denn dies alles tauchte etwa zwanzig Jahre später in Büchern wie *The Killer Inside Me* (Der Mörder in mir) und *Wild Town* erneut auf. Und dann wäre da noch Harry Whittington, der «König der Paperbacks», dessen geradezu unsittliche Story «Invaders from the Sky» (Überfall aus dem Himmel) vielleicht der Tatsachenkrimi schlechthin ist. 1960 verarbeitete er den Fall der beiden Bruchpiloten, die auf Banken niedergingen und dieselben zwecks Wiederherstellung ihrer Ehre ausraubten, in seinem Roman *The Devil Wears Wings*.

Am lautesten dröhnt uns aus den hier versammelten Stories freilich die Botschaft von Recht und Ordnung ins Ohr. Das mußte auch so sein, denn sonst wären sie gar nicht erst gedruckt worden. Aber in den gewagteren Arbeiten vernimmt man im autoritären Getöne auch noch andere Stimmen. Da hören wir die quälenden, kaum gefilterten

Schreie von Mordopfern und auch die gepeinigten, gemarterten Stimmen der rasenden Psychopathen, die willenlos ihrem Tötungstrieb ausgeliefert sind. Und auch wenn dic Täter am Ende von der Polizei dingfest gemacht werden, kann der Leser oft nicht ruhig schlafen. Zu brutal sind die Geschichten, zu dicht vor der eigenen Haustür, und allzu deutlich sieht man, daß das Ende um der Genreregeln willen beschönigte wurde.

Selbst die Darstellung der Polizeiarbeit gerät manchen Autoren messerscharf. Bei schwächeren Kollegen hätten die Polizisten vielleicht wie fade Langweiler und alberne Comic-Helden gewirkt. Manchmal jedoch sind sie absolut wirklich, lebensecht, ja, sie machen sogar Fehler. Ganz anders hingegen arbeitet Erle Stanley Gardner, der vor allem als Autor der Perry-Mason-Serie bekannt ist. Seine Story über den Mord an dem Filmregisseur William Desmond Taylor läßt sich nur als Versäumnisprotokoll einer Untersuchung bezeichnen, denn es ist schon hinlänglich bekannt, daß die Polizei in diesem Fall nie ordentlich ermittelt hat.

Für die Verleger war auch der Humor ein Tabu. Normalerweise ging es in den Blättern bitterernst zu – sie waren genauso starr und prüde wie J. Edgar Hoover. Und doch leben die besten Geschichten dieser Sammlung von schwarzem Humor und Slapstick. Hier wird die Unfähigkeit des Menschen betont, sein Geschick zu erkennen und selbst in die Hand zu nehmen. Craig Rice, die First Lady des harten Krimis, gestaltet *Murder in Chicago* (Mord in Chicago) unbeirrt von den rätselhaften, schmutzigen Tatsachen zum makellosen Schmuckstück der Tragikomödie.

Diese Anthologie will keinen literaturgeschichtlichen Überblick vermitteln. Deshalb habe ich mich durchweg nur für Arbeiten entschieden, die auch heute noch aktuell sind. Anstatt nach Autoren mit großen Namen zu gehen, die mit der Gattung nicht zurechtkamen, habe ich mich bei der Auswahl der Stories nicht selten für solche Schreiber entschieden, die wirklich großartige Literatur verfaßten, es aber damit entweder nie zu Ansehen brachten oder doch nur zu einem Ruhm, der schon lange verblaßt ist. Einer von ihnen ist D. L. Champion, der in *Black Mask* mit die ungewöhnlichsten Privatdetektive aller Zeiten schuf und in der hier abgedruckten Story über eine stämmige weiße Schwarze Witwe der Jahrhundertwende schreibt – eine Story, die Ihnen (genau wie mir) kalte Schauer über den Rükken jagen wird –, oder Robert Faherty, Verfasser von *Swamp Babe*, der von einem Tangosüchtigen berichtet, den ein falscher Schritt aufs Schafott bringt. Aus demselben Motiv habe ich *A Shot in The Dark* (Ein Schuß im Dunkeln) von Nunnally Johnson aufgenommen. Johnson, der vor allem als Drehbuchautor und Regisseur bekannt wurde, hat zu Beginn seiner Karriere auch Kriminalliteratur geschrieben, und seine witzige Geschichte darüber, wie die feine Gesellschaft sich auf Long Island gegenseitig beklaut, hat es verdient, vom Staub der letzten siebenundsechzig Jahre befreit zu werden.

Es dürfte den wenigsten Autoren darum gegangen sein, Kunst zu schaffen, eher wohl darum, sich ungeduldige Gläubiger vom Leibe zu halten, bis der nächste Honorarscheck eintraf. Interessanterweise blieb von den führenden Autoren dieser Sammlung fast nur Jim Thompson dem True Crime-Genre über längere Zeit treu. Die meisten produzierten auf dieser Strecke wenig, ein paar gelungene Stories vielleicht, und wandten sich dann größeren und lukrativeren Märkten zu.

Schade eigentlich. Das Genre brachte es mit sich, daß Erstklassiges und Durchschnittliches dicht beieinanderlagen. Die Anforderungen der Redakteure konnten den Stil eines Nachwuchsautors entwickeln helfen, ihn aber genausogut verderben. Nun war in diesem Geschäft relativ schnell Geld zu verdienen, so daß manch einer schon leergeschrieben war, bevor er den Sprung an die Spitze schaffte und es ihm wie einem Boxer ging, der seine besten Kämpfe im Training absolviert und nie in den Turnierring steigt.

Die Leistungen dieser Autoren sind unbestreitbar, ganz gleich, welche Absichten sie verfolgten. Das Genre war starr, die Redaktionen unerbittlich, aber mit den in diesem Band enthaltenen Stories präsentieren sich Schriftsteller, die tapfer – und bisweilen mit Erfolg – versucht haben, sich über die ehernen Regeln der Gattung hinwegzusetzen, ohne sie zu zerstören. Vielleicht liegt darin letztlich das größte Verdienst der Groschenheftchen. Der Anspruch war gering, doch die dem Genre eigene Dramatik ermöglichte es den Autoren, frische und beklemmende Stories von bleibendem Wert zu schaffen.

Der *True Detective* und seine Brüder müssen inzwischen ohne mich auskommen. Ich verdiene mein Geld jetzt bei *America's Most Wanted* mit szenischen Bearbeitungen. Ich bekomme oft zu hören, mein Job sei die Verbrecherjagd. Ich sehe mich lieber als einen, der dazu beiträgt, den Geist der Groschenheftchen im Zeitalter der elektronischen Medien am Leben zu erhalten.

Leider müssen die Heftchen auch ohne Art Crockett auskommen. Dieser große und doch bescheidene Mann starb am 23. Juni 1990 an einem Herzinfarkt. Für ihn kommt dieses Buch zu spät, aber ich weiß, daß es ihn sehr glücklich gemacht hätte.

Art hatte immer eine Schwäche für Rothaarige. Rothaarige wie die Mädchen, die so oft unseren Einband zierten, oder wie Rose Mandelsberg-Weiss, besser bekannt als die «Königin der Schnüffler-Romane». Diese Frau mit den wachen, aufmerksamen Augen hat die Leitung der Redaktion übernommen, und sie macht ihre Sache gut. Ihr ist es zu verdanken, daß die Blätter auf dem besten Wege sind, ein großes Comeback zu erleben. Vielleicht wird ihnen sogar eine zweite Goldene Ära beschieden sein.

Ich hoffe es.

Bis dahin machen Sie sich einen harten Drink zurecht, spannen Sie aus und genießen Sie die Stories von damals.

Aber vergessen Sie nicht, die Tür zuzuschließen.

Originaltitel:
Memory and The Angels. An Introduction
Aus dem Englischen von Christa Schuenke

Robert Bloch

Das Schlachthaus des Ed Gein

Heutzutage schießen Serienmörder wie McDonalds-Filialen überall aus dem Boden. Ed Gein aber, eine Variante des Serienkillers aus den fünfziger Jahren, war ein Pionier auf diesem Gebiet. Geins grausames Vermächtnis übte großen Einfluß auf zahlreiche Autoren aus, selbst auf Thomas Harris, den Autor von *«Das Schweigen der Lämmer»* (deutsch 1990, erfolgreich verfilmt 1991 von Jonathan Demme). Harris gestand kürzlich, daß viele der besonderen Charaktermerkmale von Dr. Hannibal Lecters Gegenspieler «Buffalo Bill», auf Gein zurückgehen. Doch Robert Bloch war früher am Stoff als Harris. Bloch, Experte in der Kunst des Schreckens, schrieb seit den späten dreißiger Jahren Hunderte von Kriminalgeschichten. Zwölf seiner besten, darunter *Fat Change, Froosen Fear* und *Impractical Joker,* sind in der Anthologie *Chambers of Horror* enthalten. Er produzierte eine ziemliche Menge ähnlich gearteter Romane, Film- und Fernsehskripte, doch war es ihm Segen und Fluch zugleich, daß man sich an ihn auf ewig wegen seines einen, zum Klassiker gewordenen Buches aus dem Jahre 1959 erinnern wird, das auf dem Gein-Fall basiert – *Psycho.* Ed Gein übrigens starb 1983.

«Forscher, die hinter dem Grauen her sind, halten sich gern in ungewöhnlichen fernen Gegenden auf», schrieb H. P. Lovecraft in der Einleitung seiner Geschichte *Das Bild im Haus* *. «Sie interessieren sich für die Katakomben des Ptolemäus und die gemeißelten Mausoleen,

* Die Übersetzung der Lovecraft-Passagen folgt der deutschen Ausgabe, die unter dem Titel *Stadt ohne Namen. Horrorgeschichten* 1981 im Suhrkamp Verlag, Frankfurt/M., erschienen ist.

in Ländern, die einen Alpdruck verursachen. Sie besteigen die mondbeschienenen Türme von Burgruinen am Rhein und taumeln schwarze, spinnwebverhangene Stufen unter den verstreuten Steinen vergessener Städte in Asien hinab. Der Spukwald und der trostlose Berg sind ihre Heiligtümer, und sie verweilen bei den düsteren Monolithen einsamer Inseln. Aber der wahre Feinschmecker des Schrecklichen, dem ein neuer Erlebnisschauer Hauptzweck und Daseinsberechtigung ist, schätzt am allermeisten die uralten, einsam gelegenen Farmhäuser des hinterwäldlerischen New England, denn dort vereinigen sich die dunklen Elemente von Intensität, Einsamkeit, Verschrobenheit und Unwissenheit zur Vollkommenheit des Grauens.»

Lovecrafts Geschichte geht weiter mit dem Besuch eines dieser «schweigenden, schläfrigen, glotzenden Häuser in den Hinterwäldern», das von einem verrückten Exzentriker bewohnt wird, dessen Sprache und Kleidung aus vergangenen Tagen zu stammen scheinen. Eine immer gemeinere Folge von Hinweisen gipfelt in der Enthüllung, daß der Bewohner des Hauses sich Leben und Energie für eine unnatürliche Existenz über mehrere Jahrhunderte durch die Ausübung des Kannibalismus bewahrt hat.

Selbstverständlich ist das «nur eine Geschichte».

Oder – etwa nicht?

Am Abend des 16. November 1957 betraten Besucher ein altertümliches, einsames Farmhaus – nicht in den abgelegenen Wäldern New Englands, sondern im ländlichen Wisconsin. In einem angrenzenden Schuppen hing der nackte, geschlachtete Körper einer Frau. Sie war an den Füßen aufgehängt und enthauptet worden, dann hatte man sie wie einen Ochsen ausgeweidet. In der Küche gleich neben dem Schuppen flackerte in einem altmodischen Kanonenofen das Feuer. In einer Pfanne, die auf dem Ofen stand, lag ein menschliches Herz.

Die Besucher – Sheriff Art Schley und Captain Lloyd Schoephoester – wurden von weiteren Polizeibeamten begleitet. Da es in dem düsteren Haus keinen Strom gab, mußten sie ihren Rundgang mit Öllampen, Laternen und Taschenlampen vornehmen.

Das Haus war im wahrsten Sinne des Wortes ein Schlachthaus.

Küche, Schuppen und Schlafzimmer waren übersät mit alten Zeitungen, Büchern, Zeitschriften, Blechdosen, Werkzeugen, Geräten, Musikinstrumenten, Pappkartons, Kanistern und einer Ansammlung von Abfall. Darüber hinaus waren ein anderes Schlafzimmer und Wohnzimmer zugenagelt worden; die fünf oben gelegenen Räume waren ebenfalls zugenagelt und wirkten ausgestorben.

Doch inmitten des über Jahre angehäuften Schutts entdeckten die Besucher in den drei bewohnten Räumen:

– zwei Schienbeinknochen;
– ein Paar menschliche Lippen;
– vier menschliche Nasen;
– Ärmelschoner aus Menschenhaut;
– vier Rohrstühle, deren Sitzflächen aus Streifen menschlicher Haut gefertigt waren;
– ein in eine Tom-Tom-Trommel umgewandeltes Litermaß, das mit Menschenhaut überzogen war;
– eine Schüssel aus der umgedrehten Hälfte eines menschlichen Schädels;
– eine Damenhandtasche mit Henkeln aus Haut;
– vier «Todesmasken» – die gepreßte Haut von Frauengesichtern –, in Augenhöhe an den Wänden angebracht;
– fünf weitere solcher Masken in Plastiktüten, in einem Schrank verstaut;
– zehn über den Augenbrauen abgesägte Frauenköpfe;
– ein Paar aus der Haut menschlicher Beine geformte Steghosen;
– eine Weste aus der abgezogenen Haut eines weiblichen Rumpfes.

Diese Trophäen stammten von fünfzehn verschiedenen, verstümmelten weiblichen Leichen. Man wird nie genau wissen, wie viele Herzen und andere menschliche Organe auf dem Ofen zubereitet oder in dem Kühlschrank aufbewahrt worden waren. Obskure Geschichten darüber, wie der Eigentümer des Hauses Freunden und Nachbarn «frische Leber» vorbeigebracht haben soll, sind ebenso wie sein Kannibalismus niemals offiziell nachgewiesen noch irgendwie einwandfrei belegt worden.

Aber H. P. Lovecrafts «Feinschmecker des Schrecklichen» konnte einen neuen «Nervenkitzel» von unsagbarer Gräßlichkeit in den wahren enthüllten Scheußlichkeiten des Gein-Falls finden.

Edward Gein, der grauhaarige Mann mit der sanften Stimme, der ein Kannibale und ein Leichenschänder gewesen sein mag, war – wie er selbst zugab – ein Grab- und Leichenschänder, ein Mörder und ein Transvestit. In einem ordentlichen Verfahren ist er zum kriminellen Geisteskranken erklärt worden.

Doch jahrzehntelang bewegte er sich frei und ungehindert, eine wohlbekannte Erscheinung in einer kleinen Siebenhundert-Seelen-Gemeinde. Nun sind Kleinstädte überall auf der Welt Brutstätten von Klatsch, Mutmaßungen und Gerüchten, und Gein selbst witzelte über seine «Sammlung von Schrumpfköpfen» und gab lachend zu, für das Verschwinden etlicher Frauen aus der Umgebung verantwortlich zu sein. Er war als Sonderling bekannt und empfing niemals Besucher. Die Kinder glaubten, in seinem Haus würde es spuken. Aber irgendwie entwickelte sich der Tratsch nie über die leere Spekulation hinaus, und keiner verdächtigte Ed Gein ernsthaft. Der Mann, der frische Gräber schändete, der bei Vollmond mordete, Frauen köpfte und sie ausweidete, der in seinem einsamen Farmhaus mit Leichenhaaren geschmückt herumtollte, die mit Biberöl behandelten Masken aus der Gesichtshaut seiner Opfer, eine Weste aus weiblicher Brusthaut und Gamaschen aus Streifen weiblicher Beinhaut überzog – dieser Mann war nur der unscheinbare Eddie Gein, ein Typ, den man für Botengänge und Gelegenheitsarbeiten anheuerte. Für seine Freunde und Nachbarn war er nur das Mädchen für alles und ein höchst verläßlicher und vertrauenswürdiger Babysitter.

«Der gute alte Ed, so ein Einzelgänger mit einem vielleicht sonderbaren Humor, aber gerade der Richtige, der vorbeikommt und bei den Kindern bleibt, wenn ich und meine Alte ausgehen wollen...»

Ja, der gute alte Ed. Er streifte seine Maske aus menschlicher Haut ab, verstaute die warmen, frischen Eingeweide im Kühlschrank und ging hinüber, um den Abend mit den Kleinen zu verbringen. Nie vergaß er, ihnen Kaugummi mitzubringen... Zu schade, daß Grace

Metalious nichts von dem ergrauenden, scheuen, Kleinstadt-Faktotum wußte, als sie *PEYTON PLACE* schrieb! Aber natürlich hätte ihr keiner geglaubt, New England oder Wisconsin stellen kaum die richtigen Schauplätze für solche Charaktere dar; wir können sie uns in Transsylvanien vorstellen, aber in Pennsylvania – niemals!

Und doch lebte er. Und Frauen starben.

Soweit durch Nachforschungen und Geins eigene, etwas durcheinandergeratene Erinnerung erhärtet werden kann, verlebte er als Sohn einer Witwe eine ganz «normale» Kindheit. Er und sein Bruder Henry halfen ihrer Mutter bei der Bewirtschaftung der 65 Hektar großen Farm.

Mrs. Gein war eine fromme, äußerst gewissenhafte Frau, fürsorglich gegenüber ihren Jungs und mit einer festen Überzeugung, was Sünde war. Sie hinderte sie daran zu heiraten und beschäftigte sie rund um die Uhr mit Farmarbeit; Ed war schon ein Mann in den mittleren Jahren, als seine Mutter 1944 ihren ersten Schlaganfall erlitt. Kurz danach starb sein Bruder Henry, als er im Kampf gegen einen Waldbrand vom Feuer eingeschlossen wurde. Mrs. Gein erlitt ihren zweiten Schlaganfall, von dem sie sich nicht wieder erholte; sie starb 1945, und Ed blieb allein zurück.

Damals machte er das obere Stockwerk dicht, das Wohn- und Schlafzimmer seiner Mutter, und hauste im verbleibenden Schlafzimmer, der Küche und im Schuppen des großen Farmhauses. Er hörte auch damit auf, die Farm zu bewirtschaften; durch ein Regierungsprogramm für die Landwirtschaft bekam er Geld, und er jobte als Handlanger in der Umgebung. In seiner Freizeit beschäftigte er sich mit Anatomie. Zuerst las er Bücher, aber dann –

Dann bediente er sich der Hilfe seines alten Freundes Gus. Der war auch ein Einzelgänger und entschieden sonderbar – er wurde einige Jahre später in die Anstalt eingeliefert. Als Ed Gein jedoch seinen treuen Kumpel darum bat, ihm bei der Beschaffung einer Leiche für «medizinische Experimente» zu helfen, öffneten sie gemeinsam ein Grab, und Gus ging ihm beim Graben zur Hand.

Jene erste Leiche stammte aus einem Grab, das weniger als vier

Meter von der letzten Ruhestätte von Geins Mutter entfernt lag. Gein sezierte sie. Wisconsins ländliche Bevölkerung ist geschickt im Tranchieren von Rindern, Schweinen und Wild.

Was Ed Gein Gus nicht offenbarte, war sein wachsendes Verlangen, selbst eine Frau zu werden. Das war der Grund, der ihn dazu verleitete, sich mit Anatomie zu beschäftigen. Er brütete darüber, ob er mit Hilfe einer «Operation» zur Frau werden könnte. Ihn verlangte danach, einen weiblichen Körper zu sezieren und sich mit dessen anatomischer Struktur vertraut zu machen.

Er erzählte Gus auch nichts über das besonders prickelnde Gefühl, das das Überstreifen der gräßlichen Kleidung aus Haut menschlichen Kadavers in ihm auslöste. Zumindest gibt es keinen Beweis dafür.

Er verbrannte das Fleisch Stück für Stück im Ofen, begrub die Knochen. Und mit Gus' Hilfe wiederholte er seine makabren Raubzüge. Manchmal öffnete er bloß die Gräber und entnahm spezielle Leichenteile – vielleicht nur die Köpfe und einige Hautstreifen. Dann beseitigte er sorgfältig die Spuren seiner Arbeit. Seine Trophäensammlung wuchs ebenso wie das Ausmaß seiner Experimente und seiner Besessenheit.

Dann wurde Gus weggebracht, und Gein wandte sich dem Morden zu.

Sein erstes Opfer wurde 1954 Mary Hogan, drall, einundfünfzig, geschieden. Sie hatte in Pine Grove, fast 10 Kilometer von Geins Heim entfernt, eine Kneipe. Sie war allein, als er an einem kalten Winterabend zu ihr kam; er schoß ihr mit seinem 32er-Revolver in den Kopf, legte die Leiche in seinen kleinen Lieferwagen und brachte sie zu dem Schuppen, in dem er bislang Schweine abgeschlachtet und Wild abgezogen hatte.

In den folgenden Jahren mag es andere Opfer gegeben haben. Allerdings ist bis zu jenem Tag im November 1957, als Gein auf Mrs. Bernice Worden in ihrem Haushaltswarengeschäft in der Hauptstraße von Plainfield schoß und sie tötete, nichts Genaues über seine mörderischen Aktivitäten bekannt. Er benutzte ein 22er Gewehr aus einer Gewehrvitrine im Laden, das er mit Kugeln lud, die er in seiner

Hosentasche trug. An jenem Samstagmorgen schloß er den Laden ab und brachte die Leiche im Lieferwagen nach Hause. Gein nahm auch die Registrierkasse mit, die 41 Dollar in bar enthielt. Nicht in räuberischer Absicht, wie er später mit wahrer Entrüstung erklärte, sondern nur, weil er ihren Mechanismus studieren wollte. Er wollte sehen, wie eine Registrierkasse arbeitete und hatte die ehrliche Absicht, sie später zurückzubringen.

Mrs. Wordens Sohn Frank half ihr häufig im Laden, aber ausgerechnet an diesem speziellen Samstagmorgen war er zur Jagd gegangen. Bei seiner Rückkehr am späten Nachmittag entdeckte er, daß das Geschäft verschlossen, seine Mutter nicht da und die Registrierkasse verschwunden war. Auf dem Boden fand er Blut. Frank Worden arbeitete als Hilfssheriff in dem Bezirk und wußte, was zu tun war. Er alarmierte sofort seinen Vorgesetzten, berichtete von den Begleitumständen und fing an, die Spuren zu überprüfen. Er stellte fest, daß der Laden seit dem frühen Morgen nicht geöffnet worden war, fand aber zwei Belege über Verkäufe. Einen über eine halbe Gallone Frostschutzmittel.

Worden erinnerte sich daran, daß am Abend vorher zum Ladenschluß Ed Gein vor dem Geschäft gehalten und gesagt hatte, er würde am nächsten Morgen wiederkommen, um Frostschutzmittel zu kaufen. Er hatte Worden gefragt, ob er am folgenden Tag zur Jagd ginge. Auch fiel Worden ein, daß Gein in der vergangenen Woche ziemlich oft im Laden aufgetaucht war.

Seitdem man entdeckt hatte, daß die Registrierkasse verschwunden war, glaubte Worden, Gein hätte herauskriegen wollen, ob die Luft rein war, um den Laden ausrauben zu können. Worden teilte dem Sheriff seinen Verdacht mit; der schickte einige Beamte zu der gut 11 Kilometer außerhalb von Plainfield gelegenen Farm. Das Haus war dunkel und Gein abwesend. Auf puren Verdacht hin fuhren sie zu einem Laden in West-Plainfield, in dem Gein gewöhnlich Lebensmittel einkaufte. Er war dort – besuchte zufällig den Besitzer und dessen Frau. Genaugenommen hatte er gerade mit ihnen zu Abend gegessen.

Die Beamten sprachen von Mrs. Wordens Verschwinden. Gein, damals 51 Jahre alt, als dienstbarer Geist allen im Ort bekannt und vertraut, riß seine üblichen Witze darüber. Er, ganze 63 Kilo leicht, war gerade dabei, sich in seinem Lieferwagen auf den Heimweg zu machen, und zeigte sich ziemlich überrascht, daß jemand ausgerechnet ihn befragen wollte. «Ich hatte nichts mit ihr zu tun», sagte er ihnen. «Ich hörte eben beim Abendbrot davon.» Es war wohl jemand vorbeigekommen und hatte von der Neuigkeit erzählt.

Zurück zum Farmhaus. Inzwischen waren der Sheriff und der Captain vorgefahren, hatten die Scheune betreten und ihre gräßliche Entdeckung gemacht.

Gein wurde verhaftet, und er redete.

Bedauerlicherweise für die «Forscher, die hinter dem Grauen her sind», brachte das, was er sagte, wenig Licht in die dunklen Ecken seiner Seele. Er schien nur eine schwache Erinnerung an seine Aktivitäten zu haben; während er mordete, befand er sich die meiste Zeit im «Rauschzustand». Über die Jahre habe er ungefähr vierzig Gräber aufgesucht, er bestand jedoch darauf, nicht alle geöffnet zu haben. Mehr als zwei Morde seien es nicht gewesen. Er benannte nur neun Frauen, an deren Leichen er sich zu schaffen gemacht hatte, verriet aber, daß er sie nach sorgfältiger Prüfung der Todesanzeigen in den lokalen Zeitungen ausgesucht hätte.

Es gab einen Lügendetektortest, eine Mordanklage, eine Vernehmung zur Anklage, eine Reihe von Untersuchungen am Central State Hospital für geistesgestörte Kriminelle. Dort befindet sich Gein bis zum heutigen Tage.

Der Fall erregte im Mittleren Westen großes Aufsehen. Tausende von «Feinschmeckern des Schrecklichen» – und ihre rotznasigen Bälger – pilgerten nach Plainfield, Stoßstange an Stoßstange an winterlichen Sonntagnachmittagen, derweil sie die «Mordfarm» anglotzten. Bis eines Nachts die Bleibe des «verrückten Schlächters» in Flammen aufging.

Ich gehörte nicht zu den Feinschmeckern. Damals wohnte ich weniger als 80 Kilometer entfernt, besaß aber kein Auto, um mich ins

Stoßstangengedrängele zu begeben, noch hatte ich eine Tageszeitung abonniert. Unvermeidlich jedoch bekam ich das Gemurmel, den Tratsch und die Gerüchte über das «Ungeheuer» und seine Aktivitäten mit. Seltsam genug, daß niemand von der Beziehung zu seiner Mutter noch über seinen Hang sprach, eine Frau zu werden. Alles konzentrierte sich auf den nachweislichen Mord und vermutete Kannibalismus.

Was mich interessierte, war, daß ein makabrer Mörder mit perversen Gelüsten in einer kleinen ländlichen Gemeinde, in der sich jeder damit brüstet, von jedem alles zu wissen, fast vor den Augen der Öffentlichkeit so erfolgreich tätig werden konnte.

Das Muster faszinierte mich derart, daß ich sofort daranging, einen Roman über einen solchen Charakter zu schreiben. Um ihn mit einer Ansammlung möglicher Opfer zu versorgen, entschied ich, daß er ein Motelangestellter sein müßte. Dann kam die heikle Frage danach, was in ihm vorging – die Frage nach der Motivation. Der Ödipuskomplex schien eine richtige Antwort und die Sache mit dem Transvestitentum eine logische Folge. Der Roman, der daraus entstand, war *PSYCHO*.

Sowohl das Buch als auch eine Verfilmung lösten Kommentare aus, die das gewöhnliche Los eines Autors im Kriminal-Spannungs-Genre darstellen. «Woher haben Sie nur diese gänzlich scheußlichen Ideen für Ihre Geschichten her?»

Ich kann nur mit den Achseln zucken und auf die Karte zeigen – nicht nur auf die von Wisconsin, sondern auf jede Landkarte. Denn Männer wie Edward Gein gibt es überall auf der Welt – unscheinbare kleine Männer mit ihrem unauffälligen Leben, ihrem stillen kleinen Lächeln und ebensolchen Träumen.

Lovecrafts «Forscher, die hinter dem Grauen her sind», müssen nicht fremde, weitentlegene Orte aufspüren oder in Katakomben hinabsteigen oder Mausoleen durchwühlen. Sie müssen sich nur klar machen, daß der wahre Abstieg ins Grauen, die Reise in das Reich der Alpträume, ganz leicht ist – versteht man erst einmal, wo der Schrekken wohnt.

Der wahre Ort des Schreckens ist das graue, verwickelte, pulsierende, blutbespritzte Innere der menschlichen Seele.

Originaltitel:
The Shambles of Ed Gein,
aus *The Quality of Murder,* 1960
Aus dem Englischen von Manuela Heise

Craig Rice

Mord in Chicago

Für Rice hatte der Mord immer auch eine komische Seite. Sie war die erste Frau, die wirklich harte Krimis schrieb. Ihre Bücher lesen sich wie Dokumente aus jenem Grenzbereich, wo man nur noch «lachen, schreien oder verrückt werden» kann. Ihr Markenzeichen sind wilde, absolut unwahrscheinliche Plots und schwarzer, slapstickhafter Humor – oder, wie es ihr früherer Mitarbeiter Stuart Palmer ausdrückte, «Gags, Tricks und Schliche». Das gilt besonders für die Romane, in denen ihr prächtigstes Geschöpf auftritt: der Zigarre paffende John J. Malone, Rechtsanwalt und harter Trinker. Es sind Farcen, und das hat manche Kritiker veranlaßt, sie als «hohl» abzutun. Diesen Kritikern scheint jedoch entgangen zu sein, daß Craig Rice das von Hammett und Konsorten übernommene Klischee des tough guy, des hartgesottenen Typen, ganz bewußt lächerlich gemacht hat, daß genau dies ihr Anliegen war. Sie war als Schreiberin ausgesprochen routiniert (ehe sie Krimiautorin wurde, arbeitete sie als Briefkastentante bei Zeitungen und als Hörspiel- und Drehbuchautorin). Der größte Teil ihrer True Crime-Stories erschien 1952 in der Sammlung *45 Murders*. Die folgende Geschichte aber geht zurück auf die Zeit, da Rice noch Kriminalhörspiele schrieb; sie handelt von allerlei seltsamen Dingen, die sich in einer alten Villa zugetragen haben, und erschien in einem Band über große Chicagoer Mordfälle.

«Der lange Arm des Zufalls
krümmte schon manchen Ellbogen»
John J. Malone

Es war im November 1933. Ich arbeitete damals für einen Radiosender, und eine meiner vielen und vielfältigen lästigen Pflichten bestand darin, alle drei Wochen ein halbstündiges Kriminalhörspiel abzuliefern. Am 20. November, es war ein Montag, hatte ich bis spät in die Nacht an der Schreibmaschine gesessen und mir das Hirn zermartert nach einer Idee. Gegen Morgen war mir endlich etwas eingefallen – eine schöne junge Frau, ermordet aufgefunden auf einem OP-Tisch.

Dienstag früh brachte ich das Script zum Abschreiben ins Sekretariat, und damit war die Sache für mich vergessen.

Am Mittwoch vormittag rief mich der Produzent in sein Büro. Er reichte mir die Morgenzeitung und sagte: «Können Sie hellsehen, oder zwitschern Ihnen die Vögelchen so was zu?»

Ich warf einen Blick auf die Zeitung. Die Leiche der schönen rothaarigen Rheta Wynekoop hatte man in der Arztpraxis im Souterrain des Hauses ihrer Schwiegermutter auf einem OP-Tisch gefunden.

In den Zeitungen las sich das Ganze natürlich nicht ganz so nüchtern. Dort wurde das Opfer mit schmückenden Adjektiven wie «begabte junge Geigerin» geschildert, über die Schwiegermutter hieß es: «Dr. Alice Wynekoop, bekannte Chicagoer Ärztin und Mitglied zahlreicher Vereine», und das Haus war eine «düstere alte Villa in der West Monroe Street».

Der Mord an Rheta Wynekoop hatte alles, was zu einer echten Sensation gehört. Dr. Alice Wynekoop, eine ältere Frau, war eine bekannte Ärztin, Mitglied mehrerer Vereine und in verschiedenen sozialen Einrichtungen engagiert. Rheta war eine begabte Geigerin – jung, schön, rothaarig und verheiratet mit Alices Sohn, einem gutaussehenden jungen Don Juan, der unfähig war, seine Frau aus eigener Kraft zu ernähren. Alices Tochter, Dr. Catherine Wynekoop, eine geachtete Ärztin, hatte eine feste Stelle am Cook County Hospital.

Das allein hätte für eine aufregende Story genügt. Aber es kamen noch eine ganze Menge weiterer Einzelheiten hinzu, die der Sache von Anfang an einen Zug ins Dramatische gaben. Man fand Rheta Wynekoop auf einem OP-Tisch in der Arztpraxis im Souterrain von

Dr. Wynekoops Haus. Sie lag mit dem Gesicht nach unten, eingewickelt in eine dicke Decke, und hatte eine Schußwunde in der Brust. Auf dem Tisch, neben ihrem Kopf, lag ein Revolver, der mit einem Tuch bedeckt war. Rhetas Gesicht wies Chloroformverätzungen auf. Ihre Kleider lagen neben dem OP-Tisch auf dem Fußboden.

Schon als die wahrhaft dramatischen und rätselhaften Umstände der Tat noch gar nicht bekannt waren, stand fest, daß dieser Mord für die Presse einen absoluten Glücksfall darstellte. In den folgenden Wochen wurde die Story in allen Farben ausgemalt, eine wilde Spekulation jagte die andere, und Stück für Stück erfuhren die Leser auch die Geschichte jener düsteren alten Villa in der Monroe Street. Düstere alte Villa! Werfen wir einen kurzen Blick in die Vergangenheit –

An einem warmen Sommertag des Jahres 1904, etwa um die Mittagsstunde, bezogen der Arzt Dr. Wynekoop und seine Frau Alice, auch sie Ärztin, mit ihren beiden kleinen Söhnen das soeben fertiggestellte Wohnhaus in der Chicagoer West Monroe Street Nummer 3406. Mit liebevoller Anteilnahme hatte die glückliche kleine Familie zugeschaut, wie das Gebäude in die Höhe wuchs, das sie nun in Besitz nahm.

Dann starb innerhalb der ersten zwei Jahre nach dem Einzug einer der beiden Söhne, und um den Verlust wettzumachen, wurden ein neuer Sohn und eine Tochter geboren. Später kam noch eine weitere Tochter hinzu, allerdings eine adoptierte.

In der folgenden Zeit muß das Haus von Geplapper und Kinderlachen erfüllt gewesen sein. Bilderbücher, Sandkuchen und natürlich verschmierte Guschen und klebrige Finger und zigmal am Tag Händewaschen. Und Spielkameraden – o ja, sicher waren oft Spielkameraden in dem Haus in der West Monroe Street Nummer 3406 zu Besuch. Dann kam die Schulzeit, wo die kleinen Wynekoops jeden Morgen fröhlich mit einem leckeren, nahrhaften Frühstück im Bauch und gutgefüllter Brottasche losmarschierten, und eine Zeitlang gab es in der Familie jedes Jahr einen neuen Erstklässler.

Alice Wynekoop hatte viel Freude an ihren Kindern. Walker, der

Älteste, brachte es zum angesehenen Geschäftsmann in einem Vorort von Chicago, heiratete und bekam selbst zwei Kinder. Catherine, die jüngste leibliche Tochter, studierte Medizin und wurde Chirurgin. Über Marie-Louise, die Adoptivtochter, ist wenig mehr bekannt, als daß sie jung starb.

Earle, obschon seiner Schwester Catherine an Jahren voraus, scheint das Nesthäkchen der Familie gewesen zu sein. Man darf ihn sich als einen hübschen, aber nicht besonders hellen und ziemlich quengeligen Burschen vorstellen, der immer seinen Willen durchsetzen mußte; er war ein echtes Muttersöhnchen, und Alice sorgte dafür, daß er stets bekam, was er wollte.

Aber Alice begnügte sich nicht damit, ihre Kinder aufzuziehen, sondern praktizierte zugleich – gemeinsam mit ihrem Mann – als Ärztin. Dr. Frank Wynekoop allerdings starb, bevor die Kinder groß waren.

Alice trat mehreren Vereinen bei, unter anderem dem Women's City Club; sie leistete in Krankenhäusern und Kliniken Sozialarbeit und setzte sich dabei vor allem für Kinder ein. Sie gründete einen Verein zur finanziellen Unterstützung bedürftiger Medizinstudentinnen. Und sie hatte ihre über einen separaten Eingang zu erreichende Praxis im eigens zu diesem Zweck ausgebauten Souterrain des Hauses in der West Monroe Street, die sie nach dem Tode ihres Mannes allein weiterführte.

Als Catherine noch studierte und Walker bereits verheiratet war und sich in Wilmette niedergelassen hatte, lernte Earle während eines Aufenthalts in Indianapolis bei einem Konzert die Geigerin Rheta Gardner kennen. Wieder daheim, begann er eine Korrespondenz mit ihr, und ein knappes Jahr später überredete er sie, nach Chicago zu kommen und seine Frau zu werden. Obwohl Rheta damals schon achtzehn war, bestand Alice darauf, daß das junge Paar nicht ohne die Einwilligung von Rhetas Vater Burdine H. Gardner heiratete. Der war ein Mehl- und Salzhändler aus Indianapolis. Gardner stimmte der Eheschließung etwas mürrisch zu und kam sogar zur Hochzeit.

Eigentlich wäre die Vermählung der beiden blutjungen Leute Anlaß genug für ein Familienfest gewesen. Aber Rheta wollte ihre Hochzeitsnacht nicht in der alten Villa in der Monroe Street verbringen. Also nahm sich das Paar für diesen Zweck ein Hotel und brach am nächsten Morgen zur Hochzeitsreise auf.

Earle war, wie schon gesagt, nicht einmal in der Lage, seinen eigenen Lebensunterhalt zu verdienen; es versteht sich also von selbst, daß er erst recht nicht für seine Frau sorgen konnte. So blieb den Jungvermählten nichts weiter übrig, als mit in dem Haus zu wohnen, das Earles Eltern vor über fünfundzwanzig Jahren gebaut hatten. Darum ließ Alice den Brautleuten, während sie auf Reisen waren, im ersten Stock ein paar Zimmer herrichten und kaufte ihnen neue Möbel.

Doch halten wir an dieser Stelle kurz inne und versuchen wir einmal, uns das Haus in der West Monroe Street Nummer 3406 genauer vorzustellen. Allzu schwer dürfte uns das nicht fallen, denn es gibt in Chicago noch eine ganze Menge solcher Häuser, die ebenso solide aus Stein gebaut sind. Zweistöckig, unten ein Souterrain und außen ein Treppenaufgang zum Parterre. Innen massenhaft feine, teure – und wahrscheinlich verstaubte – Schreinerarbeiten, dicke schwere Türen und kostspieliges Schmiedeeisen, unbequeme, völlig veraltete Stromanschlüsse, einstmals der ganze Stolz der Familie, undichte Wasserhähne, halbverstopfte Abflüsse und Badewannen auf Löwenfüßen.

Und die Bewohner? Da haben wir zuerst einmal Alice, die, je nachdem, wie man ihr Verhalten deuten möchte, entweder (a) eine gütige, warmherzige, unglückliche Frau oder (b) eine exzentrische, eigenartige Person oder (c) ein eiskaltes Weib war, dem es nichts ausmachte, die eigene wehrlose Schwiegertochter wegen einer kleinen Lebensversicherung umzubringen. Dann war da noch Dr. Catherine Wynekoop, die Tochter, die damals gerade ihre ersten eigenständigen Schritte im Arztberuf machte. Außerdem gab es die Adoptivtochter Marie-Louise, eine Randfigur, die so sehr im Schatten stand, daß man sich nicht einmal recht vorstellen kann, wie sie ausgesehen hat. Schließlich lebte in dem Haus noch eine Miss Catherine Porter, eine herzkranke Frau in Alices Alter, die zudem Krebs hatte. Sie ließ sich von ihrer Busenfreundin Alice, der Ärztin, behandeln und teilte sich dafür die 2000 Dollar, die sie auf der Bank hatte, mit ihr. Und dann waren da noch Miss Enid Hennessey, eine Lehrerin in mittleren Jahren, und deren alter Vater. Zu Miss Hennessey später mehr.

Es deutet alles darauf hin, daß Rheta nicht gerade eine glückliche Braut war. Und was sie nach ihrer Hochzeit erleben mußte, war nicht dazu angetan, ihre Lebenslust zu fördern. Erst starb Miss Porter. Dann Marie-Louise. Dann Miss Hennesseys Vater. Und schließlich bekam Catherine Wynekoop eine Stelle als Anstaltsärztin im Cook County Hospital und zog aus.

Das Schlimmste aber war, daß Earle so gut wie nie zu Hause war. Später kam heraus, daß er sich mit anderen Frauen abgab, und auch, als er im Sommer 1933 endlich eine Arbeit bei der Weltausstellung in Chicago fand, hatte seine unglückliche junge Frau Kummer mit ihm, denn er trank, und die Freunde, mit denen er umherzog, gefielen ihr ganz und gar nicht.

Ja, Rheta war unglücklich, was nicht verwunderlich ist, wenn man bedenkt, daß sie, eine jungverheiratete Frau, von ihrem gutaussehenden Gatten praktisch sitzengelassen worden war und mit der Gesellschaft einer ihr zwar von Herzen zugetanen, aber doch alternden Schwiegermutter und einer nicht mehr ganz taufrischen Lehrerin vorliebnehmen mußte. Ihre Gespräche mit den beiden waren sicherlich sehr lehrreich, aber wohl mindestens ebenso fad. Und so fing sie an, in sich hineinzuhorchen. Als Rheta gerade sieben Jahre alt gewesen war, hatte man ihre Mutter in eine Irrenanstalt gesteckt, wo sie rund zehn Jahre später an Tbc gestorben war. Diese wenig erfreuliche Vorstellung war es wohl, die die offenbar ohnedies recht hypochondrisch veranlagte Rheta fürchten ließ, auch sie könnte an Tbc erkrankt sein.

Rheta scheint vor vielen Dingen Angst gehabt zu haben. Davor, die Liebe ihres jungen Gatten zu verlieren. Davor, ihr ganzes Leben in der alten Villa in der Monroe Street verbringen zu müssen. Vor Krankheit. Vor Geisteskrankheit gar. Aber davor, ermordet zu werden, hatte sie, wie es aussieht, keine Angst, denn die Person, die sie getötet hat, genoß ihr vollstes Vertrauen.

Am 21. November gegen 22 Uhr wurde Officer Arthur R. March vom Streifenwagen Nummer 15 über Funk in die West Monroe Street 3406 beordert.

«Wir fuhren auf direktem Weg dorthin und wurden an der Haustür von einer Frau empfangen, die uns hineinbat... Später erfuhren wir, daß die Frau, die uns einließ, die Lehrerin Miss Enid Hennessey war, die dort zur Untermiete wohnte. Als wir ins Haus kamen, fanden wir die Angeklagte Dr. Wynekoop vor. Sie saß in einem Sessel in der Bibliothek. Außerdem war Mr. Ahearn, der Leichenbestatter, zugegen. Wir fragten die Angeklagte, was passiert sei. Sie sagte: ‹Es ist etwas Furchtbares passiert; kommen Sie mit nach unten, ich zeige es Ihnen.› Wir gingen hinunter. Als wir ins Souterrain kamen, brannte dort Licht; auch im Behandlungszimmer war eine Lampe an. Außer mir waren Mr. Ahearn, Officer Walter Kelly, Officer William Tyrell und, ich glaube, Miss Hennessey mit dort unten. Im Behandlungszimmer sahen wir die Leiche des Mädchens auf einem OP-Tisch liegen.»

Wenn man Zeugenaussagen gedruckt liest, hat man immer den Eindruck, als sei am Tatort alles ganz ruhig und friedlich zugegangen. In der eben zitierten wird aus der empfindsamen, schwermütigen Rheta Wynekoop die neutrale «Leiche» oder «die Verstorbene». Ebenso neutral tritt uns Dr. Alice Wynekoop, eine geldgierige Verbrecherin, Familiendiktatorin und kaltblütige Mörderin oder aber – wer weiß – einfach nur eine kranke, verwirrte und zutiefst verzweifelte alte Frau, hier als «die Angeklagte» entgegen.

Keine Aufregung. Reine Routine. Alles durch und durch amtlich. Aber vielleicht reicht unsere Phantasie aus, um uns die Szene vorzustellen, wie sie wirklich war. Dr. Alice Wynekoop dürfte völlig entsetzt und möglicherweise regelrecht hysterisch gewesen sein. Und Miss Enid Hennessey, die Lehrerin, war sicherlich – nun ja – zumindest etwas nervös.

Und dann – in einem Haus, in dem ein Mord geschehen ist, wimmelt es im allgemeinen von Menschen, besonders natürlich von Polizisten. Und es dauert nicht lange, bis die Leute von der Presse dort einfallen.

Wahrscheinlich brannten sämtliche Lampen, und was die Polizisten angeht, nun, lesen wir doch einmal nach, was Officer March zu diesem Punkt zu berichten hat:

«Das erste Kommando am Tatort bestand aus Officer Walter Kelly, Officer William Tyrell und mir. Ungefähr fünf Minuten nach uns kam Lieutenant Peterson. Dann trafen sehr viele weitere Polizisten ein. Es waren Leute von der Mordkommission da und noch ein anderes Kommando. Außerdem waren damals in der Nacht noch vier, fünf weitere Polizisten dort. Ungefähr fünf, sechs Minuten später kamen noch einmal zwei Kommandos.»

Auch vor dem Haus hatte sich vermutlich eine Menschenmenge versammelt. Wo so viele Polizisten sind, da finden sich unweigerlich Schaulustige ein. Und soviel Aufregung wie an jenem Abend hatte die West Monroe Street wahrscheinlich seit dem großen Feuer von Chicago nicht mehr erlebt.

Dr. Catherine Wynekoop berichtete später beim Prozeß, ihre Mutter habe, nachdem die Polizei fort war, kein Auge zugetan. «Kein Wunder!» kann man da nur sagen.

Zu einer Festnahme kam es an dem Abend nicht, wohl aber zu den üblichen stundenlangen Vernehmungen, und natürlich leistete auch die Spurensicherung ganze Arbeit, fotografierte alles und forschte überall nach Fingerabdrücken. Nach Alices Theorie handelte es sich um Raubmord. Es habe schon mehrere Einbrüche gegeben, behauptete sie, bei denen Medikamente und Geld gestohlen worden seien. Doch Captain John Stege wies darauf hin, daß die Art, wie Rheta umgebracht worden war, dieser Hypothese widersprach. Selbstmord konnte angesichts des Winkels, aus dem der Schuß abgegeben worden war, und der Chloroformverätzungen im Gesicht des Mädchens von vornherein ausgeschlossen werden.

Captain Stege hatte eine Menge Fragen – die gleichen Fragen übrigens, die auch die Presse interessierten. Zum Beispiel, wo sich Earle Wynekoop in der Mordnacht aufgehalten hatte und warum er nicht zu Hause gewesen war.

Angeblich befand sich Earle in Begleitung eines Freundes namens

Stanley auf dem Weg zum Grand Canyon, um dort Farbaufnahmen zu machen. Doch gewissen Gerüchten zufolge sollte er noch am Tag vor dem Verbrechen in Chicago gewesen sein.

Damit war der junge Witwer für die Zeitungen interessanter geworden als seine Mutter, Dr. Alice Wynekoop. Earle war ein hochgewachsener, gutaussehender junger Mann, ein brünetter Typ. Als er mit dem Zug aus Kansas City eintraf, wurde er gemeinsam mit seiner Begleiterin, einer attraktiven jungen Dame, die er bei seiner Arbeit auf der Weltausstellung kennengelernt hatte, festgenommen. Der Kleinen hatte er sich als Michael Wynekoop vorgestellt und ihr erzählt, er sei ledig. Sie wurde umgehend wieder auf freien Fuß gesetzt und tauchte im Zusammenhang mit dem Fall nie wieder auf.

Earle gab an, einige Zeit vor der Ermordung seiner Frau nach Arizona aufgebrochen zu sein. Er stand den Journalisten freimütig Rede und Antwort. Seiner Meinung nach war Rheta von einem Geistesgestörten getötet worden. Auch über sein Eheleben wußte er die eine oder andere interessante Einzelheit zu berichten. Die ganze Ehe, sagte er, sei ein Reinfall gewesen. Rheta hätte sogar einmal versucht, die Familie zu vergiften, sie hätte Eisenspäne und Chemikalien ins Essen getan. Außerdem wollte die Presse durch Earle erfahren haben, daß Rheta an Tbc erkrankt und geistig verwirrt gewesen sei.

Earle brüstete sich damit, fünfzig Freundinnen in seinem Adreßbuch stehen zu haben.

Und während der junge Taugenichts seine Zeit damit verbrachte, den Journalisten alle möglichen abenteuerlichen und keineswegs hilfreichen Erklärungen zu geben, wurde die dreiundsechzigjährige gebrechliche, sensible Alice Wynekoop, deren Herz in einem sehr bedenklichen Zustand war, beinahe 24 Stunden lang ununterbrochen verhört.

Die Reporter brachten unterdessen mühelos reichlich Material für ihre Stories zusammen. Die Menge, die sich vor der «düsteren alten Villa» in der West Monroe Street drängte, war inzwischen so angewachsen, daß die zur Absicherung des Tatorts eingeteilten Polizisten Verstärkung anfordern mußten, damit die Ordnung leidlich aufrechterhalten werden konnte. Burdine Gardner, Rhetas Vater, kam aus Indianapolis und sorgte für zusätzliche Theatralik, indem er die Leiche seiner Tochter zur Beerdigung nach Hause schaffen ließ. Er wußte der Presse einiges über die Villa in der Monroe Street und die Hausherrin Dr. Alice Wynekoop zu sagen (was erstere betraf, so gingen die Attribute düster und altmodisch auf ihn zurück, und Alice, erklärte er, sei ihm «von Anfang an sehr eigenartig» vorgekommen).

Rund um den Fall gab es genug, was den Blätterwald rauschen ließ. Zum Beispiel den Lügendetektortest, dem sich Alice unterzog und der ergebnislos blieb, weil der Blutdruck der alten Dame nicht mitspielte. Oder das Interview, das Dr. Harry Hoffman von der Klinik für Behavioristische Psychologie einer Chicagoer Skandalzeitung gab.

Der ganz große Knüller aber war Alice Wynekoops Geständnis.

Earle Wynekoop saß zu der Zeit in Untersuchungshaft. Über die genauen Umstände, unter denen es zu diesem Geständnis kam, ist wenig bekannt. In einem Artikel lesen wir, Mutter und Sohn hätten sich im Gefängnis getroffen, und Earle habe bei dieser Gelegenheit zu Alice gesagt: «Mein Gott, Mutter, wenn du es um unserer Liebe willen getan hast, dann geh hin und gestehe.» Alice soll darauf – mit eisenharter Miene, wie es in dem Artikel heißt – geantwortet haben: «Aber Earle, ich habe Rheta nicht getötet.» Und Earle, noch erschöpft von einer Vernehmung, die die ganze Nacht gedauert hatte, soll geschluchzt haben: «Mutter, Mutter ...» Zum Glück endet der Artikel an dieser Stelle.

Weder die Zeitungsberichte noch die Prozeßprotokolle geben eindeutig Aufschluß darüber, wie Dr. Wynekoop dazu kam, dieses Geständnis abzulegen. Sicher scheint lediglich, daß Alice, ganz gleich, ob sie schuldig war oder nicht, in dem Moment, als sie gestand, völlig übermüdet und in einer zutiefst depressiven Stimmung war. Angeblich hatte man ihr erzählt, daß Earle sich zu dem Mord bekannt habe.

Doch lesen wir, wie Captain John Stege beim Prozeß die Dinge schildert, die sich an jenem 24. November 1933 vormittags gegen halb elf auf der Polizeistation zugetragen haben sollen.

«Sie lag auf der Couch in Captain Duffys Büro und war mit einem Mantel zugedeckt. Ich sagte: ‹Guten Morgen, Doktor.› Sie sagte: ‹Guten Morgen, Captain›, und ich sagte: ‹Haben Sie schon gefrühstückt?› Sie sagte: ‹Nein, ich möchte nichts, ich hätte nur gern eine Tasse Kaffee.› Ich schickte Officer Donoghue Kaffee holen. Dr. Hoffman war mit im Zimmer. Sie sagte zu mir: ‹Captain, was würde eigentlich passieren, wenn ich erzähle, ich habe Rheta getötet?› Ich sagte: ‹Doktor, ich will nicht, daß Sie mir irgendwas erzählen. Das einzige, was mich interessiert, ist die Wahrheit.›»

Ganz gleich, wie es zu dem Geständnis gekommen war, die Presse jedenfalls konnte in den nächsten Stunden gar nicht an sich halten vor Freude. Es wurde auch beim Prozeß verlesen und hatte folgenden Wortlaut:

«Rheta machte sich Sorgen wegen ihrer Gesundheit und ging oft auf die Waage, wozu sie sich für gewöhnlich auszog. Am Dienstag, dem 21. November, faßt sie den Plan, nach dem Mittagessen, so gegen 13 Uhr, zum Loop zu gehen und Noten zu kaufen, die sie schon lange haben wollte. Sie bekam Geld dafür ausgehändigt, das sie auf den Tisch legte. Sie hatte beschlossen, sich zu wiegen, ehe sie sich für die Stadt zurechtmachte. Ich ging ins Sprechzimmer. Sie saß praktisch unbekleidet am Tisch und gab an, heute noch ärgere Schmerzen in der Seite zu haben als sonst. Ich sagte, es sei sowieso wieder einmal Zeit... für eine Untersuchung und ob wir die Sache nicht gleich hinter uns bringen sollten. Sie klagte über erhebliche Beschwerden, starke Schmerzen und Schwäche. Sie meinte, die Untersuchung mit einer leichten Betäubung besser überstehen zu können. Chloroform war zur Hand, es wurden ein paar Tropfen davon auf einen Schwamm geträufelt. Sie atmete es sehr tief ein. Sie atmete es mehrmals tief ein. Ich fragte sie, ob ich ihr weh täte, aber sie gab keine Antwort. Bei genauerer Untersuchung stellte sich heraus, daß die Atmung ausgesetzt hatte. Die künstliche Beatmung, etwa 20 Minuten, blieb ergebnislos. Bei der stethoskopischen Untersuchung war keine Herztätigkeit festzustellen. Auch nachdem die Patientin rasch auf die Seite gedreht und von hinten und von vorn untersucht worden war, ließ sich kein Lebenszeichen ausmachen. Es erhob sich die Frage, womit in dieser Situation allen Beteiligten am meisten geholfen wäre, und durch das Vorhandensein eines geladenen Revolvers drängte sich die Antwort geradezu auf. Weiterer Schaden konnte ohnedies nicht angerichtet werden, weshalb unter großen Schwierigkeiten etwa 15 Zentimeter von der Patientin entfernt eine Patrone zur Explosion gebracht wurde. Das Ganze ging so sehr über die Kräfte, daß über mehrere Stunden ein Zustand völliger Lähmung eintrat.»

Wenn Alices Geständnis der Wahrheit entspricht und wenn es Weltmeisterschaften im Untertreiben gäbe, dann hätte sie wohl zumindest mit dem letzten Satz beste Aussichten auf den Titel.

In jedem guten Krimi ist der Fall erledigt, sobald ein Geständnis vorliegt. In unserer Geschichte aber war das Geständnis im Grunde gerade einmal der Anfang. Man beschloß, Alice unverzüglich unter Mordanklage zu stellen. Natürlich glaubte niemand ihrem Geständnis. Nach gerichtsmedizinischem Befund war Rheta an Schußverletzungen, Blutungen und einem Schock gestorben. Und Staatsanwalt Charles S. Dougherty erklärte, in seinen Augen sei Dr. Wynekoops Geständnis zum größten Teil falsch; er finde, daß Earle wegen Beihilfe angeklagt werden müsse.

Völlig unerwartet sprang Earle ihm bei. Außer der Behauptung, daß Rheta häufig nach unten gegangen sei, um sich zu wiegen, sei an dem Geständnis seiner Mutter kein Wort wahr, erklärte er. Alles andere sei schlichtweg gelogen, seine Mutter habe wohl geglaubt, er sei in Gefahr, sie habe das alles nur gesagt, um ihn zu schützen.

Alice beschwor ihren Sohn, um Himmels willen den Mund zu halten. Aber viel war schon nicht mehr zu retten.

Charles Dougherty von der Staatsanwaltschaft ließ öffentlich verlautbaren, seiner Überzeugung nach habe Dr. Alice Wynekoop sich nach einem heimlichen Treffen mit Earle am Sonntagabend, also am Abend vor dem Mord, entschlossen, Rheta umzubringen.

Was bei diesem Treffen geredet wurde, wissen wir nicht und werden es wohl auch nie erfahren, aber es scheint um sehr wichtige und wahrscheinlich auch höchst dramatische Dinge gegangen zu sein, denn daheim angekommen, schrieb Alice einen Brief an Earle, der erkennen läßt, daß sie völlig außer sich war:

Sonntag nacht –
Allerliebstes –
mein Hals ist wie zugeschnürt – Du bist weg – Du hast angerufen – hab zehn Minuten später zurückgerufen – immer wieder – keine Antwort – vielleicht schläfst Du schon – ganz bestimmt sogar – aber ich möchte noch einmal Deine Stimme hören heute nacht – ich würde alles, alles dafür geben – für eine Stunde – eine Stunde wirklich reden mit Dir – heut nacht – Und ich kann nicht – Gute Nacht.

Alice hat diesen Brief nie abgeschickt. Sie hat später (nach Aussage von Lieutenant Samuel Peterson) erklärt, sie habe ihn in einem Anfall von Hysterie geschrieben und sich, bevor sie ihn abschickte, erst einmal beruhigen wollen.

Staatsanwalt Dougherty wollte auch wissen, warum Alice nach Rhetas Tod beinahe fünf Stunden gewartet hatte, ehe sie die Polizei oder einen Arzt oder sonstwen rief. Er war sich sicher, genug belastendes Material für eine Anklage in der Hand zu haben. Für ein Motiv reichte es jedenfalls allemal.

Da war zunächst dieses «andere Mädchen». Nur eines? Nach Earles inzwischen berühmt gewordenem Adreßbuch, das eine Liste von fünfzig Mädchen enthielt, und seinem in Geheimschrift verfaßten Tagebuch, in dem er die körperlichen und sonstigen Merkmale dieser Mädchen verzeichnet hatte, war die junge Dame nur eine von vielen. Dougherty aber kaprizierte sich auf diese eine und behauptete steif und fest, sie sei die einzige gewesen, die Earle wirklich geliebt habe. Sie hatte von Earle einen Diamantring bekommen, angeblich denselben, den er Rheta seinerzeit als Verlobungsring geschenkt hatte. Aus religiösen Gründen kam weder für Earles noch für Rhetas Familie eine Scheidung in Betracht.

Ein denkbares Motiv wäre demnach gewesen, daß Alice, wild entschlossen, alles beiseite zu räumen, was dem Glück ihres geliebten Sohnes im Wege stand, diesem seine ungeliebte Ehefrau vom Halse schaffen wollte. Doch der Staatsanwalt hatte noch zwei weitere Asse im Ärmel: Zum einen, so Dougherty, sei Dr. Wynekoop tief verschuldet gewesen und habe Lebensversicherungen für Rheta abgeschlossen. Zum andern sei es ihr ein Bedürfnis gewesen, sich eines Geschöpfs zu entledigen, das in ihren Augen lebensuntüchtig war.

Earle legte daraufhin fünf eindeutig falsche Geständnisse ab; der Gipfel war eine wilde Story darüber, wie er sich am Dienstag nachmittag in das Haus in der West Monroe Street eingeschlichen, seiner Frau aufgelauert, sie geschnappt, auf den OP-Tisch geworfen und getötet habe und dann mit einem Flugzeug nach Kansas City geflüchtet sei. Beim Lokaltermin versuchte er den Tathergang nachzuspielen, machte aber so viele Fehler, daß die Sache damit erledigt war.

Außerdem stellte sich heraus, daß Earles Alibi stimmte; es gab keinen Grund, daran zu zweifeln, daß er zur Tatzeit meilenweit fortgewesen war.

Der Fall Wynekoop machte noch eine Weile Schlagzeilen. Am 28. November wurde Dr. Alice Wynekoop, die ohnedies an Bluthochdruck litt, von einer schweren Bronchitis niedergeworfen. Von ihrem Krankenlager im Gefängnishospital aus widerrief sie ihr Geständnis und beschwerte sich mit harten Worten über die Polizei. Sie behauptete, sie habe dieses Geständnis abgelegt, nachdem man sie 60 Stunden lang verhört habe, in der ganzen Zeit habe sie nichts zu essen bekommen, nur eine Tasse Kaffee. Zwei Tage später erklärte sie, sie wisse genau, daß sie den Prozeß nicht mehr erleben werde, deshalb habe sie den Mord gestanden.

Prompt kündigte Earle an, sobald er wieder auf freiem Fuß sei, werde er die Ermittlungen selbst in die Hand nehmen und beweisen, daß seine Mutter unschuldig sei.

Der Prozeß wurde für Januar angesetzt, und bis dahin hielt das Interesse der Öffentlichkeit an dem Fall unvermindert an. Am 2. Dezember beauftragten die Wynekoops einen Privatdetektiv, das rätselhafte Verbrechen aufzuklären. Die Nachforschungen dieses Mannes blieben offenbar ergebnislos.

Anfang Dezember exhumierte man in Indianapolis Rhetas Leichnam; danach gaben die Ärzte bekannt, sie hätten keine Spuren von Chloroform festgestellt.

Am 14. Dezember war Earle in Begleitung seiner Schwester Catherine mit dem Wagen unterwegs und überfuhr einen neunjährigen Jungen.

Dr. Gilbert Wynekoop, Alices Schwager, stand vor Gericht, weil er eine Krankenschwester tätlich angegriffen hatte. Die Geschworenen erklärten ihn für unzurechnungsfähig, und er wurde in eine Nervenklinik eingewiesen.

Natürlich hatte weder das eine noch das andere etwas mit dem Mord an der rothaarigen Rheta zu tun, aber beides trug dazu bei, daß die Leser die Familie Wynekoop auch weiterhin im Auge behielten.

Als der Prozeß begann, war ganz Chicago in höchster Aufregung. Alice, die äußerst gebrechlich wirkte, mußte in den Gerichtssaal getragen werden. Die Geschworenen waren im Handumdrehen gewählt, durchweg brave, anständige Bürger – ein Sportwarenhändler, ein Buchhalter, ein Straßenbahnfahrer, ein Mechaniker, ein Chemigraph und so weiter.

Das sensationslüsterne Publikum, das seit Wochen auf die Eröffnung des Wynekoop-Prozesses gewartet hatte, kam voll auf seine Kosten. Die Leute erlebten eine höchst dramatische Darbietung. Als erster trat Officer March in den Zeugenstand, und während der Polizist die Beweisstücke der Anklage – den OP-Tisch, das Kopfkissen, die Decke, die Pistole, eine zweiunddreißiger Smith & Wesson, die blutigen Laken und den blutbefleckten Kopfkissenbezug – identifizierte und alles so arrangierte, wie er es an dem Abend, der Rhetas letzter gewesen war, vorgefunden hatte, erlitt Alice einen Schwächeanfall. Daraufhin fragte sich die Öffentlichkeit eine Zeitlang nicht nur: «Ist Dr. Alice Wynekoop schuldig?» Mindestens ebenso interessant war auf einmal die Frage: «Wird Dr. Alice Wynekoop am Leben bleiben?» In einer Zeitung stand, sie sei zu schwach, um den Kopf gerade zu halten, habe aber eine Vertagung mit der Begründung abgelehnt, ehe sie sterbe, wolle sie ihren guten Namen retten.

Dennoch kam es zu einer Vertagung, so daß Officer March erst gegen Ende Februar mit der Identifikation der Beweisstücke fortfahren konnte.

In der Regel ist in einem Mordprozeß die erste Szene des ersten Akts reine Routine, es geht um lauter allgemeine Fragen, und das war bei Officer Marchs Aussage offenbar genauso. Nach ihm aber trat eine der faszinierendsten Figuren des Falls in den Zeugenstand: Miss Enid Hennessey. Faszinierend, weil sie uns, ungeachtet all der Dinge, die aus Presseberichten und Prozeßakten über sie zu entnehmen sind, irgendwie schemenhaft und undeutlich bleibt, und das, obwohl sie in der ganzen Geschichte eine Hauptrolle gespielt hat. Nicht einmal ihr Äußeres, die Art, wie sie sich verhalten, wie sie gesprochen und gedacht hat, können wir uns ohne weiteres vorstellen.

Beim Prozeß erzählte sie erstaunlich detailliert, wie der Tag, an dem Rheta umgebracht wurde, in der Villa der Wynekoops verlaufen war.

«Am 21. November 1933 stand ich so gegen Viertel vor sieben auf. Ich frühstückte zu Hause mit Dr. Wynekoop. Ich weiß nicht mehr, ob Rheta mit uns zusammen gefrühstückt hat. Ich weiß nicht mehr, ob ich an jenem Morgen mit ihr sprach. Ich ging gegen 8 Uhr aus dem Haus und begab mich zur Marshall High School. Ich hielt meinen Unterricht ab und trug mich gegen Viertel nach drei im Dienstbuch aus. Ich ging zum Loop. Dort blieb ich bis kurz nach fünf und ging dann heim. Als ich in der West Monroe Street 3406 ankam, war es ungefähr sechs oder kurz nach sechs. Ich ging ins Haus und traf die Angeklagte in der Küche an.

Die Angeklagte und ich waren sehr eng miteinander befreundet. Als ich kam, briet Dr. Wynekoop ein paar Schweinekoteletts, und als sie fertig waren, aßen wir Abendbrot. Ich schätze, das war kurz nach sechs. Rheta war nicht da. Sie war in die Stadt gegangen, um Noten zu kaufen.

Beim Essen sprachen wir über Rheta. Als wir aufgegessen hatten, ging Dr. Wynekoop telefonieren. Sie machte sich Sorgen wegen Rheta. Sie sagte, wenn Rheta sieht, daß irgendwo ein Film läuft, den sie mag, bleibt sie einfach da und schaut ihn sich an. Sie sei vor Rheta aus dem Haus gegangen, erzählte sie. Ich glaube, sie sagte, sie habe das Haus zwischen halb und um drei verlassen.

Ich hatte Rhetas Hut und Mantel in der Bibliothek auf dem Tisch liegen sehen und eine Bemerkung darüber gemacht. ‹Das sind doch Rhetas Sachen›, sagte ich, und Dr. Wynekoop erwiderte: ‹Sie wird zum Loop ihren guten Mantel angezogen und den Sonntagshut aufgesetzt haben.› Nach dem Abendessen unterhielt ich mich mit Dr. Wynekoop. Sie bat mich, in die Apotheke zu gehen, um die Medikamentenvorräte aufzufrischen und ihr Tabletten zu besorgen.

Die Apotheke liegt in der Madison-, Ecke Kedzic Avenue. Dort hatten sie nicht so viele Tabletten, wie Dr. Wynekoop haben wollte, deshalb ging ich in der Apotheke Homan-, Ecke Madison Avenue vorbei und kaufte eine ganze Flasche. Als ich alles beisammen hatte, ging ich heim. Als ich dort ankam, war es, ich würde sagen, etwa Viertel nach sieben; vielleicht auch halb acht. Ich setzte mich mit Dr. Wynekoop in die Bibliothek, und wir redeten ungefähr eine Stunde lang miteinander.

Wir sprachen über mindestens zwei Bücher, während wir in der Bibliothek saßen. Das eine war *Seltsames Zwischenspiel*, das andere die *Forsythe Saga*. Von wem *Seltsames Zwischenspiel* ist, weiß ich nicht, ich kenne das Buch nicht. Ich hatte es aus der Leihbücherei für sie mitgebracht. Ich selber habe es nicht gelesen.

Wir kamen auch auf meine Übersäuerungsbeschwerden zu sprechen. Sie sagte, in der Praxis habe sie ein Mittel, das mir vielleicht helfen könnte... Der Glasschrank, in dem sie die Medikamente aufbewahrte, stand im Behandlungszimmer. Sie ist aber nicht hinuntergegangen, um mir die Arznei zu holen.»

Dr. Wynekoop ist nicht hinuntergegangen, um Miss Hennessey die Arznei zu holen, denn dort unten im Souterrain, im Behandlungszimmer, lag Rhetas Leiche mit dem Gesicht nach unten auf dem OP-

Tisch, zugedeckt mit einer Decke, vor dem Mund ein blutiges Handtuch und neben ihrem Kopf eine Pistole.

Wir haben hier eine hochinteressante Situation. Alices Geständnis zufolge war Rheta in den frühen Nachmittagsstunden jenes schicksalsschweren Dienstags im November ermordet worden. Wie hatte Alice noch gesagt? «Das Ganze ging so sehr über die Kräfte, daß über mehrere Stunden ein Zustand völliger Lähmung eintrat.»

Nach Miss Hennesseys Aussage jedoch hat Alice kurz nach sechs ein Abendessen zubereitet, wobei ihre gesundheitliche und seelische Verfassung offenbar ganz normal war. Ein gutes, nahrhaftes Abendessen, bestehend aus Kotelett mit Kraut und Kartoffeln, einem Salat, Pfirsichen und Gebäck. Auch für Rheta war gedeckt gewesen. Nach dem Essen hatte man in fraglos entspannter Stimmung über *Seltsames Zwischenspiel* und die *Forsythe Saga* geredet. Und Alice war ihrer Sinne hinreichend mächtig, um ihrer alten Freundin ein Mittel gegen die Übersäuerung zu empfehlen.

Sollten sowohl Alices Geständnis als auch Miss Hennesseys Zeugenaussage der Wahrheit entsprechen, sollte Alice ihre Schwiegertochter an jenem Nachmittag kaltblütig ermordet haben und danach ganz einfach zur Tagesordnung übergegangen sein, das Abendessen zubereitet, mit ihrer alten Freundin geplaudert haben, dann kann man nur sagen: «Was für eine Frau!» Denn nach allem, was wir über diese Dr. Alice Wynekoop wissen, war sie nervös, kränklich und mitunter sogar hysterisch. (Erinnern wir uns nur an jenen Brief, den sie Earle geschrieben hat!) Es dürfte sie einiges gekostet haben, ihre Schwiegertochter kaltblütig – oder wie auch immer – umzubringen und dann beim Abendessen und danach die alte zu sein und so zu tun, als ob nichts geschehen wäre. Genau das aber unterstellte ihr die Staatsanwaltschaft, und es ist in diesem Zusammenhang nicht uninteressant, daß Miss Hennessey als Zeugin der Anklage auftrat.

Alice hat damals weder die Kriminalpolizei noch den Leichenbestatter geholt. Einen Arzt brauchte sie nicht zu holen, da sie selbst in der Lage war, Rhetas Tod festzustellen. Sie rief ihre Tochter Catherine an, die zu der Zeit auf der Kinderstation des Cook County Hospital Dienst tat, und sagte: «Hier ist etwas Furchtbares geschehen ... es geht um Rheta ... sie ist tot ... sie wurde erschossen.»

Sehen wir uns doch einmal an, was Dr. Catherine Wynekoop beim Prozeß ausgesagt hat (und vergessen wir nicht, daß Alice angeblich unmittelbar davor noch ruhig und gefaßt genug gewesen war, um ein Abendessen zuzubereiten und sich mit ihrer alten Freundin Miss Hennessey über Literatur zu unterhalten).

«Mir fiel auf, daß ihr Gang ein wenig unsicher war, ihre Hände zitterten, sie war rot im Gesicht. Ich führte sie zu einem Stuhl im Eßzimmer und lief in die Küche, um ihr ein belebendes Mittel zu holen. Ich tat einen Teelöffel aromatisierten Salmiakgeist in ein Glas Wasser und gab es ihr zu trinken.

Mutter sagte, sie habe sich irgendwie die Treppe hochgeschleppt, ihr sei ganz schwarz vor Augen gewesen, ganz schwindlig, sie wisse nur noch, daß sie auf einmal am Telefon gewesen sei und mich angerufen habe. Ich ging nach oben und rief Miss Hennessey. Sie kam herunter. Und dann rief Mutter bei Mr. Ahearn an.»

Da Catherine Wynekoop eine Zeugin der Verteidigung war, wurde sie erst lange nach Miss Hennessey vernommen, bekam also erst viel später als diese Gelegenheit zu schildern, wie sie ihre Mutter am Abend des Mordtages erlebt hatte. Wenn wir uns Catherines Aussage durch den Kopf gehen lassen, sollten wir uns deshalb zugleich vergegenwärtigen, wie Alice selbst in ihrem sogenannten Geständnis ihre eigene Reaktion auf Rhetas Tod beschrieb und was Miss Hennessey über den Verlauf der frühen Abendstunden jenes Tages erzählte.

Natürlich darf man aus diesen beiden hier auszugsweise wiedergegebenen Zeugenaussagen keine falschen Schlüsse ziehen. Aber wenn beide der Wahrheit entsprechen, woran zu zweifeln wir nicht den geringsten Anlaß haben, und wenn Alice Rheta wirklich umgebracht hat, dann kann ich nur sagen, welch ein Jammer, daß eine gewisse Alice Lindsay als junges Mädchen beschlossen hat, Medizin zu studieren, denn an dieser Frau ist eine großartige Schauspielerin verlorengegangen!

Im weiteren Prozeßverlauf war unübersehbar, daß Alice wahrlich in keiner guten Verfassung war. Sie wurde an den Verhandlungstagen jedesmal in einem Rollstuhl in den Gerichtssaal gefahren, und es war ständig ein Arzt in der Nähe. Das führte zu allerlei juristischen Disputationen, so daß sich die neugierige, in Gesetzesdingen unbewanderte Öffentlichkeit fragte, ob Alice eigentlich wegen Mordes der Prozeß gemacht wurde oder wegen ihres Gesundheitszustands.

Da fällt mir übrigens gerade etwas ein, etwas, das sehr peinlich war und woran sich wohl niemand gern erinnern dürfte: Es wurden nämlich beträchtliche Wetten darüber abgeschlossen, ob Alice den Prozeß überhaupt überleben werde. Diejenigen, die darauf setzten, daß sie durchhielt, hatten mitunter ganz hervorragende Gewinnchancen. Ein Barmann im Osten von St. Louis hat damals dreißig zu eins geboten. Ich hätte ihn beim Wort nehmen sollen; daß ich es nicht getan habe, ist eins von den Dingen in meinem Leben, die ich wirklich bedauere.

Nach Miss Enid Hennessey kamen einige Zeugen, die sich über den Tatort als solchen ausließen, und dann rief die Anklage den leidgeprüften Vater Burdine H. Gardner auf.

Böse Zungen behaupten, sein Auftritt sei bewußt und gezielt darauf angelegt gewesen, an das Mitgefühl der Geschworenen zu appellieren, denn im Grunde hatte er wenig zu sagen, was nicht bereits bekannt war. Es liegt mir natürlich fern, der Staatsanwaltschaft des Staates Illinois etwas Derartiges unterstellen zu wollen! War doch andererseits schon vor langer Zeit beschlossen worden, Alices Rollstuhl so aufzustellen, daß die Geschworenen ihn nicht im Blick hatten. Auch durfte die Angeklagte im Beisein der Jury «weder von einem Arzt oder Mediziner noch von einer Krankenschwester» versorgt werden, womit verhindert werden sollte, daß «die Gebrechlichkeit der besagten Angeklagten ... bei den Geschworenen Mitleid erregt».

Burdine Gardner sagte aus, daß die Gesundheit seiner Tochter sehr angegriffen gewesen sei und ihre Schwiegermutter sich Sorgen um sie gemacht habe. Und in höchst beleidigtem Ton fügte er hinzu: «Die Angeklagte hat sich nicht mehr bei mir gemeldet, bis ich hörte, meine Tochter ist tot. Daß sie tot war, erfuhr ich von einem Reporter des

Chicagoer *Tribune*, der mich am 21. November 1933 kurz vor Mitternacht anrief.»

Nein, diese Chicagoer Reporter! Die haben aber auch überall die Finger drin!

Nach Gardner trat Veronica Duncan in den Zeugenstand; sie wohnte neben den Wynekoops und war offensichtlich eine Freundin der Familie, und wie die folgenden Auszüge aus ihrer Aussage beweisen, ebenso unverkennbar eine große Befürworterin von frischer Luft und Leibesübungen.

«Sie (Dr. Wynekoop) sagte etwas über das herrliche Wetter und fragte mich, was ich am Nachmittag vorhätte. Ich erzählte ihr, daß ich vielleicht einen Spaziergang machen wollte, und schlug vor, daß Rheta mitkommt...»

«... schlug ich vor, daß Rheta rüberkommt und mich abholt, damit wir einen Spaziergang machen...»

«... hat sie (Dr. Wynekoop) zu Rheta gesagt, wenn sie wolle, könne sie einen Spaziergang mit mir machen...»

«Ich sprach mit ihr (Rheta) darüber, daß ich einen Spaziergang machen wollte...»

«Ich sagte ihr, daß ich gern einen Spaziergang mit ihr machen würde...»

Und schließlich: «Dr. Wynekoop schlug vor, daß ich Rheta frage, ob sie nicht einen Spaziergang mit mir machen will...»

Die Aussage der spazierfreudigen Miss Duncan brachte wenig mehr zutage, als daß Rheta nachmittags um drei an ihrem Todestag nicht nur noch gelebt hatte, sondern sogar frisch und munter genug war, um mit einer Einkaufstasche voller Lebensmittel die Straße entlangzulaufen, und daß Dr. Wynekoop abends um sieben bei Rhetas Freundin angerufen hatte, weil sie sich Sorgen machte und in Erfahrung bringen wollte, wo ihre Schwiegertochter steckte.

Als Beweisstück Numero 28 präsentierte die Anklage dann Dr. Wynekoops Aussage bei ihrer Vernehmung durch Captain Thomas J. Duffy am Abend des 21. November, bei der sie die Vermutung äußerte, daß Rheta womöglich von einem Einbrecher getötet worden sei. Schließlich berichtete der Leichenbestatter Thomas J. Ahearn, ein alter Freund der Familie, daß Alice ihn gleich nach Auffinden der Leiche angerufen und er daraufhin die Polizei alarmiert habe. Danach marschierten mehrere Lebensversicherungsagenten auf und gaben ihre jeweiligen Spekulationen über das Mordmotiv zum besten.

Hier noch ein paar Polizeizeugen mit ihren Beobachtungen am Tatort. Da wäre zum Beispiel Lieutenant Samuel Peterson, der aussagte, er habe den Revolver – Beweisstück der Anklage Numero 3 – an sich genommen und ihn am nächsten Tag der Spurensicherung übergeben. (Ich vermisse übrigens in den Prozeßprotokollen einen Hinweis darauf, daß sich an dem Revolver irgendwelche Fingerabdrücke befanden, was die Vermutung nahelegt, daß die vorhandenen nicht deutlich genug waren, um sie zu identifizieren.) Und schließlich hätten wir noch Captain John Stege, der berichtete, wie er die Villa der Wynekoops durchsucht und Alice vernommen hat. Das führte dann zwangsläufig zu einer Debatte über die Anerkennung des Geständnisses als gerichtsverwertbares Beweisstück, in deren Verlauf «die Geschworenen aus dem Gerichtssaal geschickt wurden und man sich gegen unbewiesene Behauptungen und Geständnisse verwahrte».

Nach erbitterten Diskussionen und nachdem etliche Zeitungen die wildesten Spekulationen angestellt hatten, wurde das Geständnis als Beweisstück der Anklage zugelassen und erhielt die Nummer 32. Hierauf wurde Captain Stege, dem die Angeklagte ihr Geständnis zu Protokoll gegeben hatte, ins Kreuzverhör genommen. Es versteht sich von selbst, daß es dabei nicht gerade sanft zuging; im Mittelpunkt standen vor allem die Mittel, mit denen das Geständnis erreicht worden war.

Im Grunde bestätigte das ganze Theater um jenes Beweisstück Numero 32 der Anklage lediglich, daß an Alices Geständnis, sie habe nach dem Unfall mit dem Chloroform, durch den Rheta ums Leben gekommen war, auf die Tote geschossen, kein Fünkchen Wahrheit war. Ebensowenig wie an der Behauptung, Alices finanzielle Situation sei so katastrophal gewesen, daß sie ihre Schwiegertochter kaltblütig ermordet habe, um die Lebensversicherung kassieren zu können, die sie zuvor für sie abgeschlossen hatte.

Die Mädchen auf Earles Liste oder (falls sie das Motiv abgab) das eine «andere Mädchen» spielten im Prozeß keine Rolle mehr. Überhaupt war es in dem ganzen Verfahren verdächtig still um Earle, der auch nicht als Zeuge auftrat.

Nachdem die Staatsanwaltschaft eine Reihe von medizinischen Sachverständigen bemüht hatte, um zu beweisen, daß Alices Geständnis unmöglich der Wahrheit entsprechen konnte, bestätigte der erste Zeuge der Verteidigung unter Eid, daß dieses Geständnis erzwungen worden war.

Am Sonntag, dem 26. November 1933, druckte die Chicagoer Zeitung *Examiner* ein Exklusivinterview mit Dr. Harry Hoffman, dem Leiter der dem Gericht von Cook County untergeordneten Klinik für Behavioristische Psychologie. Dieser Dr. Hoffman war übrigens als Belastungszeuge aufgetreten. Die Fragen, die der Reporter Austin O'Mallay ihm bei dem Interview gestellt hatte, waren so clever, daß dieses in Gänze als Beweisstück Numero 2 der Verteidigung zu den Akten genommen wurde. Aus dieser Zeitungsveröffentlichung und der im Zusammenhang damit gemachten Zeugenaussage ging eindeutig hervor, daß Alice zu dem Zeitpunkt, als sie das Geständnis ablegte, müde, krank und völlig erschöpft war. Und das ist schließlich kein Wunder, ganz egal, ob sie schuldig war oder nicht.

Im übrigen hob die Verteidigung hervor, daß Alice die Lebensversicherung ihrer Schwiegertocher nicht nötig hatte und daß sie, selbst wenn sie das Geld dringend gebraucht hätte, viel zu sehr an Rheta gehangen hatte, als daß sie imstande gewesen wäre, diese deswegen umzubringen. Auch wurde nicht versäumt, auf «Dr. Alice Wynekoops guten Leumund als friedfertige und gesetzestreue Bürgerin» hinzuweisen.

Dieser Formulierung begegnen wir in den Aussagen der gleichfalls gut beleumundeten Zeugen der Verteidigung immer wieder. Als da wären: eine Schriftstellerin und Lektorin, ein Geschichtsprofessor, eine Sozialarbeiterin, ein Zeitungsverleger und die Direktorin einer

Privatschule. Die Liste ist eindrucksvoll und ließe sich beliebig verlängern. Zum Beispiel um einen Pfarrer, einen pensionierten Beamten des Chicagoer Gesundheitsamtes, einen Mitarbeiter der Schulbehörde, eine allseits bekannte Vereinsvertreterin und und und... und alle sagten sie dasselbe: «Dr. Alice Wynekoop hat einen guten Leumund als friedfertige und gesetzestreue Bürgerin.»

Das ist eine der rätselhaftesten und merkwürdigsten Erscheinungen im Zusammenhang mit Mordprozessen. Eine der faszinierendsten Mörderinnen, die ich kennengelernt habe, hatte einen geradezu phänomenal guten «Leumund». Sie wurde sogar freigesprochen, obgleich niemand daran zweifelte, daß sie ihr Opfer kaltblütig im Schlaf erschossen hatte. Ein Geschworener erzählte mir später im Vertrauen: «Nach allem, was wir von ihrem Verteidiger über den Kerl gehört hatten, waren wir uns einig, daß dieser Sowieso einfach nur gekriegt hat, was er verdiente.»

Eine junge Frau hingegen wurde wegen eines Mordes verurteilt, den sie nicht begangen hatte; sie wäre um ein Haar lebenslänglich ins Gefängnis gegangen, weil mehrere Zeugen sie als liederlich und unmoralisch bezeichnet hatten.

Die Zeugen der Verteidigung lassen uns Alice in ganz neuem Licht erscheinen. Hier einige Auszüge aus der Aussage ihrer jüngeren Schwester: «Sie wurde in Onargo, Illinois, geboren... Unser Vater war Farmer... Sie hat zunächst die Dorfschule besucht und kam dann in Onargo aufs Seminar... danach ging sie an die Northwestern University und absolvierte dort ein Medizinstudium an der Woman's Medical School...»

Die Entlastungszeugen beschrieben Dr. Alice Lindsay Wynekoop als eine Frau, die sich zu einer Zeit, da gebildete junge Damen allenfalls Porzellanmalerei zu studieren pflegten, zur Ärztin ausbilden ließ, Sozialarbeit leistete, lehrte, anderen Medizinstudentinnen mit Rat und Tat zur Seite stand, in Vereinen mitarbeitete und über alldem keineswegs ihre Pflichten als Hausfrau und Mutter vernachlässigte.

Die Aussagen der Familienangehörigen stellen auch ihre Beziehung zu Rheta völlig anders dar als die Anklage. So erklärt Alices jüngere Schwester zum Beispiel: «Sie hatte großes Interesse an Rheta und mochte sie sehr gern... wir sprachen einmal über Rhetas Zukunft... Earle hatte keine feste Anstellung. Meine Schwester unterstützte ihn und Rheta, seine Frau...»

Hier ein Auszug aus der Aussage von Walker Wynekoop, Alices ältestem Sohn: «Sie machte sich Sorgen darüber, wie Earle Rheta behandelte. Sie machte sich Sorgen über den Umgang, den er hatte, seit er bei der Weltausstellung arbeitete. Meine Mutter bat mich, ihm ins Gewissen zu reden. Ich habe mit ihm über sein Verhalten gesprochen.»

Und schließlich noch Dr. Catherine Wynekoop: «In meinem Beisein hat meine Mutter nie ein unfreundliches Wort zu Rheta gesagt. Wenn meine Mutter mir ein Kleid gekauft hat, hat sie jedesmal auch eins für Rheta gekauft.»

Dann kam endlich der Augenblick, den die Zeitungen und ihre Leser so sehnlich erwartet hatten. Rechtsanwalt W. W. Smith verkündete: «Unsere nächste Zeugin, Herr Vorsitzender, ist Dr. Alice Wynekoop.»

Auch sie erzählte die Geschichte von der kleinen Farmerstochter, die sich zur Ärztin, Lehrerin, Sozialarbeiterin, Vereinsfrau und Mutter gemausert hat. Sie erzählte, wie Earle und Rheta sich kennengelernt hatten, wie sie zunächst miteinander korrespondiert und bald darauf geheiratet hatten; sie sprach über Rhetas schlechten Gesundheitszustand, über Earles Unbeständigkeit und seinen Aufbruch zum Grand Canyon. Aus der Perspektive ihrer Schwiegermutter erscheint auch Rheta uns in einem ganz neuen Licht. «Sie hatte Angst, daß sie Tuberkulose hätte, aber dafür gab es keinerlei Anzeichen... Rheta war immer sehr still und verschlossen... ich habe sie zu einer Violinlehrerin geschickt... sie nahm ab und zu eine Stunde, mitunter auch zwei, und ließ dann wieder ein, zwei Wochen den Unterricht ausfallen... im letzten Monat war Rheta ziemlich melancholisch und irgendwie trübsinnig... ich sprach mit ihr darüber, daß sie öfter an die frische Luft gehen müßte, daß sie mehr Bewegung an der frischen Luft nötig hätte. Ich habe ihr das mehr als einmal gesagt.»

Alice berichtete über die Einbrecher, die das alte Haus in der Monroe Street heimgesucht hatten, und erzählte dann ihre Version der Ereignisse am des November 1933. Zunächst einmal sei das ein Tag wie jeder andere gewesen. Sie sei gegen 8 Uhr aufgestanden und habe mit Rheta gefrühstückt. Dann sei sie zum Krankenhaus gefahren, wo eine ihrer Patientinnen operiert werden sollte.

«Ich ging zu Fuß nach Hause und war so gegen 13 Uhr wieder daheim. Rheta erwartete mich an der Tür. Sie sagte: ‹Ich wußte nicht, wann du kommst, Mutter, darum habe ich mit dem Mittagessen gewartet.› Ich schlug ihr vor, gleich nach dem Essen ihre Einkäufe zu erledigen. Sie ging einkaufen und war zwischen halb und drei zurück. Dann hat sie, glaube ich, den Tisch abgeräumt und sich angezogen. Was sie anhatte, als sie einkaufen ging, kann ich beim besten Willen nicht sagen, aber als sie zurückkam, hat sie, entgegen ihrer Gewohnheit, Hut und Mantel in der Bibliothek liegenlassen.»

Bis dahin war der Tag bei den Wynekoops also ziemlich unbeschwert und ganz normal verlaufen. Auf der Straße hatte Rheta Veronica Duncan getroffen, die sie fragte, ob sie Lust hätte, mit ihr spazierenzugehen, aber Rheta wollte lieber in die Stadt gehen und eine bestimmte Partitur kaufen. (Alice erlitt übrigens während ihrer Zeugenaussage einen Schwächeanfall, so daß die Sitzung unterbrochen werden mußte; die Geschworenen wurden aus dem Saal geschickt und durften erst wiederkommen, nachdem Catherine ihrer Mutter ein Medikament verabreicht hatte.)

Dann erzählte Alice, sie sei gegen 15 Uhr zu einem Schaufensterbummel aufgebrochen. «Es war ein außergewöhnlich schöner, angenehm warmer Tag.» Sie sei zur Post gegangen und habe Briefmarken gekauft, dann habe sie noch in einen Eisenwarenladen geschaut. Mit der Straßenbahn sei sie zum Krankenhaus gefahren, um noch einmal nach ihrer Patientin zu sehen, die sie schlafend angetroffen habe. Danach sei sie nach Hause gefahren. Sie habe das Haus nicht durch den Praxiseingang im Souterrain, sondern durch die über die Vortreppe zu erreichende obere Haustür betreten.

Rheta sei nicht daheim gewesen. Alice habe Hut und Mantel abgegelegt und sei in die Küche gegangen, wo sie auf dem Tisch die Lebensmitteleinkäufe vorfand. Sie habe angefangen, das Abendessen vorzubereiten.

Wie die Geschichte weiterging, wissen wir von Miss Enid Hennessey, mehreren Polizisten und Dr. Catherine Wynekoop. Alice distanzierte sich ausdrücklich von ihrem sogenannten Geständnis. Außerdem erklärte sie, ihre finanzielle Situation sei keineswegs so angespannt, daß sie Rhetas Lebensversicherung nötig gehabt hätte. Sie erlitt während ihrer Zeugenvernehmung noch einige weitere Schwächeanfälle, und jedesmal wurden die Geschworenen aus dem Saal geschickt, bis die Angeklagte wieder bei Bewußtsein war.

Der Prozeß schleppte sich hin. Ein ums anderemal wurde Alice befragt und ins Kreuzverhör genommen. Weitere Zeugen sagten aus. Und noch immer wußte niemand, was der hübschen, melancholischen Rheta Wynekoop denn nun wirklich zugestoßen war. Am 6. März 1934 aber fällten die Geschworenen endlich ihren Spruch: «Wir befinden die Angeklagte Alice L. Wynekoop im Sinne der Anklage des Mordes für schuldig und beantragen für sie eine Haftstrafe von fünfundzwanzig Jahren. Weiterhin stellen wir fest, daß besagte Angeklagte Alice L. Wynekoop den Unterlagen nach derzeit zirka dreiundsechzig Jahre alt ist.»

Vergebens bemühte man sich von mehreren Seiten um eine Wiederaufnahme des Verfahrens gegen die betagte Ärztin. Sie kam in das Frauengefängnis von Dwight, Illinois.

Im Grunde war der Fall erledigt. Für Leute aber, die von Natur aus neugierig sind, bleiben noch viele Fragen offen. Zum Beispiel: Falls Alice die rothaarige Rheta wirklich umgebracht hat, was war das Tatmotiv? Ging es ihr um die eher klägliche Versicherungssumme, oder wollte sie ihrem geliebten Sohn ermöglichen, eine neue Ehe zu schließen? (Earle hat übrigens nie wieder geheiratet.) Oder hatte sie etwa noch einen ganz anderen Grund, der bei der Verhandlung gar nicht zur Sprache gekommen war? Und dann: Wenn Alice gewußt hat, daß im Behandlungszimmer im Souterrain die tote Rheta lag, wie konnte sie dann beim Abendessen so gelassen sein? Zumal wenn man bedenkt, daß sie zum Zeitpunkt der Entdeckung der Leiche, wenn denn Entdeckung das rechte Wort ist, einem Nervenzusammenbruch nahe war!

Vielleicht ist es falsch, heute, nach all den Jahren, noch Fragen zu stellen. Aber es gibt nun einmal im Zusammenhang mit diesem Mord so viele Fragen, die förmlich nach Antwort schreien. Die erste lautet natürlich: Hat die alternde Ärztin ihre reizende, melancholische Schwiegertochter wirklich umgebracht? Wenn ja, warum hat sie es getan, und was genau war das Motiv? Angenommen, sie war unschuldig, hat sie dann ihr berühmt gewordenes Geständnis abgelegt, weil sie glaubte, ihr geliebter Sohn Earle hätte Rheta ermordet? Und falls es so war, was hat sie dazu gebracht, ihn für schuldig zu halten?

Earles Unschuld war durch sein Alibi, das er selber zu erschüttern versucht hatte, eindeutig erwiesen. Wenn aber weder er noch Alice Rheta umgebracht haben, wer hat es dann getan?

Wer hat es getan – und warum? Ich weiß es nicht; ich kann nur sagen: Rufen Sie, meine Leser, sich die bekannten Fakten, so verworren und zugleich verwirrend sie auch sein mögen, noch einmal ins Gedächtnis, und dann entscheiden Sie selbst.

Bisweilen fragt man sich, was wohl aus den Menschen wird, die in einen so tragischen und berühmten Kriminalfall wie den Fall Wynekoop verwickelt waren. Ich glaube, die eigentliche Tragödie findet immer erst im nachhinein statt. Auch in diesem Fall.

Dr. Alice Wynekoop sitzt noch immer im Frauengefängnis von Dwight.

Ihre Tochter Catherine ist eine erfolgreiche Ärztin und arbeitet in der Kinderklinik des Cook County Hospital.

Walker Wynekoop, der Geschäftsmann, macht weiter Geschäfte und ernährt damit, ungeachtet des Schattens, den der Fall auf den guten Namen der Familie geworfen hat, Frau und Kinder.

Das letzte, was ich von Earle gehört habe, war, daß er in einer Autowerkstatt als Mechaniker gearbeitet hat. Das ist einige Jahre her.

Doch stellen wir uns einmal vor, ein Fremder macht zufällig die Bekanntschaft Dr. Catherine Wynekoops. «Wynekoop? Ach – sind Sie nicht die Catherine Wynekoop, die...?» Oder jemand spricht Walker Wynekoops Kinder an: «Wynekoop? – Seid ihr irgendwie verwandt mit den Wynekoops, die damals in diesen Mordprozeß verwickelt waren...?»

Ich denke manchmal, auch ein Haus kann Schmerz empfinden. Wie schmerzlich muß es für das Haus in der West Monroe Street Nummer 3406, einst erbaut als Heim für eine glückliche junge Familie, in all den Jahren gewesen sein, zu erleben, wie Busfahrer und Spaziergänger mit Fingern darauf zeigten: «Seht her, das ist das Haus, in dem Rheta Wynekoop ermordet wurde!» Mag sein, daß das Haus unter diesen Umständen regelrecht aufgeatmet hat, als eines schönen Tages in einer Morgenzeitung auf Seite 26 eine kleine Notiz stand:

«Die düstere alte Villa in der West Monroe Street Nummer 3406 wird demnächst abgerissen –»

Originaltitel:
Murder in Chicago
aus *Chicago Murders*, 1945
Aus dem Englischen von Christa Schuenke

Eleazar Lipsky

Der Schutz des Unschuldigen

Eleazar Lipsky war stellvertretender Staatsanwalt von NY County, und eine Zeitlang strahlte sein Stern hell, in der literarischen Welt und auch in Hollywood. Durch seinen ersten Roman *The Kiss of Death* (später veröffentlicht als *The Hoodlum*) wurden die großen Hollywoodstudios auf sein Talent aufmerksam. Der Regisseur Henry Hathaway verfilmte den Stoff. Es war ein sensationeller Erfolg, mit Victor Mature als Ex-Sträfling und Polizei-Informant, der einen psychopathischen, durchgedrehten Killer (Richard Widmark) zur Strecke bringt. Der Film gilt als ein Meisterstück des Realismus der späten Vierziger. Auf dem Gipfel seines Erfolgs veröffentlichte Lipsky in rascher Folge noch zwei weitere, sehr unterschiedliche Romane. *Murder one* und *The People against O'Hara*. Danach wandte er sich dem True Crime zu.

In dieser Story hier geht es um einen normalen, harmlosen Mann, dem die Todesstrafe für ein Verbrechen droht, das er nicht begangen hat. Die Geschichte erschien in der ersten Ausgabe von *Detective: The Magazine of True Crime Stories*. Dieses Magazin wurde 1951 gegründet, später charakterisierte es der Verleger Lawrence Spivak als «genau, zurückhaltend und intelligent belesen, als ein Magazin, das anderen blutbesudelte Fotos und die sensationellen Übertreibungen» überläßt. Die Leser, die daran gewöhnt waren, ihren Mord direkt und blutig vorgesetzt zu bekommen, zeigten sich wenig beeindruckt von dem Magazin. Es ging keine zwei Jahre später wieder ein.

Filme und Medien haben die Ansicht verbreitet, daß Staatsanwälte und Kriminalbeamte die besten Jahre ihres Lebens damit zubringen, unschuldigen Verdächtigen, die ihnen zufällig in die Hände gefallen sind, einen Mord anzuhängen. Nun ja, vielleicht ist es so.

Meine eigenen praktischen Erfahrungen zeugen jedoch eher vom Gegenteil. Polizisten täuschen sich manchmal. Irren ist menschlich. Doch wenn wir auf Perfektion bestehen würden, dann funktionierten weder die Polizei noch das Justizsystem.

Vor einigen Jahren fing sich die dem Bezirksstaatsanwalt von New York County zugeordnete Mordkommission einen speziellen Fall ein. Es war ein heißer Samstagmorgen gegen Ende Juni. Der junge, stellvertretende Staatsanwalt tat Dienst; er erhielt einen Anruf von Detective Joseph Hennessy von der Mordkommission, der ihn mit der Sachlage vertraut machte. Das Gespräch verlief ungefähr so:

«Was gibt's, Joe?»

«Eine Messersache in der Seventh. Sie haben dort einen verhaftet.»

«Worum dreht sich's?»

«Schaut so aus, als hätt der Bursche heute morgen einem anderen die Kehle durchgeschnitten. Der Mann befindet sich im Krankenhaus. Kaum eine Chance, daß er durchkommt. Sie glauben, daß er's nicht mehr lange macht.»

«Was haben Sie für mich?»

«Nun, der Verhaftete macht eine Aussage –»

«Sie meinen, ein Geständnis?»

«Nein –. Er behauptet, er wär's nicht gewesen. Aber es besteht kein Zweifel. Es gibt eine ganze Menge Zeugen. Sie haben gesehen, wie er dem Mann die Kehle durchgeschnitten hat.»

«Was war der Anlaß?»

«Nichts und alles – wie's halt so geht.»

Der Staatsanwalt sagte: «Ich ruf den Stenographen an. Können Sie mich abholen?»

«In 20 Minuten. Ich hab den Streifenwagen.»

Kurz darauf saßen der Detective der Mordkommission und der junge Staatsanwalt in einem Revier in der Lower East Side, wo Detective Morris Schreiber von den Seventh Squad Detectives den Fall «bearbeitete».

Obwohl man die grünen Vorhänge zum Schutz gegen die grelle Sonne vorgezogen hatte, war es sehr heiß in dem Raum im zweiten Stock. Die Detectives arbeiteten in Hemdsärmeln; eine schwitzende Gruppe von Augenzeugen hockte in gelangweilter Schläfrigkeit herum. Schreiber nahm den Staatsanwalt und den Detective beiseite und deutete auf den Verhafteten – einen am ganzen Leib zitternden, aschfahlen neunzehnjährigen Jungen, dessen zerrissenes Hemd blutverschmiert war. Sein Gesicht war mit Messern und Fäusten übel zugerichtet worden. Schreiber faßte kurz zusammen:

«Diese Zeugen sahen die ganze Sache. Sie sagen aus, daß die Messerstecherei um 2 Uhr morgens vor einer Kneipe stattfand und daß dieser Junge, Kennedy» – er deutete auf den zitternden Jugendlichen –, «es gemacht hat. Drei dieser Zeugen» – er deutete auf eine Frau und zwei Männer, alles Schwarze – «sahen Kennedy die Straße zusammen mit zwei anderen Männern hinuntergehen. Die Frau sagt, sie hätte Kennedy im Auge behalten. Der alte Mann, der das Messer abgekriegt hat, schlief auf der Veranda des Hauses, wo er wohnt, ungefähr 50 Fuß von der Kneipe entfernt. Es war heiß, deshalb schlief er draußen. Kennedy und seine Freunde gingen an dem alten Mann vorbei, Richtung Westen auf die Straßenecke zu. Dann drehte Kennedy sich um. Er marschierte auf den alten Mann zu und schnitt ihm die Kehle durch, einfach so. Die Frau schrie, und eine ganze Meute jagte hinter Kennedy her. Sie schnappten ihn und verpaßten ihm eine höllische Tracht Prügel. Ein vorbeikommender Polizist rettete ihm das Leben.»

«Wie fing die ganze Sache an?» erkundigte sich der Staatsanwalt.

Schreiber zuckte die Achseln. «Es ging um nichts. Der alte Mann schlief. Kein Wort wurde zwischen ihnen gewechselt. Kennedy kam einfach daher und schnitt ihm die Kehle durch.»

Der Staatsanwalt dachte kurz darüber nach und fragte dann: «Wo ist der Beamte, der die Verhaftung vorgenommen hat?»

Schreiber streckte seinen Kopf in den Korridor hinaus und brüllte:

«Fitz!» Ein untersetzter Polizist in ordentlicher blauer Uniform betrat den Raum. Der Staatsanwalt erkundigte sich:

«Haben Sie irgendwelche Informationen zu diesem Fall?»

Der Polizist schüttelte den Kopf. «Ich war mit dem Wagen auf Streife. Ich sah, daß die Meute jemand mit einem weißen Hemd jagte. Als ich an Ort und Stelle war, fehlte nicht mehr viel, und sie hätten ihn umgebracht. Ich mußte meine Waffe ziehen, bevor sie von ihm abließen.»

«Er ist ziemlich zerschlagen», bemerkte der Staatsanwalt.

«Sie brauchen mich nicht anzuschaun», verteidigte sich der Polizist. «Ich hab ihn in dem Zustand gefunden.»

«Es schaut nicht gut aus, wenn ein Verhafteter mit Verletzungen aufs Revier gebracht wird», sagte der Staatsanwalt ernsthaft. «Das nimmt einem Geständnis die richtige Überzeugungskraft.»

«Sie werden kein Geständnis kriegen», sagte ihm der Polizist voraus. «Er schreit ‹unschuldig›, seit ich ihn reingebracht hab.»

«Wir werden sehen.» Der Staatsanwalt entließ den Polizisten und wandte sich wieder Schreiber zu. «Was sagt Kennedy?»

«Er sagt überhaupt nichts», erwiderte Schreiber. «Er behauptet, er wäre mit zwei Freunden auf der gegenüberliegenden Straßenseite gegangen. Auf der Südseite in Richtung Westen. Er sagt, sie wären an der Ecke gestanden, als plötzlich der Mob auf sie zugestürmt kam. Er ist dann davongerannt, weil er Angst hatte. Er wußte nicht, hinter wem oder was sie her waren. Er ist bloß weggerannt. Genauso wie seine Freunde Butch und Louie.»

«Butch und Louie? Wo sind sie?»

Schreiber verzog das Gesicht. «Er kennt weder ihre Nachnamen noch wo sie wohnen. Er weiß nicht, wie er sie erreichen könnte. Er sagt, sie wären bloß spazierengegangen und hätten sich unterhalten, als die Sache passierte. Butch und Louie hören sich verdammt nach einem faulen Ei an.»

Soweit war der Fall typisch für viele Gewalttaten in den Straßen New Yorks. Ein Mann ohne jedes Motiv, nur von einem einzig und allein ihm bekannten Impuls getrieben, attackiert plötzlich einen harmlosen Passanten. Nach seiner Festnahme hat er nichts weiter als ein schwaches Alibi zu bieten. In diesem Fall schienen die Aussagen der Augenzeugen zu genügen, um den Täter zu überführen.

Hennessy, der in der Tiefe seiner Seele ein Philosoph war, fragte sich laut: «Warum um alles in der Welt sollte Kennedy so was machen?»

«Betrunken, Rauschgift oder einfach nur schlicht verrückt.» Der Impuls, der das Verbrechen ausgelöst hatte, interessierte Schreiber nicht – die Polizei muß nicht das zugrundeliegende Motiv mitliefern.

«Komische Sache», bemerkte der Staatsanwalt zweifelnd. «Reden wir mal mit den Zeugen.»

Schreiber gab einer Frau, die hinter einem Schreibtisch gedöst hatte, einen Wink. Sie stand auf, und der Detective sagte: «Das ist Mary Jones. Mary, das ist der Bezirksstaatsanwalt. Er ist dein Freund. Du kannst ihm die Wahrheit sagen.»

«Ich sage die Wahrheit», erklärte sie schlicht.

Der Staatsanwalt bot der Frau eine Zigarette an und schob sie in das innere Büro. Als sie dort Platz genommen hatte, fragte er ruhig:

«Haben Sie gesehen, was heute früh geschehen ist?»

«Ich hab es mit meinen eigenen Augen gesehen», sagte sie mit Nachdruck. «Er hat Old Caspar die Kehle durchgeschnitten. Ich hab's gesehn.»

Der Staatsanwalt gab ihr Feuer. «Sie wollen uns doch helfen, den Mann zu erwischen, der Old Caspar das angetan hat, nicht wahr?»

«Mister, Sie haben ihn bereits.» Sie paffte an der Zigarette.

«Besteht irgendeine Möglichkeit, daß Sie sich getäuscht haben?»

«Nicht die geringste.»

Der Staatsanwalt hielt Mary Jones für einen durchaus vernünftigen Menschen. Sie arbeitete als Näherin im Textil-Viertel. Sie hatte eine Tochter zu Hause und hatte in der Nähe der Kneipe auf ihren Mann gewartet, dessen Schicht als Fahrstuhlführer gleich zu Ende sein mußte. Hier einiges von dem, was sie dem Staatsanwalt von sich aus erzählte, bevor er sie fragte, was geschehen wäre:

«Ich stand an der Ecke unter der Straßenlaterne. Ich unterhielt mich mit niemandem, sondern wartete einfach nur auf meinen Mann. Wir wollten noch zusammen ein Bier trinken und dann nach Hause gehen. Zwei Männer standen herum. Ich kannte sie als Fred und Terry. Nach einer Weile gingen drei Männer, ich meine Kennedy und seine Freunde, an mir vorbei. Sie gingen auf der gleichen Straßenseite, auf der ich stand, die entferntere Seite vom East River aus. Dann überquerten sie die Straße zur Stadtseite rüber. Ich sah, wie sie das erste Mal am alten Caspar vorbeigingen. Kein Wort fiel zwischen ihnen. Nichts passierte, was meine Aufmerksamkeit erregt hätte. Ich hatte nichts Besseres zu tun, also beobachtete ich sie. Als sie an der Ecke ankamen, blieben sie stehen und unterhielten sich. Dann kam Kennedy allein zurück. Er ging auf Old Caspar zu und schlug irgendwie nach seiner Kehle. Ich wußte nicht, was er da tat. Dann entfernte er sich langsam. Old Caspar kam hoch und griff sich mit einer Hand an den Hals. Ich fragte mich, was das alles sollte. Dann starrte Caspar seine Hand an und machte einen Schritt in meine Richtung. Ich sah Blut auf seinem Hemd und den Schnitt an seinem Hals. Ich deutete auf Kennedy und schrie: ‹Er hat Old Caspar die Kehle durchgeschnitten. Der in dem weißen Hemd. Schnappt ihn euch!› Fred und Terry jagten hinter ihm her. Ich hörte nicht auf zu schreien, und im nächsten Moment, vielleicht nach fünf Sekunden oder so, kam eine ganze Meute angerannt. Sie erwischten diesen Kennedy. Ich hab den Polizisten und dann den Detectives gesagt, daß er's war.»

Der Staatsanwalt fragte weiter. «Zwischen dem Moment, als Sie sahen, wie dem alten Caspar von jemandem die Kehle durchgeschnitten wurde, bis zu dem Zeitpunkt, wo Sie schrien, haben Sie da auch nur für eine Sekunde den Blick von dem Mann abgewandt, der das getan hatte?»

«Nein, das hab ich nicht», sagte sie fest.

«Sie verwenden ständig Kennedys Namen», sagte der Staatsanwalt. «Haben Sie ihn je zuvor gesehn? Haben Sie irgendwas gegen ihn?»

«Ich habe seinen Namen hier auf dem Revier erfahren. Ich hab den Mann noch nie gesehn.» Sie verließ den Raum.

Fred und Terry, junge, kräftige Männer, die bei der Metro beschäftigt waren, bestätigten Mary Jones' Aussage. Sie hatten nicht weit von ihr entfernt gestanden, in ihr Gespräch vertieft, aber sie erinnerten sich daran, daß drei Männer vorbeigekommen waren, kurz bevor die Frau schrie. Als sie aufschauten, sahen sie auf der ansonsten menschenleeren Straße nur das verletzte Opfer und «den Mann mit dem weißen Hemd», den sie als Kennedy identifizierten.

«Als ich ihn sah», sagte Fred, «befand er sich nur ganz kurz von Old Caspar entfernt. Sonst war niemand auf der Straße. Außer diesem Mann konnte es niemand gewesen sein. Ich rannte hinter ihm her. Er bog um zwei oder drei Ecken, aber ich verlor ihn keinen Moment aus den Augen. Ich erwischte ihn am Kragen, und dann kamen die anderen und verprügelten ihn.»

«Sie haben nicht gesehn, daß er mit dem Messer zugestochen hat?»

«Nein, aber er kann es nur gewesen sein. Sonst war niemand zu sehen.»

Der Staatsanwalt fragte die beiden der Reihe nach:

«Als Sie sich umdrehten, war der Mann mit dem weißen Hemd nahe bei Caspar oder nahe der entfernteren Straßenecke?»

Sie waren sicher, daß er ganz in der Nähe von Caspar war.

«Wie viele Drinks hatten Sie zu sich genommen?»

«Wir waren nicht betrunken», sagte Fred mit Nachdruck. «Ich hatte vielleicht zwei Glas, aber ich wußte genau, was ich tat. Ich kann mich nicht täuschen. Jedenfalls nicht so sehr.»

Und dabei blieb es. Drei Augenzeugen, sofortiges Alarmgeschrei, die Jagd und die Überwältigung. Der Fall war sehr einfach gelagert.

Doch Schreiber machte einen unglücklichen Eindruck. «Du redest besser mal mit dem Jungen.»

Hennessy von der Mordkommission, ein rothaariger Intellektueller, der wie ein Philosophieprofessor an einer Militärakademie auftrat, stellte die Fragen.

«Ich weiß nicht, was das soll», protestierte Kennedy. «Ich bin bloß nach dem Abendessen mit diesen Burschen, Butch und Louie, herumgeschlendert. Gegen zehn Uhr haben wir jeder ein Bier in der Canal Street getrunken. Dann sind wir eine Weile am Fluß entlangspaziert und schließlich in diese Straße eingebogen. Ich war überhaupt nicht auf der Straßenseite, auf der der alte Mann abgestochen worden ist. Wir sind auf der gegenüberliegenden Seite zur Ecke gegangen und standen dort rum, als wir den Mob brüllen hörten und sahen, wie die Meute auf uns zugestürzt kam. Wir rannten zusammen weg. Ich bin nicht weggerannt, weil ich jemand eins mit dem Messer verpaßt hätte. Ich rannte, weil ich Angst hatte. In dem Viertel hier geht's ziemlich gemischt zu. Ich sah, daß es keine Weißen waren, ich dachte, vielleicht ist's irgendein Protest oder Aufstand. Ich weiß nicht, wo Butch und Louie wohnen. Ich hab die Typen in der Nachbarschaft kennengelernt.»

«Das ist eine ernste Angelegenheit», sagte Hennessy. «Du erinnerst dich besser, wo wir Butch und Louie finden.»

Der Staatsanwalt fragte: «Behauptest du, daß dich die Polizisten geschlagen hätten?»

«Nein, sie haben mir das Leben gerettet. Aber sie tun so, als wär ich's gewesen. Ich hab mit alldem gar nichts zu tun. Warum sollte ich dem Alten was tun? Ich weiß nicht mal, wer er ist.»

«Hast du zu der Zeit jemand auf der Straße gesehen, der den alten Mann hätte erstechen können?» erkundigte sich Hennessy.

Kennedy zitterte. «Nein, hab ich nicht.»

«Irgend jemand hat's getan, und alle sagen, du wärst es gewesen.» Hennessy legte eine kleine Pause ein. «Du kannst es dir leichter machen, wenn du die Wahrheit sagst.»

«Ich hab die Wahrheit gesagt.» Kennedy gab einige kleinere Vorstrafen zu, nichts Schlimmes. Wechselnde Arbeitsplätze. Er wohnte bei seiner Familie. «Was für einen Grund sollte ich haben? Sagen Sie mir das», fragte er.

«Wer immer es auch getan hat, er hatte keinen Grund», sagte Hennessy. «Also kannst genausogut auch du es getan haben.»

Kennedy wurde hinausgebracht. Die Ermittler blieben im inneren Büro sitzen, tranken Soda und versuchten sich in der leichten Brise des Ventilators zu kühlen. «Was haltet ihr davon?» fragte der Staatsanwalt.

Schreiber leerte seine Flasche. «Versuchen wir's mit dem alten Mann. Er müßte vernehmungsfähig sein.»

Kennedy wurde in das Krankenhaus gebracht, in dem Old Caspar auf der Intensivstation lag, einen blutverschmierten Verband um den Hals. Der Staatsanwalt stellte seine Fragen, aber der alte Mann konnte nicht antworten, weil ihm das Blut in den Mund sickerte. Schreiber und Hennessy führten Kennedy herein, und der Staatsanwalt erkundigte sich: «Ist das der Mann, der Ihnen das Messer in den Hals gestoßen hat?»

Einen Augenblick lang konnte sich der alte Mann nicht bewegen. Dann richtete er sich mit Mühe etwas auf, deutete auf Kennedy und nickte. Erschöpft sank er zurück und schloß die Augen.

«Und was bedeutet das nun?» fragte Schreiber.

«Es bedeutet, daß wir Kennedy wegen schwerer Körperverletzung anklagen», sagte der Staatsanwalt. «Wenn der alte Mann stirbt, kommt eine Mordklage hinzu.»

«Ich hab's nicht getan», protestierte Kennedy.

Die Beamten standen auf der heißen Straße vor dem Krankenhaus und faßten zusammen. Drei Augenzeugen hatten den Tathergang getrennt voneinander so geschildert, daß an der Schuld des Verhafteten kaum ein Zweifel zu bestehen schien. Das Opfer hatte ihn identifiziert. Sein «Alibi» in Gestalt von Butch und Louie schien reine Erfindung zu sein.

«Gefällt mir trotzdem nicht», knurrte Schreiber. «Das ist ein bösartiges Verbrechen. Will mir einfach nicht in den Kopf, daß dieser Junge es getan hat. Er ist ein Schwächling.»

Auch der Staatsanwalt hatte seine Bedenken. «Mir gefällt es aus einem anderen Grund nicht. Wenn er der Typ ist, der so eine Sache fertigbringt, warum hat er dann nicht irgendeine Geschichte erfunden? Er ist zu passiv.»

«Da mögen Sie recht haben», sagte Philosoph Hennessy. «Aber was kann man schon gegen drei Augenzeugen ausrichten?»

«Wir können auf einen Teller Borscht gehen – das können wir tun», sagte Schreiber, und sie machten sich auf den Weg zu einem russischen Restaurant in der nahe gelegenen Delancey Street.

An diesem Nachmittag starb der alte Mann, und Kennedy wurde automatisch unter Mordanklage gestellt.

Eine Personenverwechslung schien ausgeschlossen zu sein. Das biedere Leben des Verstorbenen ließ den Gedanken an einen geplanten Mord gar nicht erst aufkommen. Es war und blieb eine aus einem plötzlichen Impuls heraus entstandene Messerstecherei, eine interne Angelegenheit des Viertels. Weitere Ermittlungsarbeiten waren fast nicht nötig. Bei dieser Beweislage wurde der Verhaftete normalerweise sofort angeklagt, verhandelt und wegen Mordes verurteilt. Kennedy besaß weder die Intelligenz noch die Standhaftigkeit oder das Geld, um sich aus dieser Falle zu befreien.

Doch weder die Polizei noch der Staatsanwalt waren mit der Sachlage zufrieden. Sie untersuchten den Fall weiter. Schreiber fragte im Viertel herum. Am Montag tauchte Margaret Kennedy, die Schwester des Verhafteten, im Büro des Staatsanwalts auf, um sich eine Besuchserlaubnis für ihren Bruder im Stadtgefängnis zu holen.

Der Staatsanwalt hatte es sich zur Regel gemacht, sich mit Familienmitgliedern zu unterhalten, und lud sie in sein Büro ein. Die junge Frau sah gut aus und machte einen intelligenten, wenn auch feindseligen Eindruck. Sie arbeitete als Verkäuferin in einem Modewarengeschäft. «Mein Bruder ist unschuldig», sagte sie erbittert.

«Woher wissen Sie das?» fragte der Staatsanwalt. «Wir bekommen das immer zu hören.»

«Ich weiß es», sagte sie bestimmt.

Der Staatsanwalt musterte sie neugierig. Es war ganz natürlich, daß die Schwester ihren Bruder für unschuldig hielt. Doch etwas in ihrem Benehmen deutete darauf hin, daß sie noch über irgendwelche speziellen Kenntnisse verfügte. Sie hatte das Kinn hochgestreckt und die Lippen zusammengepreßt. Er fragte sanft: «Gibt es etwas, das Sie mir vielleicht erzählen möchten?»

«Gibt es einen Grund, weshalb ich das sollte?»

Ihre Feindseligkeit ärgerte ihn nicht. Sie hatte recht, wenn sie ihm mit Mißtrauen gegenübertrat. Aus ihrer Perspektive wollte er ihrem Bruder an den Kragen. «Glauben Sie, daß ich irgendwelche Informationen, die Sie mir geben, gegen Ihren Bruder verwenden könnte?»

Ihr Achselzucken war Antwort genug.

«Kennt die Polizei Ihren Bruder?»

«Nicht besonders.»

«Bin ich Ihrem Bruder vor diesem Samstag jemals begegnet?»

«Nein», gab sie zu.

«Warum glauben Sie dann, er bedeutet mir irgendwas?» fragte er.

«Ich hab Ihnen nichts zu sagen», erklärte sie entschlossen.

«Das glaube ich schon», sagte er scharf. «In Ihrem Kopf geht irgendwas vor. Warum werden Sie's nicht los?»

«Woher soll ich wissen, wie Sie das verwenden?»

Er lachte. «Wie gesagt, Ihr Bruder ist mir egal. Es steht keine Wahl an, bei der sich die Aufmerksamkeit auf diesen Fall richten könnte. Niemand wird dadurch Gouverneur, daß er Ihren Bruder verurteilt. Die ganze Sache ist lediglich ermüdend. Ich will Ihnen mal was sagen – wir verfügen über überwältigende Beweise, daß Ihr Bruder den alten Mann getötet hat. Wir glauben diesen Beweisen. Aber wir sind nicht auf eine bestimmte Richtung fixiert. Wir folgen allem und jedem. Wenn ein Beweis auf seine Unschuld hindeutet, dann folgen wir dieser Spur. Deutet er auf seine Schuld hin, nun ja, da sind wir bereits.»

Sie blieb bei ihrer Verweigerung. Der Staatsanwalt mußte sie eine Stunde lang bearbeiten und umschmeicheln, bis sie nachgab. «In Ordnung!» rief der Staatsanwalt. «Jemand hat Ihnen also gesagt, er ist unschuldig. Wer war dieser Mann?»

«Ich kann es Ihnen nicht sagen.»

«Wo haben Sie davon gehört?»

«In einer Bar.»

«Welcher Bar?»

«Farley's Bar», murmelte sie. «In der Henry Street.»

«Wann?»

«Am frühen Sonntag morgen kam ein Mann rein und sagte: ‹Sie haben deinen Bruder, aber er hat's nicht getan.›»

«Und was bringt uns das? Er hat nicht mehr gesagt als das, was Sie bereits gesagt haben.»

«Er hat die ganze Sache gesehn», platzte sie heraus und biß sich dann auf die Zunge.

«Ein Augenzeuge?»

Sie nickte.

«Wie heißt der Mann?»

«Sag ich nicht.»

«Warum nicht?»

«Ich hab versprochen, daß ich ihn nicht in Schwierigkeiten bring.»

Der Staatsanwalt schaute sie ungläubig an. «Ihrem Bruder droht der elektrische Stuhl. Der Fall gegen ihn ist wasserdicht. Sie sind seine Schwester. Sie behaupten, Beweise für seine Unschuld zu besitzen. Und jetzt erzählen Sie mir, daß für Sie das Versprechen diesem Mann gegenüber wichtiger ist als Ihr Bruder.»

Hartnäckig wiederholte sie: «Ich kann es Ihnen nicht sagen. Ich hab dem Mann mein Wort gegeben.»

Nach mehreren Stunden zähen Ringens und mühseliger Argumentation versprach das Mädchen schließlich, ihren Zeugen zu bitten, am nächsten Tag freiwillig vorbeizukommen. Als sie ging, sagte sie: «Hoffentlich tu ich das Richtige.»

Schreiber schaute kurz herein. «Ich hab was für Sie.»

«Was ist es?»

«Vielleicht ist an Kennedys Geschichte doch was dran. Ich hab endlich den Barbesitzer und seinen Barkeeper aufgetrieben. Vor der Messerstecherei gab es Streit. Zwei Zivilisten und ein Matrose. Ich hab so das Gefühl, einer der Zivilisten könnte unser Mann sein.»

Innerhalb einer Stunde führte Schreiber einen weißhaarigen alten Mann, dem die Bar gehörte, und seinen kräftigen, untersetzten Barkeeper herein. Ein paar Drohungen bezüglich der Lizenz für Alkoholausschank lockerten ihnen sofort die Zunge. Sie stimmten überein, daß einer der Zivilisten, ein großer, mächtiger Mann, sehr viel getrunken hatte. In mieser, bösartiger Stimmung war er schließlich mit dem Barkeeper in Streit geraten. «Herr Staatsanwalt», sagte der schwarze Barkeeper ruhig, «was er über mich und meine Leute sagte, das würde ich von keinem Mann hinnehmen. Außerdem machte er Krawall. Also ließ ich mir vom Boß das Okay geben und warf ihn raus. Er war noch keine fünf Minuten draußen, da merkte ich, daß mein Sandwichmesser verschwunden war. Dann hörte ich fünf, vielleicht auch zehn Minuten später diese Frau schreien, und alle rannten raus. Ich sperrte den Laden zu und ging nach Hause. Ich wollte nicht dabeisein, wenn es Ärger gab. Wenn ich natürlich gewußt hätte, daß Old Caspar sterben würde, wäre ich noch geblieben. Aber ich dachte, sie hätten den Mann geschnappt.»

«Wer war der große Mann, den Sie rausgeworfen haben?»

Der Barkeeper schüttelte den Kopf. «Ich hab seinen Namen nie erfahren. Ich erinnere mich aber, daß ich ihn schon in der Gegend gesehen hab.»

Der Staatsanwalt zeigte beiden ein Foto von Kennedy. «War das der Mann?»

Sie schauten sich das Foto sorgfältig an. «Nein.»

Der Staatsanwalt ließ die Zeugen hinausführen und fragte Schreiber: «Was beweist das nun?»

«Wie viele Männer mit Sandwichmessern treiben sich um diese Morgenstunde auf der Suche nach Streit herum?» protestierte Schreiber. «Was wollen Sie – Filmaufnahmen?»

«Es besteht eine Chance, daß Sie recht haben», gab der Staatsanwalt zu. «Aber wir brauchen bessere Beweise. Was ist mit Butch und Louie?»

«Wir haben die Parole ausgestreut, daß sie sich bei uns melden sollen, falls sie existieren», sagte Schreiber.

Die Aussagen wurden aufgenommen und die Zeugen entlassen. Am nächsten Morgen bewies Margaret Kennedys unbekannter Zeuge, daß er kein Mythos, sondern durchaus real war, indem er persönlich erschien. Er war ein kleiner, ungefähr dreißigjähriger Mann mit einem Pickelgesicht und welligen Haaren, auf die er stolz war. Er besaß einen nicht gerade hohen Intelligenzquotienten und ein ausgefranstes Nervenkostüm. Er saß da und bearbeitete seine Fingerknöchel.

«Wie ist Ihr Name?»

«Jerry Capone!»

«Capone?» Der Staatsanwalt musterte den Zeugen. «Sie machen Witze.»

«Ich wünschte, es wäre so», sagte Jerry traurig. «Ich werd oft genug damit aufgezogen.»

«Also gut, was geschah – Capone?»

«Johnny Kennedy war's nicht.» Jerry leckte sich die Lippen. «Sonst weiß ich nichts. Bin nur hergekommen, weil sie mich darum gebeten hat.»

Der Staatsanwalt erhob sich. «Wollen Sie sich über die Intelligenz des Staatsanwalts lustig machen? Ich hab nichts dagegen, wenn man mich anlügt. Damit muß ich rechnen. Aber ich werd nicht zulassen, daß jemand die Intelligenz des Staatsanwalts in Frage stellt. Das ist eine Beleidigung.»

Jerry zuckte zurück. Es hatte den Anschein, als wäre die «Infragestellung der Intelligenz des Staatsanwalts» ein größeres Verbrechen als Mord. Er begann zu reden.

«Nun ja, ich hab die ganze Sache gesehn. Ich war in der Straße, zusammen mit ein paar Freunden. Wir saßen auf Holzkisten und tranken Cola-Rum. Ich ging in die Bar und sah einen Matrosen und zwei Zivilisten. Einer von den Zivilisten, ein großer Mann mit weißem Hemd, fing Streit mit dem Barkeeper an. Ich nahm meine Drinks und ging wieder nach draußen. Ich interessierte mich in dieser Nacht nicht für irgendwelche Prügeleien. Ungefähr 15 Minuten später sah ich diese beiden Männer und den Matrosen rauskommen und Richtung Westen gehn. Sie blieben eine Weile an der Straßenecke stehen und schauten zurück. Einer von ihnen, der Große, kehrte um. Ich dachte, er wollte zurück in die Bar, um den Streit zu Ende zu bringen. Aber er blieb bei dem alten Mann stehen und griff ihn plötzlich an. Zu der Zeit wußte ich noch nicht, was er genau gemacht hat. Dann ging er wieder zu seinen Freunden zurück, und ich verlor sie aus den Augen. Dann marschierten Kennedy und seine Freunde an mir vorbei, so dicht, wie Sie jetzt vor mir stehen, und sagten ‹hallo›. Ich sagte auch ‹hallo›. Dann paßte ich nicht mehr auf. Ein paar Sekunden später hörte ich Geschrei und sah, wie der Mob hinter Kennedy her war. Ich blieb in der Nähe, bis sie ihn erwischt hatten. Dann machte ich mich auf die Socken. Man weiß ja nie, wie solche Sachen ausgehn. Ich traf Kennedys Schwester und sagte ihr, daß ihr Bruder in Schwierigkeiten steckt.»

Der Staatsanwalt machte sich sorgfältig Notizen und fragte dann: «War jemand bei Kennedy?»

«Sagte ich doch schon. Die beiden Jungs. Hab sie noch nie zuvor gesehn.»

«Haben Sie gehört, worüber sie sich unterhalten haben?»

«Sicher. Weiber.»

Nach einer kurzen Pause erkundigte sich der Staatsanwalt: «Na gut. Wer war der große Mann?»

«Weiß ich nicht», sagte Jerry nervös.

«Aber sicher wissen Sie das. Raus mit der Sprache.»

«Ich möcht's nicht sagen», bat Jerry. «Ich hab Angst.»

Schreiber übernahm das Kommando. Unter anderen Umständen hätte man seinen Stil als übertrieben rauh bezeichnen können. Jerry zuckte zurück und schluchzte schließlich: «Sie nennen ihn Herman. Ich hab furchtbare Angst, daß er rauskriegt, daß ich ihn verraten hab.»

Der Staatsanwalt fragte den Detective: «Klingelt da bei Ihnen was?»

«Und ob», sagte Schreiber grimmig. «Ein rauher Bursche aus dem Viertel.» Er wandte sich an Jerry. «Sie meinen Herman Schweppes?»

Jerry nickte.

Der Staatsanwalt fragte: «Haben Sie irgendeine Ahnung, Jerry, weshalb Herman das getan hat?»

«Er konnte nicht an den Barkeeper ran», sagte Jerry schlicht. «Also hat er's dem erstbesten Mann besorgt, den er zu fassen kriegte.»

Schreiber fügte hinzu: «Man muß kein Anwalt sein, um das zu sehen.»

Jerry wurde in das Vorzimmer geführt, und der Staatsanwalt sagte: «Wir brauchen noch ein bißchen mehr als nur Jerrys Aussage. Drei Augenzeugen, alle Freunde des Ermordeten, erzählen uns eine ganz andere Geschichte. Jerry ist ein Freund der Kennedys. Könnte eine abgekartete Sache sein.»

Schreiber griff nach seinem Strohhut. «Ich werd da noch mal ein bißchen nachgraben.»

Es kostete einige Anstrengungen. Herman Schweppes wurde aufgespürt und observiert. Innerhalb von zwei Tagen konnte Schreiber seine Begleiter an dem fraglichen Abend identifizieren. Sie wurden einem strengen Verhör unterzogen, bis die ganze Geschichte ans Tageslicht kam.

Der Matrose lieferte sie. Er war seinem Freund gegenüber loyal – bis zu einem gewissen Punkt. Doch als ihm die Vernehmung zu heiß wurde, beschloß er auszusteigen. Er verriet Schweppes.

Jerry Capone hatte recht. Herman Schweppes hatte einen Grund für seinen plötzlichen Impuls. Bebend vor Zorn wegen der Demütigung, die er von dem Barkeeper hatte hinnehmen müssen, hatte er die Bar verlassen. Schweppes, der ein ellenlanges Strafregister hatte, war auf Bewährung draußen. Jeder Mann, der seinen Weg kreuzte, war in Gefahr. Einen Weißen hätte er vielleicht nicht angegriffen. Doch der wehrlose, schlafende alte Caspar erinnerte ihn an die Wunden, die man ihm geschlagen hatte.

Und das war es – ein plötzlicher Ausbruch von Gewalt in den Straßen, ein gerade an Ort und Stelle befindliches Opfer als Verdächtiger und eine Routineuntersuchung.

Kennedy wäre verloren gewesen, hätten nicht Polizei und Staatsanwalt gemeinsam dieses unbehagliche Gefühl gehabt, daß er weder wie ein Killer aussah noch wie ein solcher gehandelt hatte. Bis Jerry auf der Bildfläche auftauchte, hatte es keinen Grund gegeben, die Aussagen der Augenzeugen anzuzweifeln. Diese wiederum hegten den Verdacht, daß die Polizei Kennedy zu retten versuchte, einen Weißen, und ihn für den Mord an einem Neger ungeschoren davonkommen lassen wollte. Weil sie zur Polizei kein Vertrauen besaßen, weigerten sie sich, die Möglichkeit eines Irrtums in Betracht zu ziehen. Je stärker man sie unter Druck setzte, desto hartnäckiger bestanden sie darauf, im Recht zu sein.

Doch die schlichte Erklärung bestand einfach darin, daß in der kurzen Zeitspanne zwischen der Tat und dem Alarm Herman Schweppes um die Ecke gebogen und John Kennedy an seine Stelle getreten war.

Hätte Kennedy ein übles Strafregister gehabt, dann hätte die Sache schon anders ausgesehen. Was hat die Polizei schon im Normalfall aufzuweisen außer Augenzeugen, auf die sie sich verlassen muß?

John Kennedy hatte das Glück, daß Jerry Capone den Mord sah und seiner Schwester Margaret davon erzählte. Er hatte das Glück, daß sich der Staatsanwalt die Mühe machte, die Wahrheit aus seiner verstockten Schwester herauszuholen. Genaugenommen hatte er auch noch Glück, daß Jerry Capone zuerst zum Staatsanwalt kam, bevor er einem Verteidiger in die Hände fiel – die Geschichte, die man ihm im Büro der Staatsanwaltschaft glaubte, wäre im Kreuzverhör bei der Gerichtsverhandlung zerfetzt worden.

Spuren, Beweise, logische Schlußfolgerungen, brillante Ermittlungen, die Ausschmückungen der Fantasie – sie alle sind wichtig und haben ihren Platz. Doch im Normalfall sind Erfahrung, gesunder Instinkt und ein tiefes Verantwortungsgefühl der beste Schutz für den Unschuldigen.

Originaltitel:
Shield of the Innocent aus *Detective* 1951
Aus dem Englischen von Werner Waldhoff

Jim Thompson

Verdrehte Tatsachen

Seit seinem Tod 1977 wurde Jim Thompson von unzähligen Lesern neu entdeckt, von denen viele oft noch keinen einzigen Kriminalroman gelesen hatten. Auch vom Film, der fünf seiner Bücher auf die Leinwand brachte: ‹Pop 1280› (Titel ‹Coup de Torchon›), ‹The Grifters›, ‹After Dark my Sweet› und ‹The Kill Off›, nachdem es schon zu Jim Thompsons Lebzeiten ‹The Getaway› und ‹The Killer Inside Me› im Kino gab. Vielleicht war es ein Echo auf diesen neuerstandenen Glanz, daß einige Krimischreiber versuchten, diesem ein paar Schrammen zu versetzen. Sie deuteten auf die Fehler in seinen Plots, auf schnell und sorglos hingeschriebene Kapitel, darauf, daß er ständig auf die gleichen Themen zurückgriff. Doch selbst wenn ein paar dieser Vorwürfe stimmen, verdient Thompson immer noch unsere Aufmerksamkeit. Warum? Vor allem, weil man nirgends sonst diese monströse Vision und diesen lakonischen Witz findet. Auch begegnet einem eher selten ein solcher Haufen mitleiderregender Helden – ein schizophrener Sheriff aus Texas, ein klinkenputzender Vertreter und ein drittklassiger Betrüger, um nur ein paar zu nennen. Aber erst seine formalen Experimente heben ihn über das Groschenniveau hinaus. Sein Roman ‹The Criminal› wechselt die Erzählperspektiven nach Rashomon-Art, und ‹A Hell of a Woman› benutzte eine merkwürdig gespaltene Erzählweise. Robert Polito meint in seiner Einleitung zu ‹Fireworks: The Lost Writings of Jim Thompson›, daß Thompson zugetragene, wirkliche Geschichten, ähnlich der, die Sie jetzt vor sich haben, eine wichtige Rolle in seiner Entwicklung des Doppelstimmigen spielten, denn auch sie stützten sich auf diesen Mechanismus. (Die folgende Geschichte wurde ihm von Chester Stay erzählt,

Evidence Officer, La Tumara County, Texas.) Ich schließe mich dem an.

Doch ein Geheimnis aus Jim Thompsons oft dunklem und widersprüchlichem Leben kann aufgedeckt werden: Er hat seine erste Geschichte 1936 im Alter von neunundzwanzig in ‹True Detective› veröffentlicht, nicht mit vierzehn, wie oft geschrieben steht.

Am sechsten August um 6 Uhr 30 morgens erwachte ich aus einem tiefen Schlaf. Meine Frau rüttelte mich an der Schulter: «Steh auf, Chet. Der Sheriff hat eben angerufen. Du sollst gleich zum Parker Kern-Hotel kommen.»

Wenn Sheriff Isaac R. Carter es eilig hatte, gab es allen Grund zur Eile. Ein Ordnungshüter der alten Schule, war er einer jener gelassenen Weststaatler mit dem tranenden Tonfall, denen das eigene, gemächliche Tempo noch immer angemessen erscheint für eine eilige Welt.

Ich fuhr schon in die Kleider, bevor meine Frau die nächsten Worte über die Lippen brachte: «Mr. Trumbull ist ermordet worden!»

«Was?» Ich war gerade dabei, die Schnürsenkel zu binden, und hielt inne: «William Lake Trumbull?»

«Das hat Sheriff Ike gesagt.»

«So was wie ein Unfall?»

«Nein. Sheriff Ike sagt, er ist ermordet worden.»

Ich verlor keine Zeit mit weiteren Fragen. Ich stülpte mir den Hut auf, rannte aus dem Haus, nahm meinen Wagen und fuhr zum Hotel.

William Lake Trumbull war der verantwortliche Mann für den Wandel La Tumaras, Verwaltungssitz des gleichnamigen Counties, von einem verschlafenen Kuhkaff zu einer der rührigsten Kleinstädte in Texas. Er war einst Ende der zwanziger Jahre mit einer klapprigen Bohrausrüstung und der festen Überzeugung in La Tumara aufgetaucht, daß es Öl in der Gegend gebe – und sonst nicht viel. Er war kein sonderlich liebenswerter Mensch, besaß aber die seltene Gabe, Vertrauen einzuflößen. Es gelang ihm, ein paar Rancher zu überreden, eine Bohrung bei Teilung aller Kosten zu finanzieren. Sechzig Tage nach Beginn der Aktion stieß er auf Öl.

Die Quelle war profitabel, doch nicht sehr ergiebig, und Trumbull konnte einen Großteil Land in dem Gebiet zu einem sehr vernünftigen Preis aufkaufen. Dann bohrte er den Schacht ein paar hundert Fuß tiefer und traf auf eine Sandschicht, die die zehnfache Menge Öl hergab. Natürlich fanden seine Teilhaber und die umliegenden Landbesitzer, daß sie reingelegt worden seien, aber sie hatten keine rechtliche Handhabe gegen ihn. Trumbull gründete eine Aktiengesellschaft, erschloß eine Ölquelle nach der anderen und baute schließlich eine Raffinerie am Stadtrand. Bis zu seinem Tod müßte er Millionen gescheffelt haben.

Das Parker-Kern-Hotel liegt drei Meilen nordwestlich der Stadt. Es wurde im Sog des Ölbooms errichtet, und dort steigen vorwiegend höhere Angestellte aus der Ölbranche und reiche Feriengäste ab. Als ich meinen Wagen parkte, kam eine Gruppe Golfspieler aus der Lobby und ging weiter zum samtig grünen Rasen des Golfplatzes; vom Swimmingpool auf der Terrasse des Hauses hörte ich munteres Geschrei. Man hatte den Hotelgästen wohl nichts von dem Mord mitgeteilt, der in ihrer Mitte geschehen war.

Der Empfangschef, mit dem ich auf Sprechfuß stand, dirigierte mich zu Trumbulls Zimmer im vierten Stock, und ein oder zwei Minuten später ließ mich Sheriff Carter rein. Er war allein in dem Zimmer, doch ich konnte seinen Deputy Joe Todd nebenan leise mit jemandem sprechen hören.

«Na, Sheriff?» begrüßte ich ihn.

Er machte eine karge Geste. «Bin gerade erst gekommen, Chet. Schau dich um. Ich kann dir auch nur sagen, was du selber sehen kannst.»

Ich blickte mich um, während ich meine Kamera samt Drum und Dran auspackte. Es war ein konventionelles Hotelzimmer der gehobenen Klasse. Doch mit der Einrichtung hörte die Ähnlichkeit mit dem Normalen und Konventionellen schon auf.

Auf der anderen Seite des Zimmers saß William Trumbull vornübergebeugt in einem Sessel, seine Finger berührten knapp den hochflorigen Teppich. Eine Blutlache hatte sich vor ihm gebildet, neben und auf seinen Füßen. Sein Kopf war buchstäblich oben eingekerbt. Neben ihm lag eine Leselampe, offenbar die Mordwaffe. An ihrem schweren Kupferfuß klebten noch Blut und Haarreste.

Wer immer ihn umgebracht hatte, hatte ihn offenbar auch beraubt. Geschäftsunterlagen und Kleidungsstücke lagen im ganzen Zimmer verstreut. Sämtliche Schubladen von Schreibtisch und Kommode waren aufgezogen. Die Matratze war halb vom Bett gerissen. Das Telefontischchen, ein paar Fuß rechts vor der Leiche, war umgekippt, das Telefon lag auf dem Fußboden und der Hörer daneben. Selbst den Teppich hatte der Mörder bei seiner Suche an ein paar Stellen umgeklappt.

«Und das Zimmer habt ihr so vorgefunden?» fragte ich.

Sheriff Carter nickte. «Ich habe den Stecker vom Radio rausgezogen, aber keinen Knopf berührt. Hat einen solchen Lärm gemacht, daß ich mich selber nicht mehr denken hören konnte.»

«Na klar. Was ist mit dem Telefon?»

«Hab ich genau so vorgefunden. Hab die Vermittlung angewiesen, die Leitung zu diesem Zimmer stillzulegen.»

Ich «bestäubte» und untersuchte die Leselampe, aber wie ich befürchtet hatte, war die Mühe vergeblich. Es gab jede Menge Fingerabdrücke an dem blutverschmierten Fuß und dem Schirm, doch der griffige Schwanenhals, an dem der Mörder sie gepackt haben mußte, war sauber abgewischt. Während ich die letzten von vielen Aufnahmen schoß, die in solchen Fällen nötig sind, erschien Dr. E. E. Hutchinson, der Arzt, der die Autopsie machen sollte. Er äußerte die vorsichtige Meinung, daß Trumbull kaum länger als eine Stunde tot und daß der Tod beinah sofort eingetreten sei. Er bestätigte unsere Vermutung, daß die Lampe als Mordwaffe gedient habe.

Nach Dr. Hutchinsons Untersuchung inspizierten Sheriff Carter und ich die Leiche. Zu unserer großen Überraschung entdeckten wir die unberührte Brieftasche des Ermordeten mit 411 Dollar. Auch eine teure Uhr steckte noch in seiner Westentasche.

Carter schob seinen Hut nach hinten. «Raub war wohl kaum das Motiv, was, Chet?»

«Jedenfalls Geld nicht», stimmte ich zu. «Wer hat den Mord entdeckt?»

«Mr. Durkin, ein Geschäftsteilhaber von Trumbull.» Carter deutete mit dem Kopf auf die Verbindungstür. «Reden wir mit ihm. Er sollte uns inzwischen ein paar Fragen beantworten können.»

Samuel E. Durkin lag auf dem Bett im Nachbarzimmer. Ein gutaussehender, dunkelhaariger Mann von etwa fünfundvierzig, lächelte er schwach über ein paar Scherze, die Deputy Todd gemacht hatte, um ihn von der Tragödie abzulenken.

Als wir eintraten, richtete er sich auf und sagte, er könne und wolle uns in jeder Hinsicht helfen.

«Wann haben Sie zuerst von dem Mord gehört?» begann ich.

«Ein paar Minuten nach sechs – vielleicht Viertel nach sechs.»

«Wie kommen Sie auf diese Zeit?»

«Ich habe um sechs oder kurz danach mit New York gesprochen – dort war es natürlich zwei Stunden später. Und ich muß so zehn Minuten gesprochen haben. Fast genau, als ich auflegte, klingelte das Telefonfräulein noch mal an und bat mich, in Mr. Trumbulls Zimmer nachzusehen. Sie sagte, daß sein Telefon anscheinend hingefallen war, und sie befürchtete, daß er einen Unfall gehabt haben könnte. Ich sah nach und –» Er machte eine Pause und deutete zum Mordzimmer.

«War denn die Verbindungstür zwischen Ihren Zimmern unverschlossen?»

«Ja.» Durkin wirkte auf einmal unbehaglich. «Um ehrlich zu sein, Trumbull und ich haben uns heute morgen unterhalten.»

«Um wieviel Uhr?»

«Na ja – das war ein paar Minuten, nachdem wir aufgestanden waren. Wir haben uns beide um halb sechs telefonisch wecken lassen. Wir wollten das Flugzeug zur Ostküste erreichen.»

«Wie lange haben Sie sich unterhalten?»

«Nicht sehr lange. Höchstens zwei bis drei Minuten.»

«Haben Sie nebenan ein Poltern gehört, nachdem Sie gegangen waren?»

«Ich konnte schwach das Radio hören, sonst nichts. Die Wände und Türen hier sind ja beinah schalldicht.»

Sheriff Carter räusperte sich. «Gibt es Ihres Wissens nach jemanden, der Trumbull ermordet haben könnte?»

«Nein.»

«Und Ihre Beziehung zu ihm war rein freundschaftlich?»

«Aber sicher!» Dann senkte Durkin den Blick, als der Sheriff ihn nachdenklich ansah, und ein schiefes Lächeln umspielte seine Lippen. «Na gut», gab er ein wenig einfältig zu, «sie war nicht direkt freundschaftlich. Er hat mich fast um jeden Cent betrogen, den ich hatte. Heute morgen wollte ich versuchen, ihn zu einem Ausgleich zu bewegen, und als er sich weigerte, rief ich meinen Anwalt in New York an.»

«Erzählen Sie uns doch einfach die ganze Geschichte», regte Sheriff Carter an.

Durkin nickte ernüchtert. «Ich habe mich vor drei Jahren aus dem Arzneimittelhandel zurückgezogen, wegen meiner Gesundheit, aber ich hatte keine Lust, den Rest meiner Tage fern von allen Geschäften dazusitzen. Ein Freund stellte mich Trumbull vor, und bevor ich mich versah, hatte ich fast mein ganzes Kapital bei ihm investiert. Genau gesagt 85 000 Dollar. So. Aber ich habe nie die Gewinne erhalten, die mir zustanden, und die letzten fünf Monate kam überhaupt nichts mehr. Meine Anteile bezogen sich nur auf ganz bestimmte Quellen Trumbulls, nicht auf den gesamten Besitz. Trumbull versuchte, mir weiszumachen, daß die Ölquellen, an denen ich beteiligt war, auf unbestimmte Zeit stillgelegt werden müßten. Sagte, sie seien erschöpft und müßten sich erholen, oder es wäre aus damit. Das klang ziemlich faul, wie ich fand, und ich wollte selbst herkommen und mich umsehen. Durch die Leute hier lernte ich Trumbull in einem ganz neuen Licht kennen. Ich erfuhr, daß er diese Nummer schon früher abgezogen hatte, und sagte ihm, damit könne er bei mir nicht landen –»

Sheriff Carter hob die Hand: «Womit genau wollte er denn landen?»

«Er wollte meine Investitionen so unprofitabel machen, daß ich froh gewesen wäre, zu jedem Preis zu verkaufen!» Durkin hob indigniert die Stimme. «Er hatte sogar die Stirn, mir 10000 Dollar zu bieten! Und mir waren die Hände gebunden. Er hatte ja die Kontrollmehrheit beim Öl und das Sagen beim Bohrbetrieb.»

Carter schüttelte mitfühlend den Kopf und warf mir einen Blick zu. Ich stand auf und ergriff das Telefon. Ohne den Hörer abzunehmen, ging ich, so weit es die Schnur erlaubte, auf das Mordzimmer zu. An der Zwischentür mußte ich haltmachen. Ohne das Telefon loszulassen, konnte ich zwar auf der Schwelle zum Nachbarzimmer stehen, konnte aber nicht eintreten.

Durkin beobachtete mich besorgt.

«Sieht aus, als wären Sie aus dem Schneider, Mr. Durkin», sagte ich. «Vorausgesetzt natürlich...»

«Sie können doch meine Geschichte bei der Telefonistin überprüfen», bot Durkin an.

«Machen wir auch», nickte ich. «Noch eins. War Trumbulls Tür zum Gang unverschlossen?»

Durkin zögerte. «Das weiß ich wirklich nicht. Könnte aber sein. Wir haben beide auf den Boy gewartet, der unser Gepäck abholen sollte.»

«Sie war offen, als ich kam, Chet», warf der Sheriff ein.

Durkin ließ sich bereitwillig Fingerabdrücke abnehmen, obwohl ich ehrlich gesagt wenig Sinn darin erblickte. Offenbar waren er und Trumbull im Verlauf der Woche, die sie im Hotel übernachtet hatten, ständig in beiden Zimmern ein- und ausgegangen. Außerdem hätte er nicht telefonieren und ihn gleichzeitig ermorden können, egal wie zornig er auf Trumbull war.

Sheriff Carter verabschiedete sich mit der Aufforderung an ihn, in der Stadt zu bleiben, bis die Affäre aufgeklärt sei, und Todd und ich traten wieder in das andere Zimmer. Dort bemerkte ich etwas, das mir bei meiner ersten Inspektion entgangen war.

Die Leselampe, mit der der Mord ausgeführt worden war, gehörte weder auf den Schreibtisch noch auf das Radio, wie ich anfangs vermutet hatte. Auf der Seite, wo Trumbull ermordet worden war, gab es keine Steckdose. Der einzige Anschluß für die Lampe befand sich am Lesetischchen neben der Zwischentür.

Todd und Carter erfaßten diesen Tatbestand sofort.

«Wer es auch war», beschrieb Todd genau, «hier mußte er die Lampe packen, dann quer durch das Zimmer gehen, hinter Trumbull treten und ihn niederschlagen.»

«Und Trumbull war viel zu schlau, um einfach dazusitzen und abzuwarten», überlegte Carter. «Er hätte sich gewehrt oder geschrien oder versucht zu entkommen. Wahrscheinlich alles drei.»

«Vielleicht hat er geschlafen.»

«Er war gerade aufgestanden, eben fertig mit Anziehen. Und er hörte Radio.» Der Sheriff schüttelte den Kopf. «Nein. Trumbull muß gesehen haben, was vor sich ging, aber aus irgendeinem Grund hat es ihn nicht beunruhigt.»

«Was uns vor ein Problem stellt», sagte ich. «Wenn es jemand war, den er kannte – Durkin und praktisch jeder seiner früheren Teilhaber –, hätte es ihn beunruhigt. Andererseits, wenn es jemand war, den er nicht kannte – also, bei einem Unbekannten hätte er es sicher nicht soweit kommen lassen.»

Carter schlug sich plötzlich auf den Schenkel. «Ein Hotelangestellter! Der hätte eine Entschuldigung gefunden, um die Lampe zu ergreifen, und Trumbull hätte sich nichts dabei gedacht!»

«Gehen wir», sagte ich.

Todd blieb zurück, um das Zimmer im Auge zu behalten und den Abtransport der Leiche zu überwachen. Carter und ich erwischten den Fahrstuhl ins Kellergeschoß. Ich sollte hier anmerken, daß das Hotelmanagement im allgemeinen und besonders Mr. J. E. Parker, Direktor im Hause, uns jede erdenkliche Unterstützung gewährte, solange wir den Fall bearbeiteten. Auf Bitten des Sheriffs hatte Mr. Parker die Nachtschichtler des Parker-Kern bis zum Verhör zurückgehalten, und die erwarteten uns jetzt in einem der Umkleideräume.

Miss Nina Fair, 3457 Burk Street, war die Nachttelefonistin. Sie bestätigte Durkins Aussage, daß er und Trumbull für 5 Uhr 30 einen Weckruf bestellt hatten.

«Die Stöpsel auf der Schalttafel liegen direkt nebeneinander, und ich habe beide gleichzeitig angerufen», erklärte sie. «Mr. Durkin antwortete zuerst, dann Mr. Trumbull.»

«Sind Sie ganz sicher, daß es Mr. Trumbull war?»

«Ja, wer hätte es sonst sein können?»

Sheriff Carter zögerte. «Nun», trante er gedehnt, «Durkin hätte es sein können. Ihre Zimmer haben eine Verbindungstür. Ich will nicht sagen, daß er's war, und das alles ist streng vertraulich. Aber –»

«Ich kenne Mr. Trumbulls Stimme.» Die Telefonistin war sich ganz sicher. «Jedenfalls waren Mr. Trumbull und Mr. Durkin zur gleichen Zeit in der Leitung.»

«Aber Sie sagten doch, daß Mr. Durkin zuerst geantwortet hat.»

«Ich meine nicht den ersten Anruf», sagte Miss Fair, «sondern den ein paar Minuten später. Kaum hatte Mr. Trumbull eingehängt, da rief eine Dame von außerhalb an. Ich habe sofort durchgestellt, aber sie hängte ein, als er abnahm, und Mr. Trumbull beschwerte sich, ich hätte sie getrennt. Während ich es zu erklären versuchte, nahm Mr. Durkin seinen Hörer ab und verlangte eine Verbindung mit New York.»

An einer solchen Aussage konnte es keinen Zweifel geben.

«Wissen Sie, wer die Dame war, die Mr. Trumbull anrief?»

«Nein, das weiß ich nicht.»

«Wie spät war es, als Durkin mit New York zu sprechen begann?»

«Es war 6 Uhr 02, als ich seinen Teilnehmer erreichte. Er sprach bis 6 Uhr 10.»

«Wissen Sie, worum es in dem Gespräch ging?»

«Ich weiß, daß er mit seinem Anwalt sprach, und es ging darum, Mr. Trumbull zu verklagen.» Das Mädchen errötete leicht. «Ich lausche natürlich nicht bei den Telefonaten, ich habe nur ein paarmal reingehört, um zu sehen, ob er immer noch sprach. Die Kontrollämpchen funktionieren nämlich nicht immer richtig bei Ferngesprächen, und ich befürchtete, Mr. Trumbulls Telefon wäre hingefallen. Also –»

«Also wollten Sie Mr. Durkin Bescheid sagen, sobald er fertig wäre», schloß Carter beschwichtigend.

«Ja, Sir.»

«Noch eine Frage», sagte ich. «Haben Sie Geräusche eines Handgemenges oder sonst irgendwas in Trumbulls Zimmer gehört, nachdem sein Telefon hingefallen war?»

Miss Fair schüttelte den Kopf. «Nein – nur das Radio und –» Ihre Stimme verlor sich nachdenklich.

«Und was?»

«Ich hörte, daß sich die Tür öffnete und schloß. Die Tür zum Gang.»

Sheriff Carter stürzte sich darauf. «Woher wissen Sie, daß es diese Tür war? Warum hätte es nicht die Zwischentür sein können?»

«Weil ich bei offener Zwischentür das Radio in Mr. Trumbulls Zimmer gehört hätte, als ich bei Mr. Durkin reinhörte. Ich war mit beiden Zimmern verbunden und schaltete im Sekundenbruchteil von einem zum andern. Ich konnte nicht gleichzeitig bei beiden Zimmern mithören, aber es ging so schnell hin und her, daß es fast so war.»

Der Empfangschef Frank E. Corbert, der im Hotel wohnte, konnte unsere Informationssammlung nicht wesentlich erweitern. Er hatte die ganze Nacht in der Rezeption verbracht und nichts von dem Verbrechen erfahren, bevor Durkin ihn anrief. Laut Corbert herrschte in der Lobby ein reges Kommen und Gehen zwischen 5 Uhr 30 und 6 Uhr 30, der letzten Stunde seiner Schicht. Viele Gäste des Parker-Kern spielten gerne eine Runde Golf, gingen Schwimmen oder Reiten, bevor der Tag zu heiß wurde. Corbert wollte nicht behaupten, sich genau an sie zu erinnern. Er erklärte jedoch, daß niemand aus dem Hotel abgereist sei.

Harry Knox, Cuyamaca Rooms, 119 East 4th Street, hatte in der Nacht den Aufzug bedient. Ein heiterer Mann mittleren Alters, war er von Geburt an verkrüppelt und konnte ohne fremde Hilfe nicht gehen. Er hatte seinen Fahrstuhl während der Schicht nur einmal verlassen – um sich zu erleichtern. Er «glaubte», zwischen 5 Uhr 30 und 6 Uhr 30 mehrere Personen von und zu Trumbulls Etage gebracht zu haben. Er benannte zwei von ihnen, doch bei weiteren Ermittlungen erwiesen sie sich als völlig unbeteiligt an der Sache.

Die noch übrigen Nachtschichtler mit Ausnahme derer, die in der

Cafeteria gearbeitet und dort nicht fortgekonnt hatten, waren der Portier und die beiden Hotelboys. Der Portier, wie fast alle anderen Angestellten bezeugten, war die ganze Nacht in der Hotelhalle beschäftigt gewesen und hatte mehr als genug zu tun gehabt, um auf die erlebnishungrigen Gäste zu achten.

Das Verhalten der beiden Pagen war einigermaßen merkwürdig. Ich will damit nicht sagen, daß sie unkooperativ und abweisend gewesen wären, aber sie waren gewiß erleichtert, als ihr Verhör vorbei war. Sie brachten eine Aufstellung der Gäste mit, die sie zwischen 5 Uhr 30 und 6 Uhr 30 bedient hatten, aber das betraf natürlich nur einen Teil derer, die schon auf den Beinen waren; und es war kaum anzunehmen, daß der Mörder die Dienste einer Person in Anspruch genommen hätte, die ihn bei einer späteren Gelegenheit identifizieren würde.

Keiner der beiden Boys hatte während seiner Schicht Trumbulls oder Durkins Zimmer aufgesucht. Ihre Kollegen von der vorangegangenen Schicht hatten Anweisung hinterlassen, daß einer von beiden um 6 Uhr 20 das Gepäck aus den betreffenden Zimmern abholen solle. Doch da war der Mord schon bekannt, und das Gepäck blieb unabgeholt.

Ich ließ meinen Wagen für Deputy Todd stehen und fuhr mit Sheriff Carter in die Stadt zurück.

«Na, Chet, sieht nicht aus, als wären wir viel weitergekommen.»

«Nicht, wenn auf den Fotos nichts drauf ist», gab ich zu. «Ehrlich gesagt, weiß ich nicht, was das sein könnte.»

«Ich auch nicht. An dem Anruf, den Trumbull heute morgen von dieser Frau bekam, könnte was dran sein. Nach dem, was die Telefonistin sagte, klingt es ganz so, als ob sie sich vergewissern wollte, daß Trumbull in seinem Zimmer war.»

«Und als sie das wußte, kam sie rauf und brachte ihn um? Könnte sein. Aber wir können den Anruf nicht zurückverfolgen.»

«Vielleicht weiß sie's nicht. Wir sollten einen Bericht in die Zeitung bringen mit dem Hinweis, daß wir wissen, wer sie ist, und daß sie sich ne Menge Ärger erspart, wenn sie freiwillig zu uns kommt.»

«Wäre den Versuch wert», teilte ich ihm mit.

Wir hielten vor dem Gebäude der La Tumara *Tribune* und fanden den Herausgeber und Redakteur J. Lee Rowan ausgiebig mit einem Extrablatt über den Trumbull-Mord beschäftigt. Natürlich hatte er so gut wie keine Informationen jenseits der bloßen Tatsache, daß der Ölmillionär ermordet worden war, und er begrüßte die Gelegenheit, die Geschichte mit dem mysteriösen Telefonanruf zu veröffentlichen. Während er mit Carter sprach, ging ich nach hinten in das Fotolabor der Redaktion.

Als Tageszeitung und Inhaberin der größten Druckerei im County konnte es sich die *Tribune* leisten, viel mehr Geld in ein Fotolabor zu stecken als die Dienststelle des Sheriffs. Ich hatte eine improvisierte Dunkelkammer und das Allernotwendigste zu Hause, aber Mr. Rowan hatte mir seine Einrichtung zur Verfügung gestellt, und ich benutzte sie oft. Als Dank für seine Freundlichkeit überließen wir ihm diejenigen unserer Aufnahmen, die Nachrichtenwert für ihn hatten.

L. A. «Red» Craig, der Fotograf, versprach, die Filme zu entwickeln und sofort ins Büro des Sheriffs bringen zu lassen.

«Also, heute brennt's wirklich, Red», sagte ich. «Beeil dich, und keine faulen Tricks!»

«Bestimmt nicht, Chet», sagte er voller Ernst, aber mit einem Zwinkern.

Red und ich waren praktisch zusammen aufgewachsen in La Tumara, und er verpaßte selten eine Gelegenheit, mir einen Streich zu spielen. Einmal, und daran erinnere ich mich besonders gut, kopierte er das Konterfei einer Badenixe in eine Aufnahme, die ich von einem Autowrack gemacht hatte. Er veränderte natürlich nichts am Negativ, und der einzige, kurzfristige Schaden, der entstand, war der Schock für meine Nerven.

Da es inzwischen Vormittag war und weder Sheriff Carter noch ich etwas gegessen hatten, flitzte ich auf dem Rückweg zum Gericht in ein Restaurant und besorgte ein paar Becher Kaffee und Sandwiches. Wir ließen uns gerade im Büro des Sheriffs zum Essen nieder, als das

Telefon klingelte. Er nahm den Hörer ab, sprach einen Moment und gestikulierte mir, den Zweithörer zu nehmen.

J. E. Parker, Direktor des Parker-Kern, war am Apparat.

«Ich habe eben mit den beiden Boys gesprochen, die Sie heute morgen befragt haben, und dabei erfahren, daß sie eine Sache verschwiegen haben, die sie Ihnen hätten mitteilen müssen.»

«Ja?» schnappte Sheriff Carters Stimme.

«Einer unserer Boys von der Tagschicht hatte mit ihnen vereinbart, besonders früh zur Arbeit zu kommen, um Mr. Trumbulls Gepäck nach unten zu bringen. Es scheint, daß er Mr. Trumbull regelmäßig bediente und ein viel größeres Trinkgeld als sie erwarten konnte. Natürlich befürwortet das Hotel nicht, daß aus derartigen Gründen Arbeitszeiten ausgetauscht werden, und die Jungen befürchteten, an die Luft gesetzt zu werden. Aber als sie dann nachdachten –»

«Wo ist dieser andere Page?» unterbrach Carter. «Ist er jetzt im Dienst?»

«Eigentlich ja. Laut Stechuhr ist er heute früh um 5 Uhr 30 angetreten. Und sein Straßenzeug hängt noch im Spind. Aber niemand hat ihn gesehen – oder erinnert sich, ihn gesehen zu haben. Offenbar hat er sich im Umkleideraum umgezogen und war fort, bevor die anderen Boys nach unten kamen.»

«Haben Sie keinen Pförtner am Hintereingang?»

«Doch. Aber der kümmert sich hauptsächlich darum, daß jeder, der kommt, die Stechuhr bedient. Wenn erst alle da und in Uniform sind, achtet er nur darauf, daß kein Hoteleigentum wegkommt. Tagsüber benutzen unsere Angestellten den Hintereingang bei der Arbeit.»

Sheriff Carter stöhnte vernehmlich. «Was ist mit dem Aufzugführer von der Nachtschicht, Harry Knox? Wenn der Junge in Trumbulls Etage gefahren wäre, hätte Knox ihn doch sehen müssen?»

«Nicht unbedingt. Der Junge hätte die Treppe nehmen können. Höchstwahrscheinlich aber wird er den Personalaufzug genommen haben. Der Mann, der diesen Fahrstuhl bedient, kommt nicht vor halb sieben zur Arbeit; die Angestellten benutzen nachts den vorderen Aufzug.»

Mr. Parker gab den Namen des Jungen mit Jack Sibbons und seinen Wohnort mit 453 South Main Street an.

Carter und ich rührten kaum unser Frühstück an und rasten die paar Straßen quer durch die Stadt zu der Adresse. Sie lag in einem der schäbigeren Stadtviertel, gleich neben dem Geschäftsbezirk. Einst das Haus eines Pioniers, war es in den letzten Jahren zu einer Pension umgebaut worden. Besitzerin war Mrs. Olaf Walling, die Frau eines Angestellten der Ölraffinerie.

«Jack ist heute morgen um 5 Uhr 40 zur Arbeit gegangen», sagte sie. «Ich habe auf die Uhr geschaut, als ich ihn weggehen hörte, weil er und Olaf meistens gleichzeitig weggingen, und ich dachte, daß sich Olaf vielleicht verspätet hat. Gegen viertel nach sechs kam er zurück, in Uniform; sagte, er hätte vergessen, seine Wäsche in die Wäscherei zu geben. Er rannte nach oben und kam eine oder zwei Minuten später mit einem Koffer wieder runter. Er warf ihn ins Auto und fuhr weg, und das war das letzte, was ich von ihm gesehen habe.»

«Kennen Sie seine Wäscherei?» fragte ich.

«Ja. Aber ich bin ziemlich sicher, daß er nicht hingefahren ist. Ich habe vorhin in sein Zimmer gesehen, und alles ist weg, was sich mitzunehmen lohnte. Gott sei Dank hab ich die Miete im voraus kassiert.»

Ein kurzer Blick in Sibbons Zimmer ergab, daß er kaum vorhatte zurückzukommen. Nichts war von ihm nachgeblieben als ein Paar ausgeleierte Socken und einige Magazine.

Sheriff Carter forderte über Mrs. Wallings Telefon einen Suchwagen der State Highway Patrol an. Dank Mrs. Walling konnte er eine genaue Beschreibung des Verdächtigen samt Fahrzeug liefern, und es sah ganz so aus, als wäre es nur eine Frage der Zeit, bis sie ihn fassen würden.

Das Extrablatt der *Tribune* war schon zu haben, als wir zum Büro zurückfuhren. Und als wir den Flur im Gericht entlanggingen, rief uns Staatsanwalt Max Redford zu sich in seine Abteilung. Wir traten ein, und er führte uns in einen hinteren Raum.

«Dies ist Mrs. Brock, Jungs», sagte Max, indem er einer flott gekleideten Frau von etwa dreißig zunickte. «Die Dame, die Mr. Trumbull heute morgen angerufen hat.»

Die Frau rückte unbehaglich an ihrem blonden Haar herum. «Ich hab ihn ja nur angerufen. Ich bin nicht mal in die Nähe vom Hotel gegangen.»

«Warum erzählen Sie uns nicht die ganze Geschichte», schlug Carter vor.

Die Frau nannte ihren Namen, Jane Brock, und sagte, daß sie im Empire Hotel wohne, Main und Elm Streets. Sie arbeite als Kellnerin im Ramble Inn.

«Mr. Trumbull kam häufiger in den Inn, wenn er in der Stadt war», begann sie. «Er flirtete irgendwie gern, wie manche Männer in seinem Alter, und er scherzte immer, daß er mich mit nach New York nehmen würde. Also, gestern kam er rein, und weil ich Ärger mit meinem Job hatte, fragte ich ihn, ob er das mit New York ernst gemeint hätte. Er sagte ja, und ich sagte, ich würde drüber nachdenken und ihm heute morgen als erstes Bescheid sagen.» Sie wurde rot und unterbrach sich. «Es war nicht so, wie es klingt. Ich dachte nur, ich könnte in New York einen besseren Job kriegen.»

«Also haben Sie ihn heute morgen angerufen?» hakte ich nach einer kleinen Pause ein.

«Ja. Ich wollte ihm sagen, daß ich vielleicht lieber doch nicht mitgehe. Als er den Hörer abnahm, hörte er sich aber so ärgerlich an, daß ich Angst bekam und auflegte.»

Staatsanwalt Redford nahm uns beiseite und erklärte, daß er Mrs. Brocks Aussage mit der des Nachtportiers vom Empire Hotel verglichen habe. Der sagte, sie habe das Parker-Kern gegen 5 Uhr 30 von ihrem Zimmer aus angerufen und sei auch noch dagewesen, als er um 7 Uhr Feierabend machte.

Es gab keinen Grund, sie aufzuhalten, und wir entließen sie mit unserem Dank.

Kaum eine Stunde später benachrichtigte uns die Highway Patrol, daß man Jack Sibbons bringen werde. Sie hatten ihn keine 40 Meilen vor der Stadt gefaßt, als er versuchte, einen Reifen an seinem klapprigen Auto zu wechseln. Er trug nur 20 Dollar in bar bei sich und sonst nichts an Wertpapieren. Er bekundete Unkenntnis über die Tatsache, daß Trumbull ermordet worden war.

Gegen Mittag trafen Mike Kindle und J. P. Rhodes, die beiden Beamten, die die Festnahme vorgenommen hatten, mit ihrem Gefangenen in La Tumara ein. Der eher schmächtige Jüngling von etwa 22 trug immer noch seine Hoteluniform. Vor lauter Angst war er fast hysterisch. Bevor er noch ganz in unserem Büro stand, beschwerte er sich schon lauthals, daß man ihm etwas anhängen wolle.

Carter saß da und betrachtete ihn schweigend, und Sibbons wurde auf einmal still. Sheriff Ike hatte diese Wirkung auf Menschen.

«Schon besser», trante er zustimmend. «Keiner hier hängt Ihnen was an, Sibbons. Wir stellen Ihnen jetzt ein paar Fragen. Die Antworten auf diese Fragen werden entscheiden, was mit Ihnen passiert. Es liegt ganz bei Ihnen, nicht bei uns. Verstanden?»

Sibbons schluckte. «Ja, Sir.»

«Gut. Also, sind Sie heute morgen zu Mr. Trumbulls Zimmer gegangen?»

«Ja, Sir.»

«Um wieviel Uhr?»

«Ich weiß nicht genau. Es war etwa 6 Uhr – früher als abgemacht. Ich dachte, ich helf Mr. Trumbull beim Packen und schinde noch etwas Zeit raus, und dann hätte ich mich in der Halle blicken lassen können.»

«Wie sind Sie dorthin gekommen?»

«Zu Fuß. Sein Zimmer liegt ja nur vier Treppen hoch.»

Carter nickte. «Gut. Was geschah, als Sie oben waren?»

«Nichts.» Der Blick des Jungen flackerte. «Ich dachte, es wär vielleicht besser, doch nicht reinzugehen.»

Der Sheriff schüttelte karg den Kopf.

«Unsinn, Sibbons. Es hilft Ihnen überhaupt nicht, so zu tun, als hätten Sie nichts von dem Mord gewußt. Sie müssen es gewußt haben. Wenn nicht, warum haben Sie denn versucht, die Stadt zu verlassen?»

«Jedenfalls habe ich ihn nicht umgebracht.»

«Wir erwarten Ihren Bericht», bemerkte Carter.

«Ich – ich hab nur angeklopft und bin reingegangen. Das machen wir immer so, wenn in dem Zimmer ein Mann wohnt. Wir warten nicht, bis sie an die Tür kommen. Sobald ich das Zimmer sah, wußte ich, daß was nicht in Ordnung war. Das ganze Zimmer war auseinandergenommen, als ob es einer durchsucht hätte. Dann sah ich Mr. Trumbull, und ich wußte, daß er tot war. Ich dachte, ich sollte lieber schleunigst verschwinden.»

«Warum haben Sie das Verbrechen nicht gemeldet?»

«Aus Angst. Ich hatte da oben nichts zu suchen.»

«Sie sind schon einmal mit dem Gesetz in Konflikt gekommen, nicht wahr?»

«Nein, stimmt nicht!» protestierte Sibbons.

Carter überging diese Antwort. «Worum ging's denn dabei? Mord?»

«Nein! Es war wegen – sie behaupteten, ich hätte eine Uhr von einem Mann gestohlen, da, wo ich arbeitete. Aber das ist lange her! Ich war erst siebzehn, als das passierte!»

«Warum sind Sie heute morgen weggelaufen? Sehen Sie denn nicht, daß Sie damit alles nur schlimmer für sich gemacht haben?»

Sibbons wollte etwas sagen, aber dann biß er sich mürrisch auf die Lippe und schwieg.

«Hatten Sie einen Grund, Trumbull umzubringen?» bohrte Carter weiter.

Der Hotelboy schüttelte nervös den Kopf. «Nein. Was für einen auch?»

Staatsanwalt Redford, bei dem Verhör zugegen, ergriff das Wort.

«Die Sache steht schlecht für Sie, Sibbons», sagte er. «Mal sehen, wie's zusammenpaßt. Punkt eins, Sie haben sich in das Hotel und in Trumbulls Zimmer geschlichen. Punkt zwei, Sie waren zu der Zeit dort, als er ermordet und die Leiche gefunden wurde. Drittens, keiner, außer einem Angestellten wie Sie, hätte nach der Lampe greifen und hinter Trumbulls Rücken treten können, ohne seine Aufmerksamkeit zu erregen. Viertens, Sie wollten verschwinden. Und letztens, Sie sind vorbestraft. Also, wenn Sie uns irgendwas zu Ihrer Entlastungzu sagen haben, dann sagen Sie es jetzt – und zwar schnell!»

Der Junge leckte sich nervös über die Lippen, sagte aber nichts. Redford beugte sich über ihn und fragte: «Haben Sie Trumbull ermordet?»

Sibbons schüttelte wild und verängstigt den Kopf. Seine Stimme bebte. «Nein. Nein! Ich hatte gar keinen Grund, ihn umzubringen. Ehrlich nicht! Mann, geben Sie mir ne Chance! Ehrlich, ich hab ihn nicht angerührt. Ich bin vorbestraft, aber kein Mörder. Ich – ich will einen Anwalt!»

Er sagte nichts mehr, und kein Fragen und Bohren konnten ihn dazu bewegen weiterzusprechen.

Carter und ich brachten ihn wegen Mordverdachts im Bezirksgefängnis unter. Dann nahmen wir unser lang aufgeschobenes Frühstück zu uns und fuhren zurück ins Büro.

Während der Sheriff sich nachdenklich eine Zigarette aus Maispapier drehte, öffnete ich den Packen Fotos, der von der *Tribune* gekommen war, und ging sie durch. Beim dritten Abzug sträubten sich mir die Nackenhaare. Dann, mit einem dämlichen Gefühl, warf ich das Bild beiseite und griff zum Telefon.

Der Sheriff blickte mich fragend an. «Was ist los, Chet?»

«Was wohl! Red Craig hat wieder unsere Bilder verbessert! Ich ruf ihn jetzt an und zieh ihm die Ohren lang.»

Carter betrachtete die Bilder eingehend. «Den Sinn für Humor hat Red von seinem Vater. Sein alter Herr hat sich auch damit in die Nesseln gesetzt, als er in Reds Alter war –» Seine Stimme verlor sich, und er öffnete eine Schublade und nahm das Vergrößerungsglas heraus, das wir benutzten, um Fingerabdrücke zu vergleichen. Nachdem er das Foto sekundenlang untersucht hatte, legte er es vor mir auf den Schreibtisch.

«An dem Bild ist nichts verändert worden, Chet. Es ist ein Bild von Trumbulls Zimmer vor dem Mord – entweder von seinem Zimmer oder einem, das genauso aussieht. Red hätte die Leiche von einem Airbrush-Künstler wegretuschieren lassen können, aber keinem wäre es gelungen, das Zimmer aufzuräumen und das Bett zu machen.»

Er hatte recht. Inzwischen war ich auch genügend abgekühlt, um genau hinzusehen. Es handelte sich einfach um die Ablichtung eines Zimmers im Parker Kern-Hotel, einem wie dem, das der Ölmagnat bewohnt hatte. Aber wie war es zwischen meine Aufnahmen vom Schauplatz des Verbrechens geraten?

Ich hatte Craig an der Strippe.

«Hallo, Chet», sagte er munter. «Wie hat dir meine Einlage mit der verschwundenen Leiche gefallen?»

Ich wollte ihm gerade mitteilen, wie sie mir gefallen hatte, als er mich bremste. «Augenblick, Chet. Reg dich ab. Laß mich erst erzählen. Wir machen gerade eine neue Werbebroschüre fürs Parker-Kern – wir übernehmen alle Druckaufträge für das Hotel. Also, vor ein paar Wochen war ich drüben, um ein paar Bilder zu machen – von innen, von außen, Blick von der Dachterrasse, alles. Der neue Prospekt sieht eher nach College als nach Ferienhotel aus. Nein – laß mich ausreden. Auf dem einen Foto war ein Luxuszimmer, wie das von Trumbull. Die Direktion möchte sie gerne wie Gästezimmer bei reichen Leuten wirken lassen, doch sie gleichen sich wie ein Ei dem andern. Die Aschenbecher, die Blumenvasen – alles gleich. Lampen, Schreibtischdeckchen, Nippes, alles. Na ja, ich konnte einfach nicht widerstehen, dir eine Vorher-nachher-Version deines Mordzimmers zu bescheren. Hoffentlich bist du nicht sauer.»

Danach hörte ich nichts mehr von dem, was Craig sagte.

Sheriff Carter hatte sich plötzlich auf ein anderes Foto gestürzt und verglich es durch die Lupe, während sich der Rauch seiner Zigarette unbeachtet seitlich an seinem Gesicht emporkräuselte.

«Okay, Red», sagte ich. «Das kostet dich ne Einladung zum Essen. Ich muß weitermachen.» Ich hängte ein.

Der Sheriff richtete sich auf, nahm die Maispapierkippe aus dem Mund und warf sie mit Bedacht in den Spucknapf. Er legte die Lupe wieder in die Schublade und steckte die Fotos sorgfältig in den Umschlag zurück. Sein Gesicht war grimmig, doch die Falten der Ungewißheit zwischen den Augen hatten sich geglättet. «Ich hab ihn, Chet.»

«Du weißt, wer's war?»

«Ja. Ein ganz Gerissener. Wir waren auf dem Holzweg. Hätten beinah unsern Strick um den falschen Hals gelegt. Aber jetzt hab ich ihn bei den Hammelbeinen und schneller in Stahlarmbänder, als du ‹weg hier› sagen kannst.»

«Soll ich Sibbons noch mal zum Verhör holen?»

«Sibbons? Tod und Teufeln nein, Sohn, er ist so ein Holzweg; hat uns glatt auf die falsche Fährte geführt. Nein. Wir werden ihn als Zeugen behalten, aber der Mörder ist er nicht.»

Ich merkte immer noch nicht, welches neue Element in dem Fall aufgetaucht war und den Sheriff so sicher machte. «Du meinst doch nicht die Frau, die in letzter Minute so sittsam geworden ist?»

Carter zog seinen Hut etwas tiefer in die Augen. Dann langte er nach hinten und flippte den kurzläufigen 45er aus dem Lederhalfter an seiner Hüfte. Er schwenkte den Zylinder aus, prüfte die Ladung und ließ ihn wieder einrasten. «Nein. Sie hat nichts mit der Sache zu tun.»

Ich folgte dem Alten aus dem Büro, wohl wissend, daß er seine eigenen Methoden hatte, um einen Fall zu knacken; ich ließ ihn ruhig weitermachen – trotz meiner Neugier. Als wir im Wagen saßen, sagte er nur: «Auf zum Parker-Kern. Und diesmal bestimmt zum letztenmal.»

Im Hotel angekommen, bahnten Carter und ich uns unseren Weg durch eine feine Dinnergesellschaft mit Musik und Tanz zum Büro des Direktors. Er saß mit den Mitarbeitern des Hauses in der üblichen Abendbesprechung, doch als er uns das Vorzimmer betreten sah, entschuldigte er sich und kam sofort heraus.

«Ich möchte mit Ihrer Wirtschafterin sprechen», erklärte der Sheriff leise.

«Sie wird um diese Zeit auf ihrem Zimmer sein, aber ich lasse sie gleich kommen.»

«Bemühen Sie sich nicht. Ich glaube, ich kann am Telefon erfahren, was ich wissen muß.»

Der Alte klemmte sich in eine Zelle und telefonierte ungefähr zwei Minuten. Als er wieder hervorkam, nickte er mir zu, und wir schnappten uns einen Fahrstuhl.

Carter klopfte an die Tür des Mordzimmers; Deputy Joe Todd öffnete. Hinter ihm erblickte ich einen gegen die Wand gekippten Stuhl, der vor dem luxuriösen Hintergrund seltsam fehl am Platze wirkte. Daneben auf dem Fußboden stand ein Tablett mit Trumbulls Frühstücksgeschirr und einer Kanne Kaffee. «Keiner hat versucht reinzukommen, Sheriff», flüsterte Todd. «Es ist auch nichts berührt worden.»

«Schön, Joe. Stellen wir deinen Stuhl und das Tablett auf den Flur. Ich will das Zimmer so, wie es war. Ist Durkin drüben?»

«Wenn er nicht leise weggegangen ist. Wollen Sie ihn?»

«Ja – damit er uns noch etwas über die Zimmereinrichtung erzählt.»

Durkin schien sich gänzlich von dem Schock erholt zu haben, den ihm ein so plötzlicher Tod in seiner unmittelbaren Nähe versetzt hatte. Er war frisch rasiert und trug ein Dinnerjackett. «Ich höre, daß Sie den Mörder gefaßt haben, Sheriff, und daß ein Glückwunsch fällig ist. Tat mir leid zu hören, daß es der junge Sibbons war – schien doch ein anständiger Junge zu sein. Was in aller Welt könnte sein Motiv gewesen sein, den alten Mann zu erschlagen?»

«Mir erscheint das Motiv für den Mord ziemlich klar», sagte Carter, indem er den Umschlag mit den Fotos hervorzog. «Was mich aber in diesem Augenblick interessiert, ist weniger, warum noch wie Trumbull ermordet wurde. Ich will wissen, wo er ermordet wurde.»

Durkin runzelte die Stirn und blickte mich an, aber ich zuckte bloß die Achseln und wartete, daß Sheriff Carter fortfuhr.

«Sie meinen, er ist irgendwo anders ermordet und dann hierher in sein Schlafzimmer gebracht worden?» platzte es aus Joe Todd heraus.

«Das habe ich nicht gesagt. Aber dieser Raum ist ziemlich groß. Nun sagen Sie mir, Mr. Durkin, der Sessel, auf dem Trumbull saß, als

Sie ihn fanden – hat der immer an derselben Stelle gestanden, seit Trumbull das Zimmer bewohnte?»

Durkin legte die Stirn in Falten. «Jetzt, wo Sie's erwähnen, Sheriff – ich glaube mich zu erinnern, daß er woanders stand, aber Trumbull war nicht der Mann, der irgend etwas zwischen sich und seine Bequemlichkeit kommen ließ. Er hätte das Bett mitten ins Zimmer gestellt, wenn es ihm gepaßt hätte.»

«Verstehe. Was meinen Sie, wie lange hat der Sessel dort drüben gestanden?»

«Wenigstens ein paar Tage.»

Der alte Ordnungshüter nickte beinah zufrieden.

Ich merkte, wie auch meine Aufmerksamkeit von dem Sessel mit den unheimlichen dunklen Flecken gefesselt wurde. Da, wo der Körper des Toten gesessen hatte, zierte ein Kreideumriß das Polster, und zwei Kreideovale auf dem Teppich mit dem Fleur-de-Lis-Muster zeigten, wo seine Füße auf dem Boden gestanden hatten.

«Was mich von Anfang an gestört hat», überlegte Ike Carter laut, «war, warum zum Donnerwetter ein Mann wie Trumbull keinen Krawall geschlagen hat, als er den Mörder mit einer Lampe in der Hand auf sich zukommen sah. Ein anderes Schlaginstrument wäre unverdächtig gewesen, doch der Mörder mußte erst nach dieser Lampe greifen, dann den Stecker rausziehen, den Lampenschirm abreißen, das Ganze umdrehen und Trumbull damit über den Schädel schlagen. Hotelpagen kommen nicht um 6 Uhr früh ins Zimmer und fangen an, mit Lampen zu hantieren. Hier, Joe – du gehst jetzt rüber und schließt die Tür zwischen diesem und Mr. Durkins Zimmer auf. Ich brauche eine andere Perspektive auf diesen Raum.»

Joe trat durch die Flurtür hinaus und durch die Verbindungstür wieder ein, nachdem der Sheriff schon den Riegel auf unserer Seite beiseite geschoben hatte. Durch die offene Tür konnte ich das Nachbarzimmer sehen, das genaue Abbild dessen, in dem wir standen.

«Also dann», fuhr der Sheriff fort, «wollen wir mal versuchen, das Ganze zu rekonstruieren. Wenn ich hier stehen würde, hier auf der Schwelle, und Trumbull säße dort drüben mit dem Rücken zu mir –

wenn der Sessel andersrum stände –, dann könnte ich ihn mit einer Lampe oder mit sonstwas erschlagen. Wenn ich die Lampe zu fassen bekäme.»

Joe Todd blickte immer verwirrter drein, Durkin ausdruckslos, und ich muß gestehen, ich tappte auch noch im dunkeln.

«So verrückt es klingen mag, ich glaube, so ist die Sache abgelaufen. Ich glaube, Trumbull saß hier –»

«Aber das Blut!» unterbrach ich. «Du siehst doch die Blutlache. Da, wo du stehst, ist kein einziger Tropfen!»

«Richtig, Chet. Aber schau auf die Fotografien.» Er reichte sie rüber. «Red Craigs Vorher-nachher-Scherz bringt die Wahrheit ans Licht. Diese Zimmer haben identische Einrichtungen, genau nach Vorschrift. Die Wirtschafterin hat es mir eben gesagt. Nun achte auf die Teppichmuster auf den beiden Fotos hier. Alle Blumen auf dem einen Teppich – in dem intakten Zimmer – weisen auf die Fenster. Aber die hier drin weisen auf die Tür. Trumbull wurde nach seinem Tod verschoben. Und der Mörder hat gleich die ganze Geschichte umgedreht – Teppich samt Sessel und Leiche. Er hat es nicht ganz geschafft, weil das Bett im Weg war und er keine Zeit hatte. Also ließ er den Teppich so zusammengeschoben liegen und warf zur Gesellschaft alles andere im Zimmer durcheinander. Wer immer Trumbull ermordet hat, er stand hier in der Tür, wo ich jetzt stehe.»

Durkin schnaubte: «Sie wollen offenbar andeuten, Sheriff, daß ich seelenruhig zuließ, daß einer durch mein Zimmer ging und den Mann nebenan ermordete, während ich ein Ferngespräch führte?»

Ike Carter lehnte sich an den Türpfosten. «Könnte sein. Könnte auch sein, daß Sie viel tiefer drinstecken. Wissen Sie, was meiner Meinung nach passiert ist? Ich glaube, Trumbulls Telefon wurde umgeworfen, nachdem er tot war. Ich glaube, der Mörder hat den Läufer vom Schreibtisch genommen und damit eine Schlinge um das Telefon gelegt – die Falten am Ende lassen vermuten, daß er um irgendwas herumgewickelt war. So konnte der Mörder in Ihrem Zimmer stehen, Ihren Telefonhörer abnehmen und sprechen und, indem er an dem Läufer ruckte, das Telefon hier drinnen umwerfen.»

Durkins Gesicht war aschfahl geworden. «So ein Irrsinn! Das Idiotischste, was ich je gehört habe! Sie haben selbst gesagt, daß der – die Person zuerst die Lampe hätte packen müssen, und Trumbull hätte es gesehen und versucht, sich zu wehren. Wenn Sie glauben, daß ich es war, was ist mit der Lampe?»

«Darauf komme ich jetzt», fuhr Carter mit leiser, gleichmäßig murmelnder Stimme fort. «Der Täter hat Trumbulls Lampe erst berührt, nachdem er tot war.» Der Alte verließ seinen Posten an der Zwischentür, kniete neben der Mordwaffe und hob den Stecker auf. «Diese Lampe war nie an die Steckdose dort drüben angeschlossen. Die Metallzinken des Steckers sind ziemlich weich. Sie sind durch die Kontakte in der Steckdose zerkratzt. Wenn wir diese Kratzer fotografieren und vergrößern, wird sich zeigen, daß jede Steckdose im Hotel ein anderes Muster auf den Zinken eines Steckers hinterläßt. So, sollen wir uns jetzt in den ganzen Aufwand stürzen, um das zu beweisen, oder geben Sie zu, daß Sie Ihre Lampe aus Ihrem Zimmer genommen und Trumbull damit erschlagen haben?»

Joe und ich waren so gebannt von Ikes Darstellung des komplizierten Modus operandi, daß es Durkin gelang, an uns vorbeizustürmen. In Sekundenschnelle war er in sein Zimmer verschwunden und hatte die Tür zugeknallt und abgeriegelt. Sheriff Ike durchquerte den Raum mit einem einzigen Satz. Die 45er erschien in seiner schwieligen Rechten, und die Luft in dem Hotelzimmer barst durch den Schock, als er eine Ladung Blei in das Schloß schickte. Ein Stoß seiner Schulter schmetterte die Tür krachend nach nebenan, und wir hörten einen scharfen Knall und einen Schmerzensschrei.

Als wir eintraten, hielt Durkin sich das rechte Handgelenk. Eine kleine 25er Colt Automatic lag auf dem Boden. Sheriff Carter stand ungezwungen daneben, seine Rechte, durch die Hüfte abgestützt, hielt die Mündung seines Revolvers auf den kauernden Mann gerichtet.

«Nimm die kleine Knarre, Joe, und leg ihm Handschellen an. Dann kannst du dem Hotelarzt sagen, er soll mal raufkommen. Der Bursche hier sieht aus, als ob er gleich umkippt.»

Durkin sah tatsächlich aus, als wäre er am Rande eines Zusammenbruches. Als er gefesselt war, stieß ihn der Sheriff auf das Bett zurück und breitete eine Decke über ihn.

«Seien Sie froh, daß wir 1939 haben und nicht 1879», sagte er zu seinem zitternden Gefangenen. «Wenn seinerzeit zwei Kerle eine Meinungsverschiedenheit per Artillerie aus der Welt schaffen wollten, dann konnte einer, der es lebend überstand, auf ein ehrliches Verfahren zählen. Was unsere Leute aber gar nicht mochten, war die Sorte Killer, die von hinten anschleicht und versucht, einem Unschuldigen rücklings eins zu verpassen. Sie kriegen Ihre Chance vor Gericht, aber lassen Sie sich sagen, daß Sie damals schneller eine Lederkrawatte um den Hals gehabt hätten, als ich es Ihnen heute erzählen kann.»

Das Zittern fiel von Durkin ab, und er setzte sich plötzlich auf, seine Augen glitzerten. «Er hatte verdient, getötet zu werden! Er hat mich um jeden einzelnen Cent betrogen. Und er besaß Millionen!»

«Immer sachte, Sohn. Nach dem Gesetz brauchen Sie von jetzt an bis zu dem Moment, wo man Sie auf dem Stuhl festbindet, keinen Ton zu sagen.»

«Ich will aber reden. Ich muß. Ich bin schuldig. Ich habe ihn getötet. Aber es war nicht im voraus geplant. Wenn ich geplant hätte, ihn zu ermorden, hätte ich doch meine eigene Waffe benutzt, oder? Hab ich aber nicht. Ich bin heute morgen in sein Zimmer gegangen und habe versucht, ihn zu bewegen, sich mit mir zu einigen. Ich warnte ihn, daß ich meine Anwälte anrufen und ihn verklagen würde. Er hat mich ausgelacht. Er gab zu, mich reingelegt zu haben – aber ganz legal. Ich hab ihn angefleht, er aber drehte das Radio laut und dröhnte mich nieder. Ich rannte hierher zurück. Dann öffnete ich die Tür, um noch einen Anlauf zu nehmen, und da saß er und lachte triumphierend zur Decke hoch. Ich packte meine Lampe und schlug zu.» Der Mann kam wieder zu Atem, und in seine Lippen kehrte ein wenig Farbe zurück.

«Alles andere ist genauso gewesen, wie Sie es erraten haben. Ich habe die Lampen hinterher vertauscht. Ich versuchte, den Teppich umzudrehen und den alten Kerl gleich mit. Ich hab's nicht ganz geschafft und deswegen das ganze Zimmer auf den Kopf gestellt und den Läufer vom Schreibtisch um das Telefon gewickelt. Das Radio plärrte immer noch, und ich schloß die Tür, nachdem ich eine Ecke des Läufers unten druntergeschoben hatte. Ich legte mich auf den Boden, als ich mit New York telefonierte, und konnte gerade den Zipfel unter der Tür erwischen und ziehen und so das Telefon hinwerfen. Ich – ich mußte schnell überlegen. Ich dachte nicht, daß irgend jemand deswegen angeklagt würde; ich dachte, das wird nie aufgeklärt. Alles, was ich wollte, war Zeit zum Verschwinden.»

Vor dem Bezirksstaatsanwalt Radford unterschrieb Durkin widerspruchslos ein förmliches Geständnis seines Verbrechens. Man brachte ihn in der Zelle unter, die gerade von Hotelpage Jack Sibbons geräumt worden war.

Am 18. Oktober 1939 erhielt Samuel Durkin Gelegenheit, im Bezirksgericht vor Richter Robert Lee Arrowman ein Schuldgeständnis im Sinne der Anklage des Totschlags ersten Grades abzulegen. Nach der kurzen Formalität des Verfahrens verurteilte man ihn zu 25 Jahren Haft im Staatsgefängnis, wo er immer noch einsitzt.

Vor sechs Monaten wurde ein genialer Ausbruchsplan in der Haftanstalt aufgedeckt. Die Einzelheiten sind nie öffentlich bekannt geworden, aber der Direktor ließ durchblicken, daß der Plan dem Hirn Samuel Durkins entsprungen war.

Originaltitel:
Case of the Catalogue Clue aus *Master Detective* 1948
Aus dem Englischen von Ilse Henckel

Bruno Fischer

Spuren im Schnee

Von den späten vierziger Jahren an bis etwa 1960 war der publicity-scheue Bruno Fischer einer der erfolgreichsten True Crime-Autoren. Neben hochkarätigen Talenten wie Jim Thompson, Lionel White, Day Keene, Harry Whittington, Gil Brewer, Charles Williams, James M. Cain, John D. McDonald und David Goodis waren Bruno Fischers Bücher eine wichtige Stütze der Fawcett Gold Medal-Taschenbuchreihe, seine Geschichten fester Bestandteil von *Manhunt*, der besten unter den Kriminalanthologien der Nachkriegszeit. Und er war gut. Lesen Sie *More Deaths than One* (Das sechste Alibi), *Her Flesh Was Cold* oder *The Girl Between* (Witwe zum halben Preis), und Sie werden verstehen, was ich meine. Heute muß man in den staubigen Regalen der Antiquariate und auf Flohmärkten nach seinen Büchern suchen. Aber es lohnt sich. Sein schlanker, reduzierter Stil, seine düsteren, oft brutalen Beobachtungen des kleinstädtischen Amerikas und die innovativen Erzähltechniken (zum Beispiel *More Deaths than One* von 1947, ein Roman, der mit den Augen von sieben Personen erzählt wird, sechs Verdächtigen und einem Detektiv) machen seine Stories zu einer mitreißenden Lektüre. Dieses kleine Juwel hat er zu Beginn seiner Karriere geschrieben. Es handelt von dem mysteriösen Tod einer Radiosängerin... und den Hinweisen, mit denen die Detectives dem unerwarteten Mörder seine gerechte Strafe zukommen lassen.

Morgenlicht fiel glitzernd durch die vereisten Schlafzimmerfenster, als das beharrliche Läuten des Telefons Polizeichef Edward K. Herrick weckte. Seine Frau rührte sich, murmelte: «Wer kann das sein um diese Zeit?» und vergrub sich tief unter der Decke. Widerwillig verließ Herrick sein warmes Bett und tastete sich benommen nach unten zum Telefon.

Patrolman Michael Rossi, der diensthabende Beamte, sagte aufgeregt: «Chief, es hat einen Mord gegeben.»

Augenblicklich war Herrick hellwach. Seit neun Jahren war er Polizeichef von Marvin Center, einem Zusammenschluß von Gemeinden auf Long Island, New York, und wenn in dieser Zeit überhaupt etwas geschehen war, das sich nur annähernd mit einem Mord vergleichen ließe, dann hatte es sich um tödliche Autounfälle gehandelt. Tatsächlich hatte er noch nie im Leben einen Mordfall bearbeitet.

«Haben Sie die Leiche identifiziert, Mike?» fragte Herrick.

«Da kann es keinen Zweifel geben, Chief. Sie wurde direkt vor ihrem Haus gefunden. Kannten Sie Vivian Lahey, die Radiosängerin?»

Herrick sah die charmante Brünette mit ihren strahlenden Augen und dem herzförmigen Gesicht vor sich. In einem Ort wie Marvin Center gab es nicht allzu viele alteingesessene Familien, die er nicht kannte. Er hatte nie ein Wort mit Vivian Lahey gewechselt, aber mit ihrem Vater war er oberflächlich bekannt gewesen, bis dieser vor einigen Jahren gestorben war, und ihre Stimme kannte er aus dem Radio.

«Will Hitch, der Milchmann, hat die Leiche vor einer Viertelstunde gefunden», sagte Rossi gerade. «Man hat eine leere Milchflasche auf ihrem Kopf zerschlagen und ...»

«Nicht Hitch!» unterbrach Herrick.

«Nein, nein», sagte Rossi. «Miss Lahey hat bei ihrer Schwester und ihrem Schwager George Engleberry in der 37 Oak Lane gewohnt. Hitch hat die Leiche an der Hintertür gefunden, als er die Milch brachte. Was soll ich jetzt machen, Chief?»

«Halt Hitch fest. Paß auf, daß niemand die Leiche anrührt oder auch nur in die Nähe kommt. Und laß jemanden den Rest der Truppe anrufen. Alle Mann will ich da haben.»

Als Herrick auflegte, machte sich in ihm ein gewisses Gefühl von Unzulänglichkeit breit. «Alle Mann» der Polizei von Marvin Center bedeutete genau fünf «Mann», ihn selbst eingeschlossen. Bis jetzt hatten sie ausgereicht, für Gesetz und Ordnung zu sorgen und auf die Einhaltung der Verkehrsregeln in der beschaulichen Gemeinde fünfzig Kilometer von New York City zu achten. Aber das hier war Mord. Er konnte auf die volle Unterstützung von Arthur Simmons, dem Bezirksstaatsanwalt, und auch der State Police zählen, aber ein Verbrechen in Marvin Center fiel vor allem in seinen Verantwortungsbereich.

Mrs. Herrick war hellwach und neugierig, als er ins Schlafzimmer zurückkehrte. Beim Anziehen erzählte er ihr von dem Mord.

«Vivian Lahey!» rief sie. «Na, das überrascht mich nicht!»

Eine Socke baumelte in seiner Hand, als er sich abrupt zu seiner Frau umwandte. «Was war das?»

Sie biß sich auf die Lippen, als bereute sie ihren Ausbruch. «Es war dumm von mir, das zu sagen. Aber wenn ein hübsches Mädchen wie sie mit verheirateten Männern wie John Shanken herumläuft...»

«Shanken?» Der Chief runzelte die Stirn. «Du meinst doch nicht den Herrenausstatter an der Division Street?»

«Ich weiß nur, was ich gehört habe. Natürlich kann es auch purer Klatsch sein, und selbst wenn es das nicht ist, hat es wahrscheinlich nichts zu bedeuten.» Etwas zerknirscht fügte sie hinzu: «Ich nehme an, bei einer so schrecklichen Sache wie Mord ist es nicht recht, jemanden in Schwierigkeiten zu bringen, indem man Gerüchte wiederholt.»

«Das kann man nie wissen», sagte Herrick langsam.

Es war Tag, als er seinen Wagen aus der Garage holte, ein beißend kalter Tag. Eine dünne Eisschicht hatte sich auf den zwölf Zentimetern Schnee gebildet, der zwei Tage zuvor gefallen war.

Die Oak Lane war zwei Blocks lang und bestand aus ordentlichen, grau gemauerten Vorstadthäusern, jedes vom Nachbarn durch eine Auffahrt getrennt. Patrolman Michael Rossis korpulente Gestalt stand unerschütterlich an der Auffahrt zwischen den Hausnummern 37 und 39. Er hielt die gaffende Menge zurück, die sich trotz der frühen Morgenstunde bereits versammelt hatte. Herrick sprach kurz mit Rossi und ging den Weg hinauf.

«Passen Sie auf, wo Sie gehen, Chief!» warnte ihn eine Stimme.

Sergeant Raymond Sperling war wenige Minuten vorher eingetroffen. Er stand an die Hausecke gelehnt, dann verschwand er dahinter. Herrick sah auf seine Füße. Seine Gummischuhe hinterließen tiefe Abdrücke im Schnee, aber in den letzten zwei Tagen waren viele Stiefel über die Auffahrt gelaufen, dazu die beiden gefrorenen Wagenspuren. Vorsichtig tastete er sich in einer der Reifenspuren den Rest der Auffahrt entlang.

Als er um die Ecke bog, sah er das tote Mädchen. Sie trug einen Pelzmantel, und auf den ersten Blick ließ das wuschelige Fell sie aussehen wie ein Tier im Schnee. Arme und Beine ragten aus dem Mantel. Irgend jemand, wahrscheinlich Rossi, hatte ihr ein Handtuch über den Kopf gelegt.

Sergeant Sperling kniete am Boden und sammelte Scherben einer zerbrochenen Milchflasche auf einem Stück Pappe zusammen. Neben ihm stand die große Tasche mit dem «Police Kit», der gesamten wissenschaftlichen Ausrüstung der Polizei von Marvin Center. Sperling war ein intelligenter, junger Mann mit rosigen Wangen, der die New York City Police Academy besucht und bändeweise über die neuesten Methoden der Spurensuche nachgelesen hatte.

«Passen Sie mit den Fußspuren auf, Chief», warnte er noch einmal und sah dabei über seine Schulter. «Der Mörder muß von dort gekommen und wieder dahin gegangen sein.»

«Woher wollen wir wissen, welche Abdrücke seine sind?» brummte Herrick. Er brütete über den dicken Glasscherben, die Sperling auf der Pappe gesammelt hatte. «Es war gestern nacht sehr kalt. Sehr wahrscheinlich hat der Mörder Handschuhe getragen. Die einzigen Fingerabdrücke, die Sie finden werden, stammen wahrscheinlich von den Leuten im Haus, deren gutes Recht es war, mit den Milchflaschen zu hantieren.»

«Sie wollen doch trotzdem, daß ich gründlich bin, oder?»

«Natürlich.»

Vivian Laheys Leiche lag gut einen Meter von der Hintertür entfernt. Bisher war der Schnee weder von der Stufe noch von der Auffahrt geschaufelt worden, aber seit dem letzten Schneefall hatten Stiefel einen gefrorenen Pfad hindurch getrampelt. Zu beiden Seiten des Pfades sah man ein paar Einkerbungen im Schnee, dort wo ein Stiefel vom Weg abgekommen war. Und in einem kleinen Zirkel um die Leiche herum fand sich gefrorenes Blut im weißen Schnee.

Sorgsam achtete Herrick darauf, nicht auf das Blut zu treten, ging zur Leiche und hob das Handtuch. Das Gesicht des Mädchens war zur Hälfte unter Schnee begraben. Der sichtbare Teil war hübsch wie eine Wachsfigur. Ein schwarzes Kopftuch bedeckte noch ihr Haar, und Blut war durch den Stoff gesickert und gefroren.

Herrick legte das Handtuch zurück und richtete sich auf. «Coroner Ames wird bald hier sein. Ich habe ihn angerufen, bevor ich losgefahren bin.»

«Ich fragte mich, ob irgend jemand was gehört hat», überlegte Sperling, «obwohl ich annehme, daß sie tot war oder zumindest ohne Bewußtsein, bevor sie überhaupt Laut geben konnte. Es muß ein enormer Schlag gewesen sein, wenn dabei eine Milchflasche kaputtgeht.» Er zeigte mit dem Finger. «Sie ist nicht getaumelt oder so was, sonst wäre der Schnee aufgewühlt. Sie ist einfach umgekippt, und dabei ist das Blut verspritzt.»

Der Chief hob den Blick zur Hintertreppe. Zwei leere Milchflaschen standen auf der obersten Stufe. Drei mußten gestern abend rausgestellt worden sein. Er schüttelte sich in seinem Mantel. Er hatte noch nie darüber nachgedacht, wie tödlich eine Milchflasche als Waffe sein konnte.

«Konzentrieren Sie sich auf die Gegend hier hinten», sagte er zu Sperling und kehrte zur Straße zurück.

Die beiden fehlenden Mitarbeiter der Polizeitruppe von Marvin Center, Patrolmen Irving Byron und Joseph O'Connell, waren eingetroffen. Herrick teilte sie dazu ein, die direkten Nachbarn zu befragen.

Will Hitch, der Milchmann, trat vor. Er hatte seine Firma angerufen, und man hatte einen anderen Mann losgeschickt, der seine Route fortsetzte. Seine Geschichte war kurz. Gegen 6 Uhr 20 war er über die

Auffahrt gegangen, um die übliche Bestellung von zwei Litern Milch und einer Flasche Sahne an der Hintertür abzugeben. Im Licht der Taschenlampe hatte er die Gestalt im Pelz entdeckt.

«Als ich mich über sie gebeugt habe, sah ich all das Blut», sagte Hitch, «aber selbst da war ich nicht sicher, ob sie tot war. Ich habe meinen Handschuh ausgezogen und ihre Wange berührt, und ihre Haut war eiskalt. Dann bin ich zur Tür gegangen und habe geklingelt. Mr. Engleberry hat seinen Kopf aus dem Fenster gesteckt, und ich habe es ihm erzählt. Er kam raus, seine Frau auch. Beide hatten kaum was an, obwohl es scheußlich kalt war. Engleberry sah kurz hin und schob seine Frau ins Haus zurück. Ich bin mit ihnen gegangen und hab das Polizeirevier angerufen. Ich schätze, mehr kann ich Ihnen nicht erzählen. Brauchen Sie mich noch?»

«Sie können gehen», sagte Herrick und ging über die Veranda ins Haus.

Engleberry schien ihn vom Fenster aus gesehen zu haben, denn er öffnete die Tür, bevor der Chief läuten konnte. Er trug einen abgewetzten Bademantel über seinem Pyjama und Hausschuhe an den Füßen. Er war ein großer, dünner Mann von Anfang Dreißig, mit schmalem Gesicht und tiefliegenden, grüblerischen Augen.

«Ich bin Vivian Laheys Schwager, George Engleberry», stellte er sich vor. «Meine Frau ist oben im Schlafzimmer. Natürlich ist sie wegen des Todes ihrer Schwester furchtbar aufgebracht. Ist es nötig, sie damit jetzt zu... ähm... belasten?»

«Ich fürchte, ja», sagte Herrick. «Aber zuerst hätte ich gern ein paar Informationen von Ihnen.»

Auf die Fragen des Chiefs hin erklärte Engleberry, daß er vor sechs Jahren nach Marvin Center gekommen war, um einen Job als Setzer bei der Marvin Center Press an der Ecke South und Division Street anzufangen. Ein paar Jahre später hatte er Rose Lahey geheiratet und dieses Haus gemietet. Roses Schwester Vivian war bei ihnen eingezogen und beteiligte sich an der Miete. Er und seine Frau hatten keine Kinder.

«War Vivian Lahey jemals verheiratet?» fragte Herrick.

«Nein.»

«Ich nehme an, ein gutaussehendes Mädchen wie sie hatte eine ganze Menge männlicher Freunde?»

Der Schwager zuckte mit den Schultern. «Ich glaube schon. Aber sie hat die meiste Zeit in New York verbracht, besonders wenn sie Arbeit hatte. Sie wohnte dann im Hotel und ist tagelang nicht nach Haus gekommen. Ich denke, ihre Verabredungen hatte sie überwiegend mit Männern aus New York, und dort hat sie sich mit ihnen getroffen, wenn sie ausgehen wollte.»

«Kein bestimmter Mann?»

Engleberry machte ein finsteres Gesicht. «Vivian hat sich gern herumgetrieben. Ich fühlte mich in gewisser Weise für sie verantwortlich, da sie ein alleinstehendes Mädchen war und bei uns wohnte, aber sie hat nie auf mich gehört.»

«Was ist mit Männern aus dem Ort?» bohrte der Chief.

«Na ja, nach Hause hat sie keinen mitgebracht», begann Engleberry zögerlich, dann fügte er hinzu: «Ich weiß nur, daß sie gestern abend eine Verabredung hatte. Zumindest denke ich es mir, denn sie hat das Haus gegen halb zehn verlassen und war noch nicht zurück, als ich ins Bett ging.»

«Irgendeine Ahnung, wer bei ihr war?»

«Nein. Sie hat noch einen Anruf bekommen, bevor sie ging, aber sie hat uns nicht gesagt, wer er war.»

«Kann ich jetzt Ihre Frau sprechen?» fragte Herrick.

Zögernd führte Engleberry den Chief in ein Schlafzimmer. Rose Engleberry lag auf einem der beiden Betten. Wie ihr Mann trug auch sie einen Bademantel über dem Nachthemd. Als sie Herrick sah, setzte sie sich auf. Sie war eine pummelige Frau von Anfang Dreißig. Ihre Augen waren rot vom Weinen, und das Haar hing ihr strähnig ins Gesicht.

Sie erklärte Herrick, sie wüßte nicht, mit wem ihre Schwester in der Nacht zuvor ausgegangen wäre. Was ihre Männerbekanntschaften anginge, sei Vivian eher verschlossen gewesen. Eines stünde jedoch fest: Die Verabredung sei in allerletzter Minute getroffen worden, als jemand nach 9 Uhr abends anrief, denn um 7 Uhr hatte Dwight Braun Vivian angerufen, und sie hatte ihm gesagt, sie wolle den Abend zu Hause verbringen.

«Wer ist Dwight Brown?» fragte Herrick.

«Er war Vivians Agent», sagte Mrs. Engleberry. «George und ich mochten ihn nicht. Vivian hatte großes Talent, aber abgesehen von ein paar Werbespots hin und wieder bei den großen Sendern bekam sie nur Jobs bei kleinen Stationen mit Bands, von denen noch nie jemand gehört hatte.»

«Dann kann sie nicht gerade viel Geld verdient haben?»

Das beantwortete Engleberry. «Sehr wenig nach Abzug aller Kosten und der Prozente für den Agenten und all dem. Das war der Hauptgrund, warum sie bei uns in Marvin Center blieb, anstatt in die Nähe des New Yorker Studios zu ziehen. Mir kam es immer so vor, als hätte es ihr bessergehen können, wenn sie sich nicht so an diesen Agenten Dwight Braun gebunden hätte. Seine Agentur ist sehr klein. Er hat nicht mal ein richtiges Büro. Ich habe ihr gesagt, sie bräuchte einen erfolgreicheren Agenten.

Na ja, letzte Woche hatte sie beschlossen, sich von Braun zu trennen. Gestern abend um sieben rief er an und fragte, ob er herkommen und mit ihr sprechen könne. Ich schätze, er wollte sie überreden, bei ihm zu bleiben. Vivian sagte, sie wäre zu Hause, aber gegen halb zehn hat sie diesen zweiten Anruf bekommen. Sie warf ihren Mantel über und sagte, sie käme gleich zurück, und das war das letzte, was wir von ihr gesehen haben.»

«Ist Braun aufgetaucht?»

«Gegen zehn, schätze ich», sagte Engleberry. «Eine geschlagene Stunde hat er gewartet, wurde sauer und ging. Ich kann ihm nicht verübeln, daß er sauer wurde. Er war den ganzen Weg von New York gekommen, und Vivian hat nicht mal auf ihn gewartet.»

«Haben Sie gehört, wie sie nach Hause gekommen ist? Daß ein Wagen hielt, daß sie über die Auffahrt kam oder etwas in der Art?»

Beide schüttelten den Kopf.

Mrs. Engleberry drückte ihr Taschentuch an die Augen und murmelte: «Mr. Braun war wütend, als er ging. Vielleicht ist Vivian gerade nach Hause gekommen, als er ging, und sie haben sich vor der Tür getroffen.»

«Rose!» rief ihr Mann. «Bist du dir darüber im klaren, daß du einen Mann des Mordes beschuldigst, ohne etwas darüber zu wissen?»

Überrascht sah sie ihn an. «Aber ich habe nichts dergleichen gesagt, George.»

«Noch etwas», schob Herrick leise ein. «Was hat Miss Lahey hinter dem Haus gemacht? Hat sie einen Wagen in die Garage gefahren?»

«Vivian konnte nicht fahren», erwiderte Engleberry. «Sie kam zur Hintertür, weil sie ihren Haustürschlüssel verloren hatte. Ich wollte noch einen machen lassen, aber ich bin nicht dazu gekommen.»

Der Chief erinnerte sich an den Klatsch, den seine Frau ihm erzählt hatte. «Was ist mit John Shanken?»

Es folgt ein kurzes Schweigen. Engleberry und seine Frau sahen einander an. Dann sagte der Mann: «Sie meinen den Shanken, der das Herrengeschäft hat? Was ist mit ihm?»

«George, es hat keinen Sinn, irgend jemanden zu schützen», sagte Mrs. Engleberry.

«Vivian ist tot!» protestierte er wütend. «Warum sollten wir ihren Namen in den Schmutz ziehen?»

«Wollen Sie nicht, daß ihr Mörder gefaßt wird?» fragte Herrick sanft.

Mrs. Engleberry schnaubte laut in ihr Taschentuch und fing an zu schluchzen. Ihr Mann tobte. «Vivian war so fein und zurückhaltend, wie man es sich nur vorstellen kann. Ich weiß nicht, wer sie ermordet hat. Es könnte ein Dieb oder ein Wahnsinniger gewesen sein. Haben Sie daran mal gedacht?»

Herrick entschuldigte sich und ging die Treppe hinunter. Sergeant Sperling war im Korridor.

«Ich glaube, ich hab was, Chief. Kommen Sie raus.»

Sie gingen durch die Hintertür. An der Hausecke, hinter der Leiche des Mädchens und etwas rechts vom Weg, sah Herrick einen umgedrehten Pappkarton im Schnee. Vorsichtig hob Sperling den Karton an und enthüllte einen Fußabdruck im Schnee.

«Sehen Sie sich das an», sagte er aufgeregt.

Herrick ging in die Hocke. Ein Fuß hatte die obere Eisschicht durchbrochen und den darunterliegenden Schnee festgetreten. Am Absatz sah man eine verschmierte Blutspur und eine weitere am Innenriß.

«Irgend jemand hat das gemacht, nachdem Miss Lahey tot war», erklärte Sperling, «nachdem ihr Blut im Schnee verteilt wurde. Sehen Sie, wie das Blut überall sonst ist. Es liegt in Tröpfchen oben auf dem Eis, und so ist es auch gefroren. Aber hier ist der Schuh eingebrochen und hat das Blut verteilt und festgetreten. Die Fußspitze zur Auffahrt. Hier ist der Teil eines anderen Abdrucks – sehen Sie den Gummiabsatz? –, und dann ist er an der Ecke ums Haus gebogen und ist in einer Reifenspur die Auffahrt runtergegangen. Ich habe nachgesehen, konnte aber keinen anderen Abdruck von Schuhen mit Gummiabsätzen finden.»

Herrick nickte. «Dieser Gummiabsatz interessiert mich mehr als das Blut. Bei all dem Schnee und Eis in den letzten Tagen wäre wohl niemand aus dem Haus gegangen, ohne sich etwas über die Schuhe zu ziehen.» Er warf einen Blick auf die Füße des Mädchens. «Sie trägt Gummischuhe, Galoschen. Genau wie ich. Sie tragen Überschuhe und der Milchmann Stiefel. Ich würde sagen, daß diese Fußabdrücke jemand hinterlassen hat, der mit einem Wagen gefahren ist und nicht davon ausging, viel laufen zu müssen. Oder jemand, der aus New York kam, wo die Straßen vom Schnee freigeräumt sind. Na, das ist doch eine Fährte.»

Sperling strahlte glücklich. «Das ist mehr als eine Fährte, Chief. Es könnte ein Beweis sein. Ich kann einen Gipsabdruck von diesem Fuß machen. Ich muß nur etwas Talkum-Puder daraufstreuen und etwas feinen Schellack versprühen. Das wiederhole ich ein paarmal, und dann besorge ich mir vom Zahnarzt ganz feinen Gips und mache einen Abdruck. Wenn wir den Schuh finden, können wir ihn und den Abdruck ins Polizeilabor von Brooklyn bringen und den passenden Mann suchen. Das ist so gut wie ein Fingerabdruck.»

«Wenn wir den Schuh finden», bemerkte Herrick trocken.

Eine schwarze Leinenhandtasche lag neben der Hand des Mädchens. Herrick suchte darin herum. Er fand eine Brieftasche mit 18 Dollar. Offensichtlich war das Motiv für ihren Mord nicht Raub gewesen.

Patrolman Byron kam mit der Information die Auffahrt herauf, daß die Frau von Nummer 39 nebenan gehört habe, wie sich nachts zwei Leute draußen gestritten hätten. Herrick fühlte, wie die Last auf seinen Schultern etwas nachließ. Endlich eine Zeugin. Eilig lief er zum Nachbarhaus.

Mrs. Tracy M. Anderson, eine verblühende Blondine mittleren Alters mit einem Baumwollmantel über ihrem Hausanzug, beobachtete die Menge, die sich vor der Hausnummer 37 versammelte.

«Na ja, ich bin mir nicht sicher, ob es zu Handgreiflichkeiten kam», sagte sie. «Aber den Stimmen nach zu urteilen war es ein Streit.»

«Haben Sie die Stimmen erkannt?» fragte Herrick.

«Na, eine war Vivian Laheys, nehme ich an, aber sicher bin ich nur, daß es eine Frauenstimme war. Sehen Sie, ich war im Bett, schon nicht mehr im Halbschlaf, als mich die Stimmen geweckt haben. Das Schlafzimmer liegt auf dieser Seite des Hauses, gleich neben der Auffahrt der Engleberrys. Zuerst hörte ich eine Art Murmeln, dann wurden die Stimmen lauter, aber ich kann Ihnen nicht sagen, wer der Mann war, selbst wenn ich seine Stimme schon mal gehört hätte.»

«Haben Sie gehört, was gesagt wurde?»

«Nein. Nur Stimmen. Dann bin ich eingeschlafen. Ich habe diesem anderen Polizisten, der hier war, schon gesagt, daß ich sonst nichts gehört habe, keinen Schrei oder so etwas. Ich schätze, ich bin einfach mittendrin eingeschlafen. Und ich kann Ihnen auch nicht sagen, wie spät es war. Ich weiß nur, es war mitten in der Nacht.»

«Um wieviel Uhr sind Sie ins Bett gegangen?»

«Kurz vor zwölf», erwiderte Mrs. Anderson. «Mein Mann und ich. Die Kinder waren seit zehn im Bett. Aber Tracy – das ist mein Mann – hat nichts gehört. Er schläft wie ein Bär.»

«Wo ist Ihr Mann jetzt?»

«Er ist gerade zur Arbeit gefahren. Aber er hat nichts gehört. Wir haben darüber gesprochen, als wir hörten, daß die arme Vivian ermordet wurde. Da habe ich mich an diese Stimmen erinnert. Ich sagte zu Tracy...»

Mrs. Anderson redete weiter, aber sie hatte nichts mehr beizutragen. Herrick gab sich mit ihren Auskünften zufrieden. Vivian Lahey hatte mit ihrem Mörder gestritten, was bedeutete, daß sie ihn gut kannte. Und wahrscheinlich war der Mord nicht geplant, sondern aus einem Streit entstanden. Eine Milchflasche war die Art von Waffe, nach der man greifen würde, wenn man vor Wut überkochte.

John Shanken zog eine finstere Miene, als der Chief in seinen Laden kam.

Der Verkäufer trat an Herrick heran: «Was kann ich für Sie tun, Sir?» Aber bevor der Chief etwas erwidern konnte, nahm Shanken seinen Angestellten beiseite und winkte Herrick in das Hinterzimmer des Ladens.

Shanken war ein athletisch wirkender Mann von Ende Dreißig. Er war wie aus dem Ei gepellt, ganz wie man es von einem Mann erwartete, der Herrenbekleidung verkaufte, und er trug ein gepflegtes Oberlippenbärtchen. Herrick erinnerte sich, daß Shanken trotz Frau und drei Kindern im Ruf stand, ein ziemlicher Herzensbrecher zu sein.

Beiläufig fragte der Chief: «Haben Sie gehört, was Vivian Lahey zugestoßen ist?»

«Die ganze Stadt weiß davon.» Shanken wußte nicht, wo er hinsehen sollte. Es schüttelte ihn. «Furchtbare Tragödie! Sie war ein so nettes Mädchen.»

«Eine Freundin von Ihnen, wie ich gehört habe.»

Der Herrenausstatter zuckte mit den Schultern. «Oh, na ja, ich kannte Miss Lahey als eine gute Kundin. Sie hat ihre sämtlichen Weihnachts- und Geburtstagsgeschenke für männliche Verwandte und Freunde in meinem Laden gekauft.»

Mit zusammengeschobenen Augenbrauen betrachtete der Chief

den Mann. Es konnte keinen Zweifel daran geben, daß er große Angst hatte. Er wagte es, eine Vermutung anzustellen. «Wo waren Sie gestern abend mit Miss Lahey?»

Es funktionierte. Shanken riß den Kopf hoch. Die Angst in seinen Augen war offensichtlich. «Ich hab sie nicht ermordet! Ich schwöre...»

«Wo waren Sie gestern abend mit ihr?» wiederholte Herrick.

Shanken sank kraftlos auf einen Stuhl. «Ich wollte es Ihnen sagen. Ich hatte gerade von dem Mord gehört und wollte zur Polizei gehen, als Sie reinkamen.»

«Wollten Sie?» knurrte Herrick skeptisch. «Also gut, sagen Sie es mir jetzt.»

«Sie... ich ... na ja, wir haben uns getroffen. Heimlich. Hören Sie, Herrick, es nützt niemandem, wenn meine Frau davon erfährt.»

Herrick hatte einen unangenehmen Geschmack im Mund. «Ich kann Ihnen nichts versprechen. Es hängt davon ab, ob Sie unschuldig sind und ob sie mir die ganze Wahrheit sagen.»

«Ich habe vor der Polizei nichts zu verbergen», beharrte der Mann. «Aber wenn meine Frau es herausfinden sollte... na ja, der Skandal...» Er schüttelte sich und fuhr fort: «Seit drei Wochen wollte Vivian mich nicht sehen. Ich bin fast verrückt geworden. Sie ist... sie war ein wirklich wundervolles Mädchen. Gestern abend habe ich sie angerufen.»

«Um welche Uhrzeit?»

«Gegen neun. Kurz danach.»

«Vielleicht auch halb zehn?»

«Das könnte sein. Ich habe zu Vivian gesagt, wenn sie nicht vor die Tür kommt und wenigstens ein paar Minuten mit mir redet, stürme ich das Haus. Zähneknirschend hat sie nachgegeben, und ich habe sie mit meinem Wagen an der Ecke Oak Lane und Lanning Place abgeholt. Wir sind in der Gegend herumgefahren und haben geparkt und sind weitergefahren. Die ganze Zeit über haben wir uns gestritten.»

«Wie lange?»

«Was? Oh, stundenlang.»

«In der Kälte?»

«Ich habe eine Heizung im Wagen», erwiderte Shanken. «Vivian sagte, die Leute würden über uns reden, und wir dürften einander nicht mehr sehen. Ich konnte sie nicht aufgeben. Sie war mein Ein und Alles. Ich habe argumentiert und argumentiert. Ich...» Der Satz brach ab, und er hob die Schultern. «Es hatte keinen Zweck, also habe ich sie irgendwann nach Hause gefahren.»

«Wie spät war es?»

«Ich weiß nicht. Gegen Mitternacht.»

«Können Sie sich genauer an die Zeit erinnern?»

Shanken überlegte, dann schüttelte er den Kopf. «Leider nicht. Ich war sehr aufgewühlt. Ich hab nicht auf die Uhr gesehen. Ich bin sicher, daß es mindestens zwölf war. Vielleicht ein paar Minuten danach.»

Herrick wollte ihm eine Falle stellen. Mit gespielter Gleichgültigkeit fragte er: «Was ist passiert, als Sie mit ihr zur Rückseite des Hauses kamen?»

«Ich...» Shanken holte tief Luft. «Ich bin nicht mit ihr ausgestiegen. Inzwischen waren wir beide ziemlich sauer aufeinander. Als ich vor Vivians Haus hielt, stieg sie aus und knallte die Tür zu. Ich bin weggefahren.»

«Einfach so?» sagte Herrick grimmig.

«Ich sage es Ihnen doch. Ich könnte ihr kein Haar krümmen.»

«Sie sagten, Sie wären wütend auf sie gewesen.»

«Aber nicht so sehr, daß ich sie umbringen würde. Warum sollte ich sie umbringen? Das wäre doch verrückt.»

«Verrückt», brummte der Chief. «Übrigens, haben Sie gestern abend Überschuhe oder Galoschen getragen?»

«Ich trage niemals Galoschen. Die sehen scheußlich aus. Überschuhe manchmal, aber...» Verdutzt sah er Herrick an. «Ich verstehe Ihre Frage nicht.»

«Nichtsdestoweniger möchte ich eine Antwort. Was haben Sie gestern abend an den Füßen getragen?»

«Nur meine Schuhe. Die Garage ist unter meinem Haus. Ich mußte nicht über die Straße laufen.»

Das war also Shankens Geschichte, und dabei blieb er. Herrick überlegte, ob er ihn zum weiteren Verhör mit aufs Revier nehmen sollte, und entschied sich dagegen. Er hatte nicht genug gegen den Mann in der Hand, um ihn festhalten zu können, und würde ihn damit nur noch unzugänglicher machen. In einem Ort von der Größe Marvin Centers, in dem Shanken ein nicht unbedeutender Geschäftsmann war, mußte die Polizei feinfühlig vorgehen.

Im Laufe des Tages begann die Verantwortung für den Fall auf Herricks Schultern zu lasten. Er wußte, daß die ganze Stadt – wahrscheinlich das ganze Land – ihn beobachtete. Dies war der erste große Test in seinen neun Jahren als Polizeichef.

Am späten Nachmittag trafen sich Arthur Simms, der Bezirksstaatsanwalt, und Dr. Everett J. Ames, der County Coroner, zu einer Besprechung in seinem Büro.

Dr. Ames hatte seinen vorläufigen Bericht dabei. Er stimmte zu, daß Vivian Lahey wahrscheinlich zwischen Mitternacht und 1 Uhr morgens gestorben war, aber eine endgültige Aussage konnte er erst nach der Autopsie machen, was im Laufe des nächsten Tages der Fall sein würde. Allerdings hatte er keinerlei Zweifel daran, daß der Schlag mit der Milchflasche sie beinah augenblicklich getötet hatte.

«Sergeant Sperling hat die Scherben der Flasche auf Fingerabdrücke hin untersucht», berichtete Herrick. «Er hat herausgefunden, was wir bereits hatten... die Abdrücke von Mr. und Mrs. Engleberry und einen von Will Hitch, dem Milchmann. In einer so kalten Nacht wie gestern trägt praktisch jeder Handschuhe.»

«Was ist mit der New-York-Geschichte?» erkundigte sich Staatsanwalt Simms. «Miss Lahey hat dort gearbeitet, und allem Anschein nach wohnen da die meisten Leute, die sie kannte.»

Herrick nickte. «Ich habe am Telefon mit dem New Yorker Morddezernat gesprochen. Man hat uns volle Unterstützung zugesagt. Sämtliche Männer, die sie in New York kannte, werden überprüft.»

Er seufzte. «Aber ich erwarte nicht, daß irgendwas dabei rauskommt. Ich bin überzeugt davon, daß der Täter nicht den ganzen Weg gekommen ist, um sie zu ermorden. Allem Anschein nach wurde das Verbrechen spontan und keineswegs vorsätzlich begangen.»

«Und Shanken hat zugegeben, gestern abend mit Miss Lahey ausgegangen zu sein.» Simms rieb sein schmales Kinn. «Das ist unser Mann.»

Einen kurzen Moment lang saßen sie schweigend um den Schreibtisch. Dann sagte Herrick bedrückt: «Sie sind der Staatsanwalt. Können Sie Shankens Schuld vor Gericht beweisen? Haben Sie genügend Indizien?»

«Na ja, nein», gab Simms zu. «Noch jedenfalls nicht.»

Kurz nachdem der Bezirksstaatsanwalt und der Coroner gegangen waren, kam Sergeant Sperling mit einem Pappkarton unter dem Arm ins Büro. In dem Karton wurde der weiße Gipsabdruck sorgsam von Holzwolle geschützt.

«Die Abdrücke sind fertig», verkündete Sperling. «Ich habe drei gemacht. Ich schicke Mike Rossi mit einem davon nach New York. Welche Schuhe sehen wir uns zuerst an?»

Herrick hatte den Abdruck dem Staatsanwalt gegenüber nicht erwähnt. Er fürchtete, man würde ihn nicht ernst nehmen. Er wußte selbst nicht, ob er ihn ernst nehmen sollte oder nicht. Aber Sperling glaubte an das, was er tat, und sie hatten nichts zu verlieren, wenn sie der Spur nachgingen.

«Versuchen Sie es zuerst bei Shanken», sagte der Chief.

Es war beinah schon Abendbrotszeit, als ein dicklicher, kleiner Mann das Polizeirevier betrat und sich Herrick als Dwight Braun, der Agent, vorstellte.

«Sagen Sie mal, was hat das zu bedeuten, daß Sie mir die Cops auf den Hals hetzen?» wollte er wissen. «Ich gehe meinen Geschäften nach, und zwei Detectives platzen bei mir rein und stellen alle möglichen Fragen zu dem Mord an Vivian Lahey. Da habe ich überhaupt erst davon erfahren. Die haben sich aufgeführt, als hätte ich sie ermordet.»

Herrick grunzte zufrieden. Die New Yorker Polizei vergeudete keine Zeit.

«Haben Sie sie ermordet?» fragte er sanft.

«Seien Sie kein Idiot!» Braun breitete seinen klobigen Körper auf einem Stuhl aus und zündete sich eine Zigarette an. «Im selben Augenblick, als die Cops gegangen sind, bin ich losgefahren, um Ihnen zu erzählen, was gestern abend passiert ist.» Mehr oder weniger erzählte er dieselbe Geschichte wie die Engleberrys.

«Sind Sie gestern abend mit Ihrem Wagen nach Marvin Center gefahren?» wollte Herrick wissen.

«Sicher. Die Zugverbindungen hierher sind grauenhaft, besonders abends.»

«Damit ich Sie richtig verstehe», sagte Herrick. «Miss Lahey war mehr in New York als hier. Trotzdem haben Sie spätabends diese Fahrt auf sich genommen, wenn Sie sich doch ohne weiteres mit ihr in der Stadt hätten treffen können.»

«Wer sagt das? Der Punkt ist, daß Vivian sich, nach allem, was ich für sie getan habe, einen neuen Agenten suchen wollte, ohne mit mir auch nur darüber zu reden. Sie war vielleicht keine sonderlich erfolgreiche Sängerin und wäre es vielleicht auch nie geworden, aber die zehn Prozent Provision, die ich an ihr verdient habe, waren es wert, einen Abend zu investieren.»

«Und nachdem Sie den ganzen Weg gekommen waren, sind Sie abgefahren, ohne sie gesehen zu haben.»

«Ich war sauer. Ich hatte Vivian vorher angerufen, und sie hatte gesagt, sie wäre zu Hause, und dann war sie gegangen, bevor ich kam, und bis elf nicht zurück. So eine große Nummer war sie nicht, daß ich mir so was von ihr gefallen lasse.»

Herrick spielte mit seinem Bleistift herum. «Haben Sie gestern abend Gummischuhe getragen?»

«Mh? Wozu? Die Bürgersteige waren frei. Zumindest in New York waren sie es.»

Der Chief ging hinaus und kam mit dem dritten Gipsabdruck des Schuhs zurück. Während Braun erstaunt zusah und Herrick Fragen an den Kopf warf, fiel dieser auf die Knie und stellte den Fuß des Agenten in den Gips. Brauns Fuß war von der Größe her beinah feminin. An den Zehen fehlten fast drei Zentimeter. Den Absatz brauchte der Chief nicht zu überprüfen, um sicher zu sein, daß Brauns Fuß diesen Abdruck nie im Leben hinterlassen hatte.

Als Herrick wieder auf die Beine kam, sah er Sperling mit dem Pappkarton unter dem Arm und einem amüsierten Lächeln auf den Lippen in der Tür stehen. «Sein Fuß ist zu klein, Chief. Das hätte ich Ihnen sagen können, ohne es nachzumessen.»

Herrick warf dem Sergeant einen ärgerlichen Blick zu und zog sich hinter seinen Schreibtisch zurück. «Sie können gehen», erklärte er Braun müde.

«Heißt das, man wird mich nicht weiter belästigen?» wollte der Agent wissen.

«Es heißt, daß Sie jetzt gehen können», gab der Chief bissig zurück. Er ärgerte sich über sich selbst, weil er merkte, daß seine Nerven angespannt waren.

Als Braun gegangen war, kam Sperling ins Büro und stellte den Gipsabdruck im Karton auf den Tisch. «Ich hab auch eine Niete gezogen, Chief. John Shankens Schuhe hatten ebensowenig die richtige Größe. Ich war in seinem Laden, und er hat keine Umstände gemacht, als ich seinen Schuh ausmessen wollte. Sein Fuß ist ein paar Nummern zu groß, also habe ich mir die Mühe gespart, die anderen Schuhe anzusehen.»

Herrick betrachtete seine Fingernägel. «Sie verstehen mehr von diesen wissenschaftlichen Methoden als ich, Ray. Wie sicher sind Sie, daß dieser Fußabdruck etwas zu bedeuten hat?»

Sperling zögerte etwas mit seiner Antwort. «Wenn der Mörder den Abdruck hinterlassen hat, ist Shanken entlastet.»

«Wenn!» echote Herrick. «Das ist das Problem. Man kann beweisen, daß dieser Fußabdruck nach dem Mord und nicht davor gemacht wurde. Aber man kann den Geschworenen nicht endgültig beweisen, daß er vom Mörder stammt.»

«Na ja, Chief...» Offensichtlich wollte sich Sperling nicht zu weit vorwagen. «Wenn Shanken den Abdruck gemacht hätte, würde es zumindest beweisen, daß er mit Miss Lahey an der Hintertür war.»

«Aber der gegenteilige Fall beweist nicht, daß er nicht dort war», murmelte Herrick. Kurz entschlossen stand er auf. «Kommen Sie, Ray. Und bringen Sie den Gipsabdruck mit.»

Sie fuhren zur Oak Lane Nr. 37. Rose Engleberry war allein zu Haus. Offensichtlich hatte sie sich den ganzen Tag über noch nicht angezogen, denn noch immer trug sie ihr Nachthemd, den Bademantel und Hausschuhe. In den zehn Stunden war sie zehn Jahre gealtert.

«Wann erwarten Sie Ihren Mann zurück?» fragte Herrick.

«Normalerweise kommt er kurz nach sechs nach Hause, es sei denn, er macht Überstunden», erwiderte sie teilnahmslos. «Wollen Sie auf ihn warten?»

«Sie können mir sicher ebensogut helfen. Ich möchte eine klarere Vorstellung von der letzten Nacht bekommen. Sie sagen, Sie sind etwa um elf ins Bett gegangen?»

Ihre plumpen Schultern zuckten. «Ungefähr. Was die Zeit angeht, bin ich mir nicht sicher, nur daß Dwight Braun gerade weg war.»

«Und Ihr Mann ist mit Ihnen zu Bett gegangen?»

Sie lehnte sich in die Ecke der Couch und sah den Chief neugierig an. «Wieso stellen Sie mir diese Frage?»

«Ich bin darauf aus, die Tatzeit genau einzukreisen. Ich denke, es muß passiert sein, nachdem er im Bett war, sonst hätte er etwas gehört.»

«Um die Wahrheit zu sagen, ist George noch kurz aufgeblieben. Er wollte seine Zeitung zu Ende lesen.»

«Haben Sie ihn gehört, als er ins Bett kam?»

«Nein. Ich bin praktisch sofort eingeschlafen. Und da wir getrennte Betten haben...» Sie hielt inne. Ein Schatten fuhr über ihr Gesicht. «Wieso fragen Sie George nicht selbst?»

«Das werde ich tun», sagte Herrick trocken. «Also Mrs. Engleberry, ich möchte Sie um einen Gefallen bitten. Wir haben draußen im Schnee einen Fußabdruck gefunden. Wenn er Mr. Engleberry gehört, dessen Abdrücke verständlicherweise überall um das Haus herum sein dürften, könnten wir ihn aus unseren Nachforschungen streichen. Dürfen wir die Schuhe Ihres Mannes sehen?»

Es dauerte etwas, bis sie darüber nachgedacht hatte, dann sagte sie zweifelnd: «George trägt natürlich ein Paar von seinen Schuhen. Wollen Sie nicht lieber warten, bis er nach Hause kommt?»

«Wir sind in Eile. Wir wollen seine Schuhe nur wegen der Größe ausmessen.»

«Na, also gut.» Langsam erhob sie sich. Herrick und Sperling folgten ihr die Treppe hinauf.

Im Schlafzimmer wühlte sie in einem Schrank herum und zog ein Paar schwere Wanderschuhe heraus. «Genügen die hier?»

Sperling stellte seinen Karton auf den Boden, löste das Band und nahm den Deckel ab. Mit finsterer Miene betrachtete er die schweren Schuhe mit den dicken Lederabsätzen und probierte einen davon. Offenbar war er zu groß.

Er sah Herrick an, zuckte mit den Schultern und sagte dann zu Mrs. Engleberry: «Sind das die einzigen Ersatzschuhe, die er hat? Ich suche ein Paar leichte Halbschuhe mit Gummiabsätzen.»

«Er hat nur ein gutes Paar, und das trägt er zur Arbeit. Aber irgendwo muß noch ein altes Paar sein. Einen Moment.» Wieder verschwand sie im Schrank, aber diesmal kam sie mit leeren Händen hervor. «Sie sind nicht da. Vielleicht hat George sie weggeworfen, oder sie sind beim Schuster.»

«Wann haben Sie die zuletzt gesehen?» wollte der Chief wissen.

Wieder zog dieser Schatten über ihr Gesicht. Sie kaute an ihrer Unterlippe herum. «Warum fragen Sie nicht George? Dieser ganze Aufwand wegen der Schuhe scheint mir ohnehin lächerlich.»

Sperling band seinen Karton zusammen. Herrick dankte Mrs. Engleberry für ihre Mitarbeit, und die beiden Männer verließen das Haus.

«Also, Chief?» sagte Sperling, als sie im Wagen saßen. «Er scheint dieselbe Größe zu haben, aber bei diesen schweren Schuhen kann man das schwer sagen. Und wir brauchen mehr als nur die Größe. Wir brauchen eine eindeutige Identifikation. Und selbst das wäre kein Beweis, aber es wäre eine Spur. Sollten wir zu der Druckerei fahren, wo er arbeitet?»

Frustriert schloß der Chief die Augen. Er hatte das Gefühl, als wäre er schon den ganzen Tag im Kreis gelaufen.

«Meinetwegen», sagte er beinah gleichgültig.

Als sie zur Marvin Center Press an der Division Street kamen, erfuhren sie, daß George Engleberry fünf Minuten vorher gegangen war. Sperling sagte: «Wir müssen auf dem Weg an ihm vorbeigekommen sein. Sollen wir zurück zu seinem Haus fahren?»

«Wieso nicht?»

Im Haus Nummer 37 war mehr Licht als zehn Minuten vorher. Eine cremefarbene Limousine parkte in der Auffahrt. Wiederum wurde die Tür von Mrs. Engleberry geöffnet. Sie erschrak beim Anblick der beiden Polizisten.

«Wieso sind Sie zurück?»

Beschwichtigend sagte Herrick: «Wir wollen Ihrem Mann noch immer diese Fragen stellen, und wir haben seinen Wagen draußen gesehen.»

Sein Tonfall schien sie zu beruhigen. «Er ist unten im Keller und kümmert sich um den Ofen.» Sie sprach mit lauter Stimme. «George, komm rauf.»

«Wer ist es?» hörte man eine hohl klingende Stimme.

«Komm bitte rauf.»

«Einen Moment.»

Während Herrick mit Sperling und Mrs. Engleberry im Flur wartete, überkam ihn das dringende Gefühl, etwas tun zu müssen. Fast ohne nachzudenken, ging er den Flur hinunter.

Er war in der Küche, als Engleberry in der Kellertür erschien. Der Mann zuckte zurück, als hätte man ihn geschlagen. Seine tiefliegenden Augen blitzten wild, seine Wangen waren rot.

«Was wollen Sie?» fragte er heiser.

Herricks Blick fiel auf Engleberrys Füße, auf die abgetragenen, eingerissenen Schuhe. Sie paßten nicht zu seiner sauberen, gepflegten

Kleidung, und seine Frau hatte gesagt, er trüge bei der Arbeit gute Schuhe.

«Sind das die Schuhe, die Sie den ganzen Tag über getragen haben?» fragte der Chief.

«Ich...» Engleberrys Blick fiel auf seine Füße. Er fing an zu zittern. «Sicher, die Schuhe hab ich zur Arbeit getragen. Sie sind bequem.» Seine Stimme wurde immer lauter. «Was ist los... kann ich nicht die Schuhe tragen, die ich tragen will?»

Herrick knurrte: «Behalten Sie ihn im Auge, Ray», schob sich an Engleberry vorbei und hastete die Kellertreppe hinunter. Hinter sich hörte er, wie Mrs. Engleberry einen erstickten Schrei ausstieß.

Als der Chief in den Keller kam, blieb er unentschlossen stehen. Engleberrys Verhalten war das eines Mannes, der große Angst hatte, aber was bedeutete das schon? Und falls es doch etwas bedeutete: Wie sicher konnte er sein, daß hier im Keller etwas zu finden war?

Sein Blick fiel auf den Kohlenofen. Er atmete kaum, als er die Tür aufzog. Ein leiser Seufzer entfuhr ihm, als er sah, was auf den glühenden Kohlen lag. Eilig nahm er eine Schaufel und einen Schürhaken.

Der Geruch von verbranntem Leder und Gummi biß ihm in die Nase, als er die schwelenden Schuhe auf der Schaufel nach oben trug. Die drei anderen waren noch immer in der Küche.

Engleberry hatte sich auf einen Stuhl neben dem Küchentisch mit der Porzellanplatte sinken lassen und sein Gesicht in die Hände gelegt. Matt blickte er auf, als Herrick mit den Resten seiner Schuhe eintrat.

«Ich wollte ihr nicht weh tun!» stöhnte Engleberry. «Ich wußte nicht, was ich tat. Ich wollte es nicht!»

Später am Abend legte er Herrick und Staatsanwalt Simms gegenüber ein vollständiges Geständnis ab.

Er sagte, er habe Vivian Lahey schon immer geliebt. Vor Jahren habe er um ihre Hand angehalten, und als sie ihn nicht wollte, habe er ihre Schwester Rose geheiratet. Aber fünf Jahre seiner Ehe wohnte Vivian im selben Haus, und ihre dauernde Anwesenheit hielt seine Leidenschaft für sie lebendig. Er blieb dabei, daß er sich ihr niemals in irgendeiner Weise unsittlich genähert habe, aber er gab zu, daß er wegen der anderen Männer, mit denen sie ausging, eifersüchtig war.

Ihre Affäre mit Shanken hatte ihn am meisten getroffen. Shanken war ein verheirateter Mann mit Kindern, der glaubte, Engleberry wäre unter ihrem Niveau. Ein- oder zweimal sprachen sie darüber. Sie hatte geantwortet, ihr Privatleben sei nicht seine Sache.

In der Mordnacht war er wach geblieben und hatte gelesen, während seine Frau im Bett lag. Er hatte gehört, daß ein Wagen vorfuhr, und gesehen, daß Vivian ausstieg. Shankens Wagen hatte er erkannt. In diesem Augenblick hatte die quälende, brodelnde Eifersucht, die ihn seit fünf Jahren marterte, etwas in seinem Innersten zerbrochen. Er ging zur Hintertür, stand dort auf der Treppe, ohne Hut oder Mantel, und beschimpfte sie.

Wieder hatte Vivian ihm erklärt, es ginge ihn nichts an, was sie täte. Er verlor vollkommen den Kopf. In einem Anfall von Wahnsinn griff er wutschnaubend eine Milchflasche und schlug auf sie ein.

Erst als sie tot im Schnee lag, fand er seine Beherrschung wieder. Er war an die Ecke des Hauses getreten und hatte in die Auffahrt gesehen, um sicherzustellen, daß niemand etwas gehört oder gesehen hatte. Dann war er zurück ins Haus gegangen und hatte sich im Badezimmer ausgezogen. Da seine Frau und er in getrennten Betten schliefen, hörte sie nicht, wie er kam.

Am nächsten Tag lagen seine Nerven blank, besonders als er beobachtete, daß Sergeant Sperling einen Abdruck der Fußspuren im Schnee nahm. Er war nicht sicher gewesen, was es bedeutete, aber er fürchtete, es könnte ein Beweis gegen ihn sein. Die Schuhe, die er getragen hatte, waren am Abend vorher im Keller gelandet.

Als er von der Arbeit nach Hause kam, hatte seine Frau ihm gesagt, die Polizei wäre dagewesen, um sich seine Schuhe anzusehen. Er war in Panik geraten. Er rannte in den Keller hinunter, um seine Schuhe zu verbrennen. Und als Herrick sie aus dem Ofen holte, war Engleberry gar nicht klar gewesen, daß diese schwelende Masse aus Leder und Gummi wahrscheinlich gar nicht als Beweis taugte. Er war zu weit gegangen, am Ende seiner Möglichkeiten. Dem waren seine Nerven nicht gewachsen gewesen.

Sechs Wochen später, am 25. Januar 1945, wurde George Engleberry des Mordes für schuldig befunden. Sein Verteidiger plädierte auf vorübergehende Unzurechnungsfähigkeit, aber die Geschworenen sahen das anders. Er wurde schuldig gesprochen und zu 20 Jahren Gefängnis verurteilt.

Originaltitel:
The Footprint in the Snow
aus *Master Detective* 1945
Aus dem Englischen von Jörn Ingwersen

D. L. Champion

Die Killer-Lady

D. L. Champion hat einige der schrägsten Schnüffler-Stories verfaßt, die je in *Black Mask* und *Dime Detective* erschienen sind. Zu seinen Figuren gehören ein zwergwüchsiger Detektiv, ein hartgesottener beinloser Ex-Cop, ein schriller mexikanischer Privatdetektiv und «der unbestrittene Weltmeister im Pfennigfuchsen».

Champion hat nie den Sprung zur Buchform geschafft, als in den frühen fünfziger Jahren der Markt für Groschenromane zusammenbrach. Deswegen ist er heute weitgehend unbekannt. Er wandte sich statt dessen dem *True Crime* zu (da gab's schneller Geld!) und veröffentlichte bis zu seinem Tod im Jahre 1968 unter schwindelerregend vielen unsäglichen Pseudonymen an die 15 Stories pro Monat. Die vorliegende Geschichte einer unwahrscheinlichen Femme fatale ist eine seiner besten.

Im Alter von sechs Jahren machte Belle Gunness eine einschneidende und traumatische Erfahrung. Außer Sonntags erlebte sie an jedem Tag der Woche, wie ihr Vater ihrer Mutter säuberlich den Kopf abhackte.

Belles Eltern gehörten zu einer Truppe von Schaustellern, die ausgedehnte Reisen durch die skandinavischen Länder unternahm.

Ihr Vater war Zauberkünstler, und der Höhepunkt seiner Nummer bestand darin, den Kopf seiner Frau auf einen Block zu legen und eine Miniaturguillotine auszulösen – die sie scheinbar enthauptete. Künstliches Blut sprudelte realistisch über die ganze Bühne, und der Kopf schien mit einem wunderbar makabren Plop in einen Weidenkorb zu fallen.

Es war ein äußerst wirkungsvoller Auftritt, und das Publikum konnte sich kaum satt sehen. Das konnte auch die kleine Belle Gunness nicht. Bei jeder Nachmittagsvorstellung war sie Zeugin dieser Hinrichtung und mit größerer Begeisterung dabei als alle anderen Zuschauer.

Es dauerte nicht lange, da erdachte sie ihr eigenes Zauberspiel. Es war ein einfaches Spiel, und man brauchte dazu nur eine Puppe und ein Beil. Klein Belle begann, jeder Puppe, die sie in die Finger bekommen konnte, den Kopf abzuhauen.

Damals lebte die Welt in völliger Unkenntnis Sigmund Freuds, und die Psychiatrie war noch nicht erfunden. Niemand wußte, was ein psychisches Trauma war, und niemand hatte die leiseste Ahnung von dem tiefen Einfluß der väterlichen Enthauptungsnummer auf Belle Gunnesses späteres Leben – und auf das von mindestens einem Dutzend, womöglich sogar von 50 Männern.

Belles Vater starb, als sie noch klein war, und ihre Mutter brachte sie von Norwegen nach Chicago. Dort lernte sie Merrel Sorenson kennen. Sorenson war ein Mann in den besten Jahren und Witwer. Von Beruf war er Privatdetektiv, aber was er auch an Talenten auf diesem Gebiet besaß, sie beeindruckten Belle wenig.

Sie waren ein Jahr verheiratet, als ein Feuer die Möbel in ihrer Chicagoer Wohnung zerstörte. Zu ihrer Freude kassierte Belle etwas über 2000 Dollar von der Versicherung. Für sie war das beinah gefundenes Geld, und sie fing zu überlegen an, wie sie mehr davon kriegen könne.

Da fiel ihr ein, daß Sorenson eine Lebensversicherung über 3500 Dollar hatte.

Als erstes überredete sie nun ihren nichtsahnenden Mann zu einer zweiten Police in Höhe von 5000 $. Ihr zweiter Zug bestand aus Verhandlungen zum Kauf einer Farm in La Porte, Indiana. Belle Gunness besaß nicht viele Vorzüge, aber dumm war sie nicht. Sie ahnte, daß ein Sheriff auf dem Land leichter auszutricksen sei als das Police Department von Chicago, falls Merrel Sorenson unter eigenartigen Umständen versterben sollte. Außerdem kostete die Farm in La Porte nicht viel. Ein paar Jahre zuvor war eine ganze siebenköpfige Familie dort in einer Nacht auf mysteriöse Weise ermordet worden. Von dem Haus hieß es in der Gegend, daß es nicht geheuer sei – dort spuke nicht nur ein einzelnes Gespenst, dort spukten sieben.

Belle erstand die Farm günstig. Sie hatte keine Angst vor Gespenstern. Die Gespenster allerdings hatten allen Grund, sich vor ihr zu fürchten, als sie das Anwesen wieder verließ.

90 Tage später fiel Merrel Sorenson tot um. In Chicago mochte er ein erstklassiger Privatdetektiv gewesen sein, in La Porte aber starb er, ohne je gemerkt zu haben, wer ihm das Arsen in den Kaffee gekippt hatte. Der Arzt, der den Totenschein ausstellte, hatte sich überzeugt, daß Sorenson an einem Darmleiden gestorben sei, und Belle kassierte die Versicherungssumme, die sich auf 8500 Dollar belief.

Belles nächster Ehemann war Peter Gunness, und unter seinem Namen war sie allenthalben bekannt. Mit wahrscheinlich einer Ausnahme hielt er sich beträchtlich länger als seine Gefährten.

Die zwei Jahre, die sie als Ehefrau von Peter Gunness verbrachte, benutzte Belle, um sich als aufrechte Mitbürgerin in der Gemeinde zu etablieren. Sie wurde ein Pfeiler der Kirche, und niemand sang die Hymnen lauter und pries den Herrn mit mehr Inbrunst. Sie besuchte das Bezirkswaisenhaus von La Porte und adoptierte drei Säuglinge – zwei Mädchen und einen Jungen mit blauen Augen. Sie war mildtätig in den barmherzigen Einrichtungen der Stadt, verlor über niemanden ein böses Wort und stellte streunenden Katzen Milch in Untertassen hin. Es war eine überzeugende und wirksame Tarnung, und keiner wird so überrascht gewesen sein wie Peter Gunness, als ihm eines Morgens ein Metzgerbeil in den Schädel fuhr.

Belle Gunness rief den Doktor, der traurig den Kopf schüttelte und seinerseits den Sheriff und den Coroner rief. Belle, tränenüberströmt, erklärte mit gebrochener Stimme, das Beil sei vom Küchenbord direkt auf den erkahlenden Kopf ihres armen Mannes gefallen.

Der Coroner betrachtete den Schädel des Toten und äußerte die Meinung, das Beil hätte von der Spitze des Eiffelturms fallen müssen, um Gunnesses Kopf fast bis zum Kinn zu spalten. Das Küchenbord hing einen Meter fünfzig hoch, und Gunness, als das Unglück geschah, hätte knapp 30 Zentimeter darunter gesessen.

Belle Gunness wollte daraufhin wissen, wie jemand, der sich Christenmensch nenne, eine derart schreckliche Andeutung in Anwesenheit einer seit einer Stunde verwitweten Dame machen könne.

Der Sheriff erkundigte sich höflich, ob der Verstorbene zu Gunsten seiner Ehefrau versichert gewesen sei.

Er war – in Höhe von 4000 Dollar. Belle Gunness aber beteuerte, daß sich jedes niederträchtige Mitglied der Gemeinde in einem gewaltigen Irrtum befinde, das glaube, sie würde wegen schäbiger 4000 Dollar das Gesetz und schon gar nicht ein Gebot des Herrn brechen. Nie in ihrem Leben sei sie so beleidigt worden.

Der Sheriff, nachdem er Belles Worte vernommen hatte, schwankte. Aber der Coroner blieb dabei, daß das Metzgerbeil nicht auf den Kopf des Verstorbenen gefallen sein könne; es sei von einer dritten Person betätigt worden.

Da Belle als einzige dritte Person anwesend war, als die Tragödie geschah, brachte der Sheriff sie ins Bezirksgefängnis.

Dort blieb sie nicht lange. Die öffentliche Empfindung war empört. Belle Gunness trug Suppe zu den Kranken und alte Kleidung zu den Armen. Belle Gunness hatte drei arme Würmer aus dem Waisenhaus zu sich geholt. Wie also, fragte die Gemeinde eher leidenschaftlich als logisch, könne sie eine Mörderin sein?

Die Behörden beugten sich dem öffentlichen Druck. Belle Gunness kam auf freien Fuß. Die Versicherungsgesellschaft seufzte und übergab die 4000 Dollar ohne weitere Diskussion.

Obwohl Belle Gunness vollständig entlastet dastand, hatte sie eine Lektion gelernt. Sie hatte erkannt, daß, falls in Zukunft irgendwelche Leichen auf ihrem Landsitz herumliegen sollten, es weit besser sei, diese an einer Stelle unterzubringen, wo der mißtrauische Blick des Coroners nicht auf sie fallen könne.

Sie kündigte an, demnächst ins Schweinemastgeschäft einzusteigen, und stellte einen Maurer an, der zu diesem Zweck eine Räucherkammer bauen sollte.

Die Räucherkammer, die aus Zement bestand, war durch einen engen Gang mit der Küche verbunden. Dort gab es das nötige Zubehör zum Schweineschlachten: Fleischerhaken, ein großes Faß, eine Schneidemaschine sowie eine Anzahl scharfer Messer und Hackbeile.

Auf dem an die Räucherkammer angrenzenden Stück Land beabsichtigte sie, einen Gemüsegarten anzulegen, erklärte Belle Gunness. Sie umfriedete die Parzelle mit einem zwei Meter vierzig hohen Zaun aus Kaninchendraht. Als alles fertig war, kaufte sie ein paar Mastschweine, begab sich an ihren Schreibtisch, kaute nachdenklich auf dem Ende ihres Bleistiftes herum und setzte eine Annonce auf, die pünktlich in einem weitverbreiteten Farmersblatt im Mittleren Westen erschien: «Persönlich: Reizende, doch einsame junge Witwe mit schöner Farm in La Porte, Indiana, sucht Bekanntschaft mit ehrbarem, vermögendem Herrn. Ziel Eheschließung. Briefe zwecklos, wenn Schreiber nicht bereit zu baldmöglichstem, persönlichem Kontakt.»

Diese Annonce war, gelinde gesagt, leicht irreführend. Zu jenem Zeitpunkt ihres Lebens konnte man Belle Gunness nur nach dem Standard eines brünstigen Nilpferds für attraktiv halten.

Sie war einen Meter siebzig groß und wog ungefähr 115 Kilo. Ihr Haar, ein Jahr zuvor rot gefärbt, war ausgebleicht und ungepflegt, ihre Haut verwittert und grob. Sie hatte dicke, muskulöse Arme von der Kraft einer Ramme. Ihr Busen war unermeßlich und wurde von einem strammen Stahlkorsett in Schach gehalten. Meistens trug sie einen Overall und einen zerbeulten Männerhut aus Filz.

Der erste ehrbare, vermögende Herr, der auf Belle Gunnesses Anzeige antwortete, war Ole Lindboe aus Chicago. Lindboe war ein Junggeselle in mittleren Jahren. Er kam nach La Porte mit 200 Dollar in bar, einem Brillantring für 500 Dollar, einer teuren goldenen Uhr und einem leichten und verliebten Herzen.

Belle hatte anscheinend wenig Mühe, Lindboe um seine Sachwerte zu erleichtern. Aber als er sie heiraten und als ihr Gatte die Erträge der Farm mit ihr teilen wollte, äußerte Belle Bedenken.

«Ich kann Sie nur heiraten, wenn Sie mich wirklich lieben», sagte Belle. «Ich habe ein paar schlechte Erfahrungen gemacht.»

Lindboe erkundigte sich genau, wie er die Tiefe seiner Zuneigung beweisen könne.

«Arbeiten Sie hier eine Zeitlang für mich», sagte Belle. «Wenn Sie es verdienen, heirate ich Sie.»

Lindboe nickte zustimmend. «In Ordnung. Wieviel wollen Sie zahlen?» Belle war schockiert über diese Geschmacklosigkeit. «Meinen Verlobten bezahlen?» rief sie. «So was habe ich noch nie gehört!»

Lindboe arbeitete schließlich umsonst. Nach Ablauf von zwei Monaten war er noch immer Junggeselle und noch immer ohne Lohn. Er stellte Belle ein Ultimatum. Entweder müsse sie ihn heiraten oder bezahlen. Und das noch am selben Abend.

Belle musterte ihn eigenartig. Sie sagte: «Sie waren sehr geduldig. Heute Abend werde ich hundertprozentig mit Ihnen abrechnen. Inzwischen gehen Sie doch in den Gemüsegarten und heben ein großes Loch aus. Ich will nachher den Abfall vergraben.»

Ole Lindboe grub ein großes, tiefes Loch. Am nächsten Morgen war es aufgefüllt – und Ole Lindboe war weg. Etwa sechs Jahre später wurde sein Skelett ausgegraben und das Gebiß identifiziert.

Belle Gunness verschwendete keine Zeit damit, Ole Lindboe zu beweinen. Sie schrieb einen Brief an die Farmerzeitschrift und bat um Wiederabdruck ihrer Annonce.

Damit trat Mr. John Moos aus Elbow Lake, Minnesota, in ihr Leben. Mr. Moos, ein wohlhabender Farmer, kam nicht mit leeren Händen. Er brachte 5000 Dollar in bar mit.

Das, was es an Beweisen gibt, deutet darauf hin, daß John Moos sein Kapital ablieferte und Belles Knecht und Liebhaber in einem wurde. Offenbar war er in keiner dieser Funktionen unersetzlich. Drei Monate später verschwand er auf dem Höhepunkt von Belles Schweineschlachtsaison.

Belle teilte den Nachbarn mit, daß Moos nach Elbow Lake zurückgekehrt sei, und glättete ihr neues Gemüsebeet im Garten.

Und dann traf Belle Ray Lamphere, der bei seiner Geburt einen ehernen Vertrag mit seinem Schutzengel geschlossen zu haben schien. Was Belle Gunness betraf, so war sein Leben gefeit.

Sie begegneten sich nicht durch die Heiratsanzeige, sondern auf der Straße in La Porte. Lamphere war Absolvent der Indiana University und abgebrannt. Diese letztere Tatsache war nicht geeignet, Belle für ihn einzunehmen, aber merkwürdigerweise fand sie Gefallen an ihm.

Sie bot ihm einen Job auf der Farm an und zahlte sogar einen Lohn. Obendrein wurde die Zuneigung erwidert, die Belle für Lamphere empfand. Lamphere hatte Belle aufrichtig gern. Er bestürmte sie hartnäckig, ihn zu heiraten. Sie tat es nie. Da beide bald ein Liebespaar wurden, wäre die Heirat reine Formsache gewesen, und Belle hatte nicht vor, einen Herrn ohne Vermögen zu ehelichen.

Lamphere arbeitete auch noch auf der Farm, als Eric Anderson, ein Schwede und Witwer, der gerade die Versicherungssumme für seine Frau erhalten hatte, auf der Szenerie erschien – samt einer Ausgabe der Farmerzeitschrift, die auf Belles Anweisung hin ihre verlockende Anzeige zum drittenmal gebracht hatte.

Ray Lamphere verübelte Andersons Anwesenheit, und Belle erleichterte den neuen Bewerber schnell um das Bargeld, das er bei sich hatte, und versprach ihm zärtlich ihre Hand fürs Leben. Lamphere, verzweifelt, griff zur Flasche.

Er war ein häufiger Gast in den Bars der Stadt, während Eric Anderson mutmaßlich auf Freiersfüßen wandelte. Als er jedoch eines Abends nach Hause kam, gab Belle Gunness ihm zu verstehen, daß zwischen ihnen alles beim alten sei.

«Was ist mit Anderson?» fragte Lamphere verblüfft.

«Er ist weg. Er hat mich sitzenlassen. Wollte lieber ein Mädchen in Chicago heiraten.»

Lamphere runzelte die Stirn. «Wieso kennt er ein Mädchen in Chicago? Er hat mir mal gesagt, daß er noch nie in Illinois war.»

Belle hob die stattlichen Schultern. «Wo ist der Unterschied? Wir werden nichts mehr von ihm hören. Vergiß es.»

Lamphere vergaß es – fürs erste.

Zwischen 1903 und 1906 erschien Belles Ehegesuch mehrmals in verschiedenen ländlichen Zeitschriften. Und in dieser Zeit gab es ein halbes Dutzend Anwärter auf ihre massige Hand. Obwohl sie keinen von ihnen heiratete, erweckte ihre Anwesenheit unweigerlich Ray Lampheres Eifersucht. Er wußte nie genau, ob er im Schlafzimmer oder in der Gesindekammer neben der Küche zu nächtigen hatte.

Wie auch immer, Lampheres Angst, die Geliebte an einen anderen zu verlieren, verschwand jedesmal zur gleichen Zeit wie sein Rivale. Wenn es ihn je gewundert hat, daß Belle vor und nach der Schlachtzeit in ihrer Räucherkammer zugange war, so sagte er nichts. Wenn er je neugierig darauf gewesen ist, was sie mit den Säcken Ätzkalk machte, die sie aus Indianapolis bezog, so schwieg er.

Der einzige Mann, der offenbar Belle Gunnesses tödlicher Umarmung entging, war George Anderson aus Tarkio, Missouri. Mit Interesse hatte er Belles Anzeige gelesen. Er war Witwer mit einem schönen Bankkonto, und er war einsam. Er packte seine Sachen, kaufte einen Satz Reiseschecks und fuhr nach La Porte zu der «reizenden, doch einsamen jungen Witwe».

Dies war Belles erste Erfahrung mit Reiseschecks. Als sie begriff, daß jeder Scheck erst von Anderson unterschrieben werden mußte, war sie bitter enttäuscht. Das erschwerte die Dinge natürlich.

Nachdem sie Anderson am Abend seiner Ankunft ein üppiges Mahl vorgesetzt hatte, sagte sie: «Eigentlich wäre es eine gute Idee, wenn Sie die Schecks unterschreiben würden, bevor Sie schlafen gehen.»

George Anderson, längst nicht so naiv wie mancher frühere Verehrer Belles, hob die Augenbrauen und fragte: «Unterschreiben, bevor ich schlafen gehe? Wozu, um Himmels willen?»

Belle zuckte die Schultern. «Heute nacht könnte Ihnen doch was zustoßen.»

«Wenn mir irgendwas zustößt, ist das kein Grund, die Schecks zu unterschreiben. Das Geld wird einfach an meine Erben gehen.» Er hielt inne, ihm war etwas eingefallen: «Und überhaupt, was sollte mir denn zustoßen?»

Belle zuckte die muskelbepackten Schultern. «Man kann nie wissen. Viele Leute sterben im Schlaf, nicht?»

Anderson blickte Belle finster und scharf an. Finster legte er sich auch auf die Couch im Wohnzimmer nieder.

Mitten in der Nacht weckte ihn ein leichtes Schlurfen. Er öffnete die Augen und erblickte Belle in einem geräumigen Nachthemd, wie sie ihn anstarrte. In einer Hand hielt sie eine brennende Kerze. In der anderen ein Metzgerbeil.

Anderson sprang wie gestochen von der Couch. Er sagte: «Was machen Sie denn hier?»

«Ach», sagte Belle verbindlich, «ich konnte nicht schlafen. Mir ist eingefallen, daß noch ein paar Schlachtmesser geschärft werden müssen, und da dachte ich, ich könnte das genausogut jetzt machen. Ich wollte nur nachsehen, ob Sie auch bequem liegen.»

Es wird Momente in George Andersons Leben gegeben haben, die sehr viel unbequemer waren als dieser, aber sie fielen ihm nicht sofort ein.

Schnell wie die Feuerwehr fuhr er in die Kleider und verließ La Porte für immer. Mit sich nahm er seine nicht unterschriebenen Reiseschecks und die Erinnerung an Belles Metzgerbeil.

Anfang 1907 erreichte John Alden die Farm in La Porte auf dem gleichen Liebespfad wie die anderen. Er entging dem Beil für ganze zwei Wochen.

Als die Zeit um war, schickte Belle Gunness Lamphere auf eine Besorgung, die seine Abwesenheit für mindestens drei Stunden garantierte. Dann bat sie Alden in die Räucherkammer und widmete ihre Aufmerksamkeit den ernsteren Dingen.

Lamphere aber führte Belles Anweisungen nicht aus. Er ging stattdessen in eine Kneipe in La Porte. Er trank nur drei Gläser Bier, denn der Wirt verweigerte ihm jeglichen Kredit. Danach ging Lamphere nach Hause.

Er traf dort im ungünstigsten Augenblick ein. Er betrat die Wurstküche genau, als Belle John Aldens Leichnam auf einen Klotz gelegt hatte und die Schneide des Metzgerbeils schliff. Belle wurde rot.

Lamphere wurde grau im Gesicht. Gewiß hatte er schon dunkle Machenschaften vermutet, aber die eigene Geliebte zu erblicken, wie sie ruhig Anstalten traf, um einen Verehrer zu tranchieren, war etwas anderes.

«Mein Gott», sagte er, «was machst du da?»

«Ich zerhacke ihn», sagte Belle kühl. «Dann greift der Ätzkalk schneller. Anschließend begrabe ich ihn im Gemüsegarten.»

«Du meinst, du hast ihn umgebracht?» keuchte der entsetzte Lamphere.

«Notwehr», sagte die vierschrötige Belle. «Er wollte mich aufs Kreuz legen. Der Himmel weiß, für was er mich gehalten hat! Nie in meinem Leben bin ich so beleidigt worden.»

Lamphere, aus verzweifelter Liebe oder verzweifelter Angst um sein Leben, hielt den Mund.

Kurz nachdem John Alden durch den Fleischwolf gedreht war, verfügte Ole Budsberg, ein kräftiger blonder Maler, sich und 200 Dollar in bar nach La Porte. Innerhalb kurzer Zeit war er Geld und Leben los. Der Gemüsegarten wurde immer größer.

Der letzte aktenkundige Heiratskandidat, der Belle Gunness den Hof machte, war ein gewisser Andrew C. Helgelin aus Aberdeen, South Dakota. Er hatte auf Belles provozierende Anzeige geantwortet und postwendend einen glühenden Liebesbrief erhalten.

Helgelin holte Geld von der Bank, packte die Sachen und machte sich auf nach Indiana. Er lebte nur noch eine Woche, erwies sich aber als ertragreichste Goldader von allen.

Aus dem einen oder anderen Grund versäumte er zu bemerken, daß Belle in keiner Weise der «reizenden Witwe» aus der Veröffentlichung glich. Er fing auf der Stelle Feuer. Er war für sofortige Hochzeit, aber das massige Objekt seiner Zuneigung wollte nichts davon wissen. Für was hielt er sie denn?

Als Belle den üblichen Liebesbeweis verlangte, knallte Andrew Helgelin kühn seinen Geldbeutel auf den Tisch und bot ihr den ganzen Inhalt an. Weil das offensichtlich keins der 115 Kilo seiner Angebeteten rührte, schwor er, Verbindung mit seiner Bank in Aberdeen aufzunehmen und sie zu beauftragen, seine Wertpapiere flüssig zu machen und die Summe telegrafisch an Belle zu überweisen.

Belle fand das eine glänzende Idee. Die Transaktion dauerte genau eine Woche. Und nach genau einer Woche lud Belle Helgelin zu einer

Besichtigung ihrer modernen Räucherkammer ein. Er kam und beendete den Ausflug im angrenzenden Gemüsegarten.

Oben in South Dakota begann Alex Helgelin, Andrews Bruder, sich langsam Sorgen zu machen. Er kannte Belles Adresse, denn Andrew hatte ihm mitgeteilt, wohin er fahren wolle. Er schrieb an Belle und bat dringend um Nachricht von seinem Bruder. Das beunruhigte Belle nicht weiter. Sie anwortete umgehend. Andrew, so schrieb sie, habe die Farm eine Woche nach der Ankunft wieder verlassen. Sie liebe ihn und wolle ebenso wie Alex seinen Aufenthaltsort erfahren. Sie schlug vor, daß Alex sofort nach La Porte kommen und eine angemessene Summe Bares mitbringen solle. Man werde das Kapital für die Suche nach dem vermißten Andrew brauchen. Sie könne mit ein wenig Geld die Brüder bestimmt wieder zusammenführen.

Alex indes trat die Reise nie an.

Um diese Zeit, Anfang April 1908, wurde die Lage für Belle zum erstenmal brenzlig. Sie erfuhr von einem Hilfssheriff, daß Ray in betrunkenem Zustand vor seinen Zechkumpanen gesagt habe, sie müßten vom Sheriff eine Untersuchung verlangen, falls ihm je auf der Farm etwas zustoßen sollte. Er hatte düstere Andeutungen über schauerliche Vorgänge draußen bei Belle gemacht.

Belle Gunnesses Reaktion war charakteristisch. Sie verteidigte sich nicht, sie griff an.

Sie schwor feierlich, nie in ihrem Leben so beleidigt worden zu sein, erschien im Bezirksgericht und behauptete, daß Lamphere bei mehreren Gelegenheiten ihr Leben bedroht habe. Sie erwirkte eidlich einen Haftbefehl. Nach einem vertraulichen Besuch in seiner Zelle, von dem niemand weiß, zu welcher Art Kompromiß er führte, zog Belle jedoch die Anklage zurück, und Lamphere kam frei.

Belle aber behielt ein ungutes Gefühl. Vielleicht war es aus mit dem kleinen Nebengeschäft, vermögende Herren durch den Fleischwolf zu drehen. Vielleicht war es an der Zeit, die Zelte abzubrechen, sich aus dem Staub zu machen und zu verschwinden.

Eines späten Abends, am 27. April 1908, stand die Gunness-Farm unversehens in hellen Flammen. Alarm wurde erst geschlagen, als es zu spät war und die Gebäude bis auf die Grundmauern niedergebrannt waren.

Am nächsten Morgen wurden die rußgeschwärzten Ruinen gründlich durchsucht. Man fand vier verkohlte Leichen. Eine war die einer Frau. Die anderen waren Leichen von Kindern – zwei Mädchen und ein Junge. Die Schlußfolgerung war klar. Belle Gunness und ihre drei Kinder waren in den Flammen umgekommen. Für den Sheriff gab es gleich einen natürlichen Verdächtigen – Ray Lamphere, der merkwürdigerweise die Nacht nicht auf der Farm geschlafen hatte. Außerdem stand in den Gerichtsakten, daß Belle geschworen hatte, er habe öfter ihr Leben bedroht.

Ray Lamphere wurde verhaftet, ins Gefängnis gesteckt und angeklagt wegen Mordes, Brandstiftung und allem, was dem Staatsanwalt sonst noch einfiel. Die verkohlten Leichen wurden ins Leichenschauhaus gebracht. Dort untersuchte sie der Coroner, den Belle mit Recht für einen sehr mißtrauischen Mann gehalten hatte. Er meinte, daß die kleineren Leichen die von Belles adoptierten Kindern seien.

Er erklärte, daß die erwachsene Leiche eindeutig nicht die von Belle Gunness sei.

«Sie ist acht Zentimeter kleiner», sagte er. «Sie wiegt 40 Kilo weniger. Belle hatte gute, gesunde Zähne. Diese Leiche hier trägt ein schlechtsitzendes Gebiß.»

Zur selben Zeit redete Ray Lamphere schon schneller als der Schall – um seine Unschuld zu beweisen. Er erzählte dem Sheriff alles über den Tod John Aldens und das geheimnisvolle Verschwinden von Belles anderen Verehrern. Der Sheriff bewaffnete daraufhin seine Hilfstruppen mit Schaufeln und schickte sie auf die Farm.

Als es dämmerte, hatten sie die Überreste von zwölf erkennbaren Skeletten ausgegraben. Zusätzlich wurden vier Kartons mit diversen Knochen entdeckt. Helgelin und John Alden waren noch nicht vollständig verwest und daher identifizierbar.

Weitere Untersuchungen des Coroners ergaben, daß die Kinder nicht durch den Brand umgekommen waren. Man hatte ihnen säuberlich den Schädel eingeschlagen, bevor das Feuer ausbrach. Jetzt war klar, daß Belle durch Mord und Brandstiftung ihre Spuren verwischen wollte. Woher genau die Frauenleiche stammte, die sie als ihre eigene auszugeben gehofft hatte, blieb ungeklärt.

Es ist nicht das einzige, was ungeklärt blieb. Der Staat Indiana setzte eine hohe Belohnung auf ihre Ergreifung aus. Jede Polizeidienststelle in den Vereinigten Staaten war informiert. Aber Belle machte sich und ihre 115 Kilo rar. Mit den Jahren dehnte sich die Suche auf Australien, Kanada, England, Europa, Mittel- und Südamerika und Afrika aus, doch niemand hat je wieder wissentlich einen Blick auf Belle Gunness geworfen.

Wenn Belle Gunness – die «Killer-Lady» – noch lebt, dann müßte sie etwa 80 Jahre alt sein. Die meisten Beamten neigen zu der Annahme, daß sie tot ist, daß sie ruhig und respektabel in einem Federbett starb – und nicht durch den Fleischwolf gedreht wurde.

Originaltitel:
Madame Murder aus *Master Detective*, 1954
Aus dem Englischen von Ilse Henckel

Robert Faherty

Die tanzende Schönheit und die tödliche Falle

Robert Faherty als einen «Meister des Kriminalromans» zu bezeichnen wäre vielleicht ein wenig übertrieben. Er hinterließ nur einen Roman, *Swamp Babe*, der 1958 veröffentlicht wurde. Dieser Provinzkrimi über «eine blutjunge Verführerin, wild und schön wie der ungezähmte Sumpf, der sie hervorbrachte» ist unterhaltsam und unbedingt lesenswert. Dennoch wäre schwerlich zu behaupten, er hebe sich in irgendeiner Weise von all den anderen Paperbacks ab, die in den Buchläden der fünfziger Jahre nach Aufmerksamkeit schrien. Fahertys Schaffen auf dem Gebiet des True Crime, des Tatsachenkrimis, war erheblich bedeutender und, wie ich finde, befriedigender. Er hatte eine Spürnase für ungewöhnliche Verbrechen mit unfaßbaren Charakteren und bizarren Motiven. Er verstand es, einen Plot zu entfalten, und hatte ein Auge für das ungereimte Detail, immer genau das richtige, um Zeit und Ort einzufangen. Dies gilt auch für die nun folgende Story, eine meiner Lieblingsgeschichten, über einen Tanzfanatiker Anfang dieses Jahrhunderts, der den höchsten Preis zahlte, weil er «dem Zauber des verführerischen Tangos mit seinen faszinierenden Rhythmen nicht widerstehen konnte».

Die Scheinwerfer der Lokomotive warfen ein verschwommenes Licht auf geduckte Baumgruppen und schattenhafte Gebüschformen auf dem flachen Land.

Der Lokführer Robert Rohel, der den Güterzug der Elgin, Joliet & Eastern Eisenbahnlinie westlich von Chicago lenkte, sah von seinem Führerstand aus die beiden geradlinigen Schienen vor sich schimmern. Plötzlich war eine der Linien unterbrochen. Zu spät, um noch anzuhalten, erblickte der entsetzte Lokführer einen dunklen Gegenstand.

Als Rohel die Bremse zog und die Maschine drosselte, überrollten die großen Räder der Lok den Gegenstand. Der Zug kam ruckartig zum Halten, und Rohel eilte zurück.

«Da ist eine Frau auf den Gleisen!» brüllte er seinen Heizern zu, die mit ihren Laternen eine zusammengekrümmte Gestalt neben der Schiene beleuchteten. «Ich konnte sie nicht retten. Wie entsetzlich... das passiert mir zum erstenmal.»

Rohel berührte den Körper vorsichtig und drehte ihn um. Er konnte nichts mehr tun.

Es war eine sternklare Nacht. In der einsamen Gegend war es dunkel, bis auf das ferne Scheinwerferlicht des Zuges, und etwas weiter kleine Lichtpunkte, die den Bahnhof der Kleinstadt Wayne im Bundesstaat Illinois markierten. Eine warme Nacht – der 26. September.

Am nächsten Morgen untersuchte Coroner William A. Hopf die Leiche in einem Leichenschauhaus in West Chicago.

«Könnte ein Unfall gewesen sein», sagte er. «Sie könnte dort ohnmächtig geworden oder gestürzt sein und sich den Kopf angeschlagen haben. Obwohl es seltsam ist, daß sie an diesem verlassenen Ort herumgelaufen sein soll. Und dann», fuhr er fort, «besteht die Möglichkeit, daß sie Selbstmord begangen hat. Hat sich diesen Ort vielleicht extra ausgesucht.»

Der Leichenbeschauer blickte in ein Gesicht von beachtlichem Reiz, das von dichtem, prächtigem braunem Haar umrahmt war. Der Körper war zerbrochen, doch die Gesichtszüge waren praktisch unversehrt. Das dunkle Kleid der Frau war aus feiner, hochwertiger Seide. Eine kleine goldene Uhr, vermutlich nicht sehr wertvoll, war an das Kleid gesteckt und trotz des heftigen Aufpralls des Zuges intakt geblieben.

«Da kann ich wohl nicht viel tun, außer einen Bericht schreiben und eine gerichtliche Routineuntersuchung der Todesursache anordnen», sagte er. «Den Zugführer trifft natürlich keine Schuld.»

Doch Coroner Hopf arbeitete gründlich. Als er das Gesicht der Toten berührte, entdeckte er eine Hautwunde neben dem Mund. In der linken Wange schien ein rundes Loch zu sein. Er untersuchte den Kopf und fand ein Loch in der hinteren Schädeldecke.

«Eine Schußwunde!» rief er aus. «Diese Frau wurde erschossen!»

Eine Kugel – vermutlich Kaliber 32 – hatte Mund und Gaumen durchbohrt und war auf der Hinterseite des Kopfes wieder ausgetreten.

«Die Wunde in der Backe sieht nicht so aus, als ob die Waffe direkt drangehalten worden wäre. Da sind keine Pulverspuren», überlegte Hopf. «Höchstwahrscheinlich wurde der Schuß aus ein paar Meter Entfernung abgefeuert. Der Mörder dachte vermutlich, daß sein Verbrechen durch den Aufprall des Zuges für immer vertuscht würde – und seine Rechnung wäre ja auch beinahe aufgegangen.»

Da man zu dem Schluß kam, daß die Frau ermordet worden war, eilte Sheriff A. A. Kuhn mit einigen seiner Männer zu den Bahngleisen.

Keine Spur von der Pistole in der Nähe des Tatorts. Kuhn war jedoch fest entschlossen, keinen Hinweis zu übersehen, und durchkämmte das Gras auf allen vieren. Nach kurzer Zeit fand er ein zerrissenes Goldarmband. Es trug die Inschrift: «Von W. H. A. für M. A.». Als er es genauer betrachtete, kam einer seiner Männer mit einem umgestülpten Portemonnaie angerannt, das er etwa zehn Meter entfernt gefunden hatte.

«Sie muß ausgeraubt worden sein», sagte er. «Es ist nichts in oder an dem Portemonnaie, was uns verraten würde, wer sie war.»

Diese Frage schien bereits wenige Minuten später beantwortet. Im Gras fand man eine weiße Karte mit dem aufgedruckten Namen «Mildred Allison». Kuhn drehte sie um. Auf der Rückseite stand in schwachem Bleistiftstrich: «Felecita Club».

Ein anderer Helfer des Sheriffs fand einige Papierfetzen, die Kuhn vorsorglich ins Büro mitnahm. Die Papierfetzen wurden zusammengefügt und enthüllten den eingeprägten Namen eines Hotels in der Innenstadt von Chicago. Es fehlten einige Fragmente, doch die übrigen ergaben Worte. Eine geheime Nachricht!

«Lieber... Bande... Mädchen... Dunham-Farm... Geld... 14 Dollar... 500 Dollar... Du kannst haben, was Du willst.»

Die Worte waren mit Tinte geschrieben, ebenso wie die Unterschrift: «A. Harron».

Die Dunham-Farm lag in der Nähe des Kreuzungspunktes der Linien der Elgin, Joliet & Eastern mit der Chicago, Aurora und Elgin Railroad, nicht weit von der Stelle, wo der Zug die Leiche erfaßt hatte. Unverzüglich begab sich Kuhn mit den zusammengeklebten Papierfetzen dorthin.

Die Frau des Verwalters sagte, sie habe den Zettel noch nie gesehen und auch keine Ahnung, was die Nachricht zu bedeuten hätte. Nachdem man ihr von der jungen Frau auf den Gleisen erzählt hatte, fiel ihr eine Begebenheit ein, die die Mordtheorie erhärtete.

«Als ich gestern abend um acht aus dem Aurora & Elgin-Zug ausgestiegen war, bemerkte ich einen Mann und eine Frau, die offenbar mit demselben Zug aus Chicago gekommen waren. Sie gingen nicht weit von mir, zusammen, und unterhielten sich freundlich. Die Frau scherzte darüber, nachts ‹draußen auf dem Lande› zu sein.

Dann gingen sie Arm in Arm die Straße nach Wayne hinunter. So wären sie in die Nähe des Punktes gekommen, wo sich die beiden Eisenbahnlinien treffen, also nicht weit von der Stelle, wo die Frau von dem Zug überfahren wurde.»

Der Sheriff dankte der Frau und legte sich dann die drei nächsten Schritte zurecht: überprüfen, ob das beschriebene Paar tatsächlich mit dem Zug aus Chicago gekommen war, nach dem mysteriösen «Harron» auf dem Zettel fahnden und im Felecita Club Nachforschungen anstellen, um nach Möglichkeit die Identität des Opfers festzustellen.

Telephonisch lieferte er einen vollständigen Bericht über den Fall an Captain John J. Halpin, den Leiter der Chicagoer Kriminalpolizei. Halpin versprach uneingeschränkte und prompte Zusammenarbeit bei der Aufklärung des Verbrechens.

Kuhn vernahm die Schaffner des Zuges, der um 8 Uhr in Wayne angekommen war. Einer von ihnen entsann sich, daß ein Paar, auf das die Beschreibung zutraf, den Zug an der Chicagoer Kopfstation in der Fifth Avenue bestiegen hatte. Die Frau habe einen kleinen Koffer bei sich gehabt und der Mann sei ohne Gepäck gereist. Sie schienen ausgezeichnet miteinander auszukommen, hätten miteinander geplaudert und gescherzt. Für Kuhn hieß das, daß das Verbrechen nicht das Ergebnis einer zufälligen Begegnung gewesen war, die in einem Überfall geendet hatte!

Halpin schickte als erstes einige Kriminalbeamte zum Hotel in der Michigan Avenue, um Harron ausfindig zu machen. Sie fanden heraus, daß ein Mann dieses Namens dort eingetragen gewesen, aber inzwischen abgereist war, wobei er gesagt hatte, er würde wahrscheinlich in ein paar Tagen wiederkommen.

Dann begab sich der Captain mit seinen Männern zum Felecita Club, einer Tanzschule in der Thirty-third Street, Nähe Cottage Grove Avenue. Der Manager, Frank Oleson, kannte Mildred Allison. Seine Beschreibung von ihr paßte auf das Mädchen im Leichenschauhaus.

«Miss Allison war ein schönes Mädchen und eine der besten Tangotänzerinnen in Chicago. Sie war sehr oft in meinem Club, und sie war außerordentlich beliebt, seit der Tango so populär ist. Ich kann mir nicht vorstellen, warum ihr jemand etwas antun wollte!»

Im Leichenschauhaus von West Chicago stellte Oleson die Identität des Opfers endgültig fest.

Kuhn und Halpin begleiteten Oleson zurück nach Chicago und fragten ihn eingehend nach jeder Einzelheit, die ihm über das Leben der jungen Frau bekannt war.

Sie war zweimal verheiratet gewesen, so wußte er zu berichten, und ihr erster Mann lebte in Chicago. Ihr vollständiger Name war Mildred Allison Rexroat, aber sie benutzte nur «Allison». Sie hatte zwei kleine Kinder von ihrem ersten Mann, Allison. Mildred hatte an der Tanzschule viele Bewunderer, von denen ihr einige sehr gefällig gewesen waren. Doch Oleson sagte, er wüßte keinen, der ein Motiv gehabt haben könnte, sie zu töten.

Die Polizisten zeigten ihm die Fragmente der geheimnisvollen Notiz. Oleson konnte ihnen da nicht weiterhelfen.

«Ich möchte mit den beiden Männern sprechen, die mit ihr verheiratet waren», sagte Halpin. «Aber zuerst will ich ihre Wohnung durchsuchen. Wir müssen vielleicht sehr tief in das Leben der Frau vordringen, um den Punkt zu finden, an dem der Mörder darin eintrat.»

Oleson führte die Polizei zu einem Haus auf der Eggleston Avenue, in dem die Tänzerin ein Zimmer gemietet hatte.

Mitten unter Kleidungsstücken und Toilettenartikeln fand Halpin Papiere, Briefe und Photos. Da waren Briefe von beiden Ehemännern, manche in zärtlichem Ton, andere, die auf Streitigkeiten hindeuteten. Beide Absender hatten ihre Adressen angegeben: Allison, ihr erster Mann, lebte auf der South Side von Chicago; Rexroat, der zweite, in Macomb, Illinois.

Halpin tätigte einige Anrufe, bis er beide ausfindig gemacht hatte und gewiß war, daß sie zu einer Vernehmung zur Verfügung stünden. Er entschied sich für das Leichenschauhaus als den besten Ort für die Konferenz, mit Mildred Allison Rexroat als stiller, lebloser Zeugin.

Unter den wachsamen Augen von Halpin und Kuhn betraten die beiden Männer die schwach beleuchtete Totenkammer und betrachteten das Gesicht der Frau, die sie geliebt hatten. Der Staatsanwalt von DuPage County, C. W. Hadley, folgte ihnen in die Totenkammer.

«Ich habe nicht die leiseste Ahnung, wer sie umgebracht hat oder warum sie umgebracht wurde», sagte Rexroat schnell, indem er sich abwandte und Hadley ins Gesicht blickte.

Allison schien tief berührt und starrte weiter auf die reglose Gestalt.

«Mildred –» sagte er. «Ich habe sie geliebt, und ich wollte sie halten. Aber sie entfernte sich von mir, fand neue Gefährten. Dann ließ sie sich von mir scheiden.»

«Wo waren Sie am Abend des 26. September?» fragte Hadley.

«Zu Hause, auf der South Side. Das können mehrere Leute bezeugen. Ich war den ganzen Abend zu Hause und in der Nachbarschaft.»

Dann sprach Rexroat.

«Ich war im Farmhaus meines Vaters in Macomb.»

Die Kriminalbeamten überprüften unverzüglich ihre Alibis und stellten fest, daß sie beide stimmten.

Everett Rexroat erzählte dann eine ebenso traurige wie bittere Geschichte:

«Ich lernte Mildred in einem Tanzclub auf der South Side kennen und verliebte mich auf den ersten Blick. Ich konnte nicht mehr von ihr lassen. Ich besuchte sie jeden Abend. Schon nach wenigen Wochen hielt ich um ihre Hand an. Zuerst wollte sie nicht glauben, daß es mir ernst war, aber ich überzeugte sie, daß ich sie wirklich liebte, und sie willigte ein.

Wir heirateten, und ich brachte meine Braut nach Hause auf die Farm in Macomb. Wir waren ein sehr glückliches Ehepaar – zumindest ich war glücklich. Aber dann wurde Mildred des Landlebens allmählich überdrüssig und sprach von der Stadt und den hellen Lichtern. Ich sagte ihr, daß ich auf der Farm bleiben müßte, doch sie wurde von Tag zu Tag unzufriedener. Eines Abends, als ich nach einem harten Arbeitstag ins Haus kam, sah ich, daß sie ihre Sachen gepackt hatte und fort war.

Das hat mich für lange Zeit niedergeschmettert. Aber ich wußte, daß es zwecklos gewesen wäre, zu versuchen, ihr zu folgen und sie zu überreden, zu mir zurückzukehren. Ich sah sie nie wieder – bis heute!»

Nachdem sich Halpin versichert hatte, daß Rexroat den Abend des 26. mit seinem Vater und zwei Nachbarn im Farmhaus verbracht hatte, ließ er Allisons Haus durchsuchen. Sie fanden einen Koffer mit Mildreds Namen, der ihre persönliche Habe enthielt. Anscheinend war er erst vor kurzem dorthin gebracht worden.

Dieser Umstand weckte Halpins Neugier, und er durchsuchte den Koffer sehr gründlich. Er fand viele Briefe, manche davon waren in Deutsch, und einige enthielten vage Drohungen gegen die Tänzerin. Doch der Captain suchte vergebens nach einem Namen und einer Adresse als Anhaltspunkt für den Mord.

Andere lose Fäden mußten aufgenommen werden. Er schickte ein Kommando ins Hotel in der Michigan Avenue, um nochmals nach dem Schreiber der mysteriösen Notiz zu fahnden, die in der Nähe der Bahngleise gelegen hatte.

Die Polizisten trafen Harron an.

«Mildred Allison?» fragte der Mann. «Ich weiß nichts über sie, außer was ich in der Zeitung gelesen habe.»

Man zeigte ihm die zusammengeklebten Papierfetzen.

«Das kann ich leicht erklären. Diese Mitteilung war für einen Freund von mir bestimmt, der in Wayne lebt. Sie bezieht sich auf den Versuch von ein paar Schwindlern, mich in eine Sache zu verwickeln, bei der wir mit Sicherheit beide betrogen worden wären. Zufällig hat er den Zettel eben genau da draußen zerrissen.»

Die Aussage war schnell verifiziert. Eine weitere vielversprechende Spur endete hier, und der Mörder, noch immer namenlos, lief weiter frei herum. Während Captain Halpin zu dem Haus in der Eggleston Avenue ging, um mit der Frau zu sprechen, bei der Mildred Allison ihr Zimmer gemietet hatte, stieß man auf ein eigenartiges Indiz.

Ein Haarteil, wie man es damals benutzte, um der krönenden Zierde einer Frau ein prachtvolleres Aussehen zu verleihen, wurde auf dem Güterbahnhof der Burlington Railroad, südlich vom Chicagoer Zentrum, gefunden. Man brachte den Zopf zu Captain Halpin, als er gerade die Hauswirtin des Opfers befragte. «Das ist Mildreds. Ich bin mir ganz sicher», sagte die Frau. «Er ist aus ihrem Haar gemacht! Es ist genau ihr Farbton.»

Sie starrte auf das grausige Überbleibsel der toten Tänzerin.

«Mildred packte das in ihren Rattankoffer, als sie an jenem Abend aufbrach. Sie sagte, sie fahre nach Wheaton, um dort alles für Tangostunden, die sie geben wollte, zu arrangieren.» Wheaton lag nur wenige Meilen von Wayne, dem Ort des Verbrechens.

«Sie hatte schon öfter mit einem Mann über diese Tanzstunden gesprochen», fuhr die Hauswirtin fort. «Ich glaube, sie wollte sich an dem Abend mit ihm treffen. Haben Sie ihren Diamantring gefunden? Sie hatte einen sehr wertvollen.»

«Das war nicht einer von ihren Ehemännern?»

«Nein, das war ein junger Bursche, den sie unlängst beim Tanzen kennengelernt hatte, vermutlich im Felecita. Ich glaube, sein Name war Spencer.»

«Erzählen Sie mir alles, was Sie über diesen Mr. Spencer wissen», bat Halpin.

«Ich sah ihn einmal abends, als er Mildred besuchte. Ich glaube, er könnte der Mann gewesen sein, der sie an dem Nachmittag anrief, bevor sie nach Wheaton fuhr. Die Stimme war wie die von Mr. Spencer – leise und schleppend.»

«Glauben Sie, das war sein richtiger Name?»

«Ich wüßte nicht, daß er jemals einen anderen benutzt hätte. Er war ziemlich klein und stämmig, mit breiten, kräftigen Schultern. Ich würde ihn auf achtundzwanzig bis zweiunddreißig schätzen. Er hatte braunes Haar und blaue Augen, und sein Gesicht war gerötet. Er trug eine Goldbrille. Gekleidet war er wie ein Geistlicher – schwarzer Anzug und hoher Kragen.»

«Größe und Gewicht?»

«Ungefähr 1,68 Meter, würde ich sagen, und er muß so um die 145 Pfund wiegen.»

Die Beschreibung paßte auf einen Mann, der nach Olesons Aussage im Felecita mit Mildred den Tango getanzt hatte!

Sheriff Kuhn erhielt den Bericht in Wheaton und forschte dort nach Interessenten an den von Mildred geplanten Tangolektionen. Einige Stunden Nachforschung verliefen im Sande. Raus kam lediglich, daß niemand etwas von derlei Plänen gehört hatte.

Aber es gab zwei Männer mit Namen Spencer in Wheaton!

Kuhn suchte den ersten von ihnen auf, einen Kaufmann. Er entsprach nicht der Beschreibung des geheimnisvollen Unbekannten, und er gab bereitwillig Rechenschaft über all sein Tun am Abend des 26. September. Der zweite, ein jüngerer Mann, stritt ab, sich jemals für den Tango oder irgendeine Tänzerin interessiert zu haben. Mildreds Hauswirtin sah ihn sich an und bestätigte, daß er nicht der besagte Bewunderer von Mildred war.

Dann fiel dem Kaufmann plötzlich ein, daß ein Vertreter namens Spencer öfter geschäftlich nach Wheaton kam. Kriminalbeamte begaben sich sofort zum Arbeitgeber des Vertreters in Chicago.

Wie aus den Akten und der Korrespondenz hervorging, war dieser junge Mann in der Mordnacht im Süden von Illinois. Noch während die Beamten in dem Büro waren, kam der Vertreter herein. Er paßte nicht auf die Beschreibung des gesuchten Mannes, wie sie die Hauswirtin des Opfers gegeben hatte.

«Drei Spencer!» seufzte Halpin. «Und keiner von ihnen ist der Mann, den wir suchen. Ich hoffe nur, wir müssen nicht alle Spencer in Illinois durchsieben.»

Halpin überprüfte noch einmal die Beschreibungen des Mannes, der im Zug gesehen worden war.

Die Zugbegleiter und die Frau des Farmverwalters sagten einmütig aus, er sei stämmig, klein und braunhaarig gewesen und habe einen dunklen Anzug getragen.

Sheriff Kuhn erstattete Halpin telephonisch Bericht. Eine von ihm angeordnete weiträumige Durchsuchung des Gebiets entlang des Gleiskörpers der Elgin, Joliet & Eastern hatte etwas erbracht: Verborgen an einer morastigen Stelle, nahe an den Gleisen hatte einer von Kuhns Männern einen in ein Handtuch gewickelten schweren Hammer und eine Zeitung vom 23. September gefunden. Der Hammer trug den Stempel eines Chicagoer Eisenwarenhändlers. Er war 1½ Kilo schwer.

Halpin schickte ein paar Männer zu dem Laden. Es war schwer zu sagen, welche Rolle der Hammer in dem Fall gespielt hat. Die Tänzerin war erschossen worden und hatte augenscheinlich keinen Schlag auf den Kopf erhalten. Hatte der Mörder die Tat lange im voraus geplant? Hatte er vorgehabt, sie mit dem Hammer zu töten – und ihn am 23. September dort versteckt?

Halpin wartete mit Spannung auf den Bericht. Aber die neue Spur führte nicht weiter. Der Eisenkrämer hatte viele solche Hämmer verkauft und führte keine Aufzeichnungen über derlei Verkäufe.

«Dieser Mörder kann sich überall in Chicago verstecken», sagte

Halpin zu seinen Männern. «Aber wir müssen ihn ausgraben, und zwar schnell. Es kann gut sein, daß er sich in Sicherheit wiegt und die Stadt für den geeignetsten Ort hält, um unentdeckt zu bleiben. Vielleicht hat er den Namen Spencer nur bei seinen Kontakten mit der Ermordeten benutzt. Er denkt vielleicht, mit einem anderen Namen sei er vollkommen sicher.

Aber ich habe so ein Gefühl, daß dieser Knabe wieder in den Tanzlokalen auftauchen wird. Ich glaube nicht, daß er sich sehr lange von Mädchen fernhalten wird. Wir werden diese Lokale beobachten, und in einem werden wir eine Spur zu ihm oder ihn selbst finden.»

Halpin stellte einen beeindruckenden Überwachungsplan für die Tanzlokale, -schulen und -clubs von Chicago auf, mit Schwerpunkt auf der South Side. Die Revierleiter wurden angewiesen, Zivilbeamte nach dem mysteriösen Mr. Spencer Ausschau halten zu lassen, von dem sie eine genaue Beschreibung erhielten. Halpin schickte seine besten Männer in die Tanzlokale. Sie sollten sich unter die Tänzer mischen, die Mädchen umgarnen, um mit ihnen über den Tango-Mordfall ins Gespräch zu kommen. Und dabei stets die Augen nach einem kleinen, breitschultrigen Mann mit Goldbrille offenhalten.

Halpin war sich sicher, daß der Mörder, geplagt von Schuld, aus seinem Versteck kommen würde, um sich durch die Erfüllung seiner Sehnsucht nach den Frauen ein wenig zu erleichtern. Der Tango, gerade frisch aus Lateinamerika importiert, übte auf viele Zeitgenossen einen verführerischen Reiz aus. Vielleicht war der Pistolen- und Hammer-Mann ein Süchtiger, der dem Zauber der spanischen Musik und der heiteren Umarmung junger Mädchen bei faszinierenden Rhythmen nicht widerstehen konnte.

Drei Abende verliefen ergebnislos. Halpin erteilte erneut Anweisungen an seine Revierleiter, um sicherzustellen, daß die diensttuenden Polizisten jeden Hinweis sorgfältig verfolgten.

«Der Kerl muß einfach auftauchen», sagte Halpin. «Er muß versuchen, diese Szene auf den Gleisen zu vergessen. Er wird sich nach Mädchen umschauen – und vielleicht wird er sich dabei verraten.»

Am nächsten Abend bekam Halpin endlich einen Anruf von einem Ermittlungsbeamten.

«Ich habe da etwas. Ich traf ein Mädchen in einem Lokal, die sagt, sie kenne einen Kerl, der so aussieht wie Spencer und ganz besessen vom Tango ist. Vor ein paar Tagen tanzte er mit ihr und lud sie auf einen Drink zu einer Party in seinem Haus ein. Sie ging mit ihm, mußte aber feststellen, daß das Haus nur eine Pension war und es gar keine Party gab. Daraufhin verließ sie ihn. Sie sagte, er habe erwähnt, daß er Mildred Allison kannte. Der Kerl war nervös und aufgeregt, sagte sie. Das Haus ist nicht weit vom Felecita Club.»

Halpin begab sich auf der Stelle mit einem halben Dutzend Polizisten zu der Adresse. Während an der Vorder- und Rückseite des Hauses Wachposten aufgestellt wurden, gingen der Captain und zwei seiner Männer hinein und trafen dort auf die Wirtin. Sie beschrieben den Gesuchten, und sie zeigte auf ein Zimmer am oberen Treppenabsatz.

Es war augenscheinlich kein Licht im Zimmer. Halpin versuchte die Tür. Sie war verschlossen. Er klopfte. Drinnen war kein Geräusch zu hören. Die drei Männer brachen die Tür mit der Schulter auf.

Es war niemand im Zimmer, aber das Bett war zerwühlt, als wäre es vor kurzem benutzt worden. Die verängstigte Wirtin sagte, daß sie es am frühen Nachmittag gemacht hätte.

«Wie hieß der Bursche?» fragte Halpin.

«Er wollte keinen Namen nennen», sagte sie. «Er hat für eine ganze Woche bezahlt, vor vier Tagen. Aber er hatte einen Koffer, und der ist weg. Es sieht so aus, als ob er ausgezogen wäre.»

Sie lieferte eine genaue Beschreibung von dem Gast. Das Bild stimmte exakt mit dem von Spencer überein, nur die Goldbrille hatte sie nicht gesehen.

«Er hatte einen komischen Koffer», sagte sie. «Aus diesem Holzzeug – Rattan nennt man das.»

Mildred Allisons Koffer war aus Rattan gewesen!

«Das ist unser Mann», stellte Halpin fest, «und wir haben Pech gehabt. Um ein paar Stunden verfehlt! Aber er wird in dieser Gegend wieder auftauchen. Da möchte ich wetten!»

Und wieder lagen Polizisten auf der Lauer, während in den Tanzlokalen der South Side spanische Rhythmen erklangen und junge Männer und Mädchen und alte Männer und Mädchen sich dazu im Tango wiegten und drehten.

Dann wurde Halpin berichtet, daß ein Mann, der Spencer ähnelte, in einem billigen, anrüchigen Tanzschuppen in der Nähe der Twenty-second und State Street gesehen worden war. Er schickte noch mehr Männer los.

An diesem Abend erzählte eine Frau einem uniformierten Polizisten, sie sei von einem Mann bedroht worden, der zwei Tage zuvor in ihrem Haus ein Zimmer gemietet hatte.

Der Polizist berichtete einem von Halpins Männern davon. Dieser war ganz auf «Mr. Spencer» fixiert und sah auch die neue Geschichte ausschließlich in diesem Licht. Er vernahm die Frau.

«War der Mann klein, braunhaarig, mit breiten Schultern?»

«Ja. Woher wissen Sie das?»

«Ist er jetzt in Ihrem Haus?»

«Nein, er ist weggegangen. Ich wollte ihm eigentlich sagen, daß er das Zimmer wieder räumen soll, aber ich hatte Angst, nachdem er mich bedroht hatte, weil kein Schloß an seiner Zimmertür war.»

Der Ermittlungsbeamte raste zu dem Haus und rannte in das Zimmer. Ein hoher Kragen lag auf dem Toilettentisch. Unter einer Zeitung in einer kleinen Schublade eines Nachttisches fand er eine geladene Zweiunddreißiger. In einer Ecke des Zimmers stand ein Paar Schuhe, an dem getrockneter Schlamm klebte.

«Vielleicht war er ein Dieb. Er hatte einen Diamantring bei sich. Er hat ihn mir gezeigt», sagte die Hauswirtin.

Der Polizist entdeckte im Kleiderschrank einen kleinen Rattankoffer.

Er stürzte zum Telephon und berichtete Captain Halpin:

«Ich habe Spencer ausfindig gemacht. Kein Zweifel!»

Innerhalb von zehn Minuten war der Captain mit einer Wagenladung schwer bewaffneter Polizisten vor Ort. Schnell postierte er seine Männer: einen am Hinterausgang, einen weiteren in einem

Eingang etwa 12 Meter von dem Haus entfernt, weitere zwei in Eingängen auf der anderen Straßenseite, wo man sie nicht sehen konnte. Einer postierte sich in einer dunklen Ecke des Wohnzimmers. Halpin und ein Polizist blieben im Zimmer des Unbekannten.

Gegen Mitternacht wurde die Haustür unten zugeschlagen, und ein Mann eilte mit schweren Schritten die Treppe hinauf. Halpin hörte, wie sich der Türknauf drehte. Leise tat er einen Schritt nach vorn, seine Achtunddreißiger bereit. Die Tür ging auf, und Halpin richtete seine Pistole auf den Eintretenden.

Ein Keuchen, ein kurzes Handgemenge. Halpin und sein Mann warfen den Neuankömmling zu Boden, die Handschellen schnappten zu.

Unten, im Licht der Diele, schauten sich die Kriminalbeamten ihren Gefangenen erst mal genau an. Er war klein, mit kräftigem Hals und breiten Schultern. Er trug einen hohen Kragen und einen schwarzen Anzug. Braune Haare, blaue Augen. Halpin fischte eine Goldbrille aus der Westentasche des Gefangenen und setzte sie ihm auf.

«Ganz wie ein Prediger», kommentierte Halpin. «Sie könnten als Wanderprediger auf der Madison Street durchgehen.»

«Hört mal, ihr Polypen habt den Falschen», winselte der Gefangene. Er sprach leise und schleppend.

«Wir haben den Mann, der Mildred Allison Rexroat ermordet hat, und das ist genau der, den wir gesucht haben!»

Auf dem Revier identifizierten Oleson und Mildreds Hauswirtin noch in derselben Nacht den Gefangenen als den mysteriösen Mr. Spencer; der Koffer wurde als derjenige identifiziert, den Mildred Allison Rexroat auf ihrer Reise in den Tod bei sich gehabt hatte.

Dann redete Spencer.

«Klar habe ich sie getötet.»

«Sie hatten das alles lange vorher geplant, nicht wahr?»

«Na klar. Das Mädchen war meine Tanzpartnerin, und, glauben Sie mir, ich konnte vielleicht den Tango mit ihr tanzen. Zuerst mochte ich sie nur, aber bald verliebte ich mich über beide Ohren. Ich bat sie, nicht mit anderen Kerlen zu tanzen und auszugehen. Ich wollte sie für mich allein. Sie hörte nicht auf mich, und das machte mich wahnsinnig. Okay, dachte ich mir, wenn ich sie nicht haben kann, werde ich sie umbringen und mir bei der Gelegenheit auch gleich ihr Geld und ihren Ring schnappen.

Ich hatte von diesem Ort da draußen gehört. Wissen Sie noch, ungefähr vor einem Jahr hat einer da eine Frau mit einem schweren Stein erschlagen und ist nie gefaßt worden? Ich suchte also die Stelle. Für so was nehme ich gern einen Hammer, also besorgte ich mir einen großen, fuhr da raus und deponierte ihn an einem geeigneten Ort.

Ich verabredete mich mit Millie und behauptete, daß da Leute in Wheaton Tango lernen wollten. Ich sagte, wir müßten nach Wayne fahren, um uns mit einem von ihnen auf einer Farm zu treffen, und daß sie vielleicht etwas Geld brauchen würde, um einen Saal anzumieten und andere Vorbereitungen zu treffen.

Millie fiel drauf rein. Im Zug schlief ich mit ihr und versprach ihr alles mögliche, sie glaubte mir. Ich komm gut an bei Frauen!

Als wir aus dem Zug ausstiegen, sagte ich, wir müßten eine dunkle Straße nahe der Gleise entlanggehen. Millie machte das nichts aus. Es sei eine schöne Nacht für einen Spaziergang auf dem Land. Ich versuchte, sie zu der Stelle zu lotsen, wo ich den Hammer versteckt hatte, aber da wollte sie nicht hin. Ich beschloß, sie nicht weiter mißtrauisch zu machen. Sie sollte nicht um Hilfe schreien. Ich mag einen Hammer – er ist leise.

Na ja, jedenfalls blieb ich nicht weit von den Gleisen stehen und beschloß, es gleich hier zu tun. Ich legte meinen Arm um sie und drückte sie an mich, während ich meine Pistole zog. Dann trat ich etwas zurück und verpaßte ihr das Ding, direkt ins Gesicht.

Sie fiel sofort um, ohne einen Laut von sich zu geben, und ich schnappte mir ihr Portemonnaie und ihren Ring. Das Armband nahm ich nicht mit, weil ich dachte, es würde nicht viel einbringen.

Ich zerrte Millie auf die Gleise und ließ sie dort fallen. Ich rechnete mir aus, daß man es für ein reguläres Zugunglück halten würde. Ich war mir sicher, daß der Zug sie am Kopf erwischen würde. Das war ganz schönes Pech, daß ich nicht dafür gesorgt habe, daß ihr Kopf auf der Schiene lag.»

Halpin hörte sich die grausige Geschichte mit grimmiger Miene an.

Als der Tag der Verhandlung in Wheaton näherrückte, nahm sich Spencer einen Anwalt und sagte, er würde die Anklage anfechten. Inzwischen hatte er enthüllt, daß sein richtiger Name Henry Spencer war und er zehn Jahre wegen Einbruchs im Gefängnis von Joliet verbüßt hatte.

Der Prozeß war eines der aufsehenerregendsten Spektakel, die es je in einem Gerichtssaal von Illinois gegeben hatte. Staatsanwalt Hadley war entschlossen, ein schnelles Todesurteil durchzusetzen.

Unter den Zuschauern im überfüllten Gerichtssaal waren die beiden Männer, die die ermordete Tangotänzerin geliebt und geheiratet hatten.

Spencer, ein rotes Band im Revers, steckte sich auf der Anklagebank eine Zigarre an.

Der Richter klopfte mit seinem Hammer auf den Tisch und ermahnte ihn, mit dem Rauchen aufzuhören.

«Das werde ich nicht tun», sagte er und paffte weiter, bis ein Gerichtsdiener ihm die Zigarre wegnahm.

Als der Verteidiger eine Einrede begann, bei der er von «Unzurechnungsfähigkeit» und «Geistesschwäche» sprach, sprang Spencer auf und rief:

«Schluß mit der ganzen Bürokratie hier! Laßt zwölf Männer endlich sagen, daß ich meine Kumpanin Millie umgebracht habe, und dann bringt mich raus und hängt mich. Verschwendet nicht soviel Zeit. Schickt einen raus, um ein Schafott aufzubauen. Knüpft mich auf!» Und packte sich zur Illustration an den Hals.

Spencer war ein Prophet. Die zwölf Geschworenen kamen tatsächlich zu dem Urteil, daß er Mildred Allison Rexroat getötet hatte, und befanden ihn des Mordes für schuldig.

«Ich werde Berufung einlegen», sagte sein Anwalt.

«Schluß mit den Berufungen», schrie Spencer. «Bringen wir diese Seil-Party hinter uns!»

Er wandte sich an die Zuschauer im Saal:

«Ich hoffe, euch hat der Prozeß Spaß gemacht, und ihr habt bekommen, wofür ihr hergekommen seid. Ich will, daß ihr alle kommt und mich baumeln seht!»

Der Richter fällte sein Urteil. Spencer sollte am 21. Dezember hängen.

Die Verteidigung legte Berufung beim Obersten Gericht ein, und es gab einen Vollstreckungsaufschub, weil lokale Würdenträger gegen eine Hinrichtung in der Weihnachtswoche protestierten.

Die Vollstreckung wurde für den 22. Januar anberaumt, doch es wurde erneut ein Aufschub gewährt, diesmal zur Überprüfung der Beweislage. Dann entschied das Oberste Gericht endgültig, daß Spencer für sein Verbrechen sterben mußte.

Am 31. Juli 1914 stand Spencer auf dem Schafott, eine rote Blume ans Hemd gesteckt. Die weiße Kapuze wurde ihm über den Kopf gestülpt und die Schlinge um seinen Hals gelegt.

Eine Minute später war er tot, sein Körper lag auf dem Boden – nur wenige Meilen von dem Ort entfernt, wo er Mildred Allison Rexroat erschossen und ihren Körper auf die Bahngleise gelegt hatte.

Originaltitel:
The Dancing Beauty and the Fatal Trap
aus *Master Detective*, 1949
Aus dem Englischen von Stefanie von Kalckreuth

Harry Whittington

Überfall aus dem Himmel

Harry Whittington gilt als «König der Taschenbuch-Originalausgaben», und das nicht ohne Grund. Von 1950 bis etwa 1970 veröffentlichte er mehr als 150 Bücher in so unterschiedlichen Sparten wie Kriminalroman, Horrorstory, Science-fiction, Western, Liebesschmonzette, Krankenhaus-Beichte. Bemerkenswerter noch als sein bloß quantitativer Ausstoß ist die Tatsache, daß jedes seiner Bücher (zumindest jedes der fünfzig, die ich ergattern konnte) mit einer genreunüblichen Eleganz geschrieben ist. Tempogeladen, gut aufgebaut, unglaublich sparsam, düster und immer spannend. Whittingtons Helden sind immer illusionslose, tragische Menschen, befleckte Engel auf dem Höhepunkt ihrer persönlichen Schlacht (z. B. *Forgive Me, Killer, Ticket to Hell, A Moment to Prey, Murder is my Mistress*). Vielleicht war es das, was ihn an dem folgenden authentischen Fall zweier hochfliegender Piloten anzog – verzweifelten Männern, die ein letztes verzweifeltes Spiel wagen. Sollte einem «Überfall aus dem Himmel» bekannt vorkommen, dann deshalb, weil Whittington später «die wahren Ereignisse» dieses «verpfuschten Whiskey-und-Kohle-Verbrechens» zu dem Roman *The Devil Wears Wings* (1960) umarbeitete.

Die kleine silberne Cessna verließ das Rollfeld von Tampa früh um 5 Uhr 45 und kappte die Funkverbindung zum Flugtower. Der Morgen des 24. Oktober 1954 war frisch, und der Tag brach ein in die Weiten Floridas, plötzlich und vollständig.

Der Mann am Steuer sah mit leichtem Grinsen auf die Erde zurück. Dreißig war er, untersetzt, stattlich. Sein Begleiter in der zweisitzigen Cessna war vier Jahre jünger, blond, schlank, langbeinig. Eines hatten sie gemeinsam: den Ausdruck von unerträglicher Anspannung, Angst, innerem Druck.

Spielernaturen waren beide, hatten aber nie den Volltreffer gelandet, worauf sie ihrer Meinung nach Anspruch hatten; jetzt waren sie entschlossen, mit hohem Einsatz zu spielen. Ihr Plan war neu, verrückt sogar, voller Risiko, und das stand in ihren Gesichtern. Sie setzten in einem einzigen gefährlichen Einsatz alles aufs Spiel – sie würden nicht länger leer ausgehen: Es waren verzweifelte Männer. Der größere, jüngere Typ zog eine Whiskeyflasche aus seiner Jacke.

«Fang nicht damit an!» rief der Pilot.

Der andere lachte, schob seine Mütze zurück, nahm einen tiefen Schluck. «Du fliegst. Ich mach meinen Job.»

«Sieh zu, daß du es auch packst.»

Sie folgten der schwarzen Spur des Campbell-Dammes aus der Stadt Richtung Westen über die obere Tampa-Bucht, wo sie den nächsten Punkt ihrer sorgfältig geplanten «Operation Überfall» abhaken würden.

Auf einem Flugplatz von Clearwater setzte der Pilot die silberne Cessna auf den Teil der Landebahn, wo schon andere Privatmaschinen standen. Zum Plan gehörte der Diebstahl einer anderen Maschine; für dieses Manöver ihrer Operation brauchten sie zwei.

Der blonde, jüngere Mann nahm noch einen Schluck, als sauge er Mut aus dem Flaschenhals.

Er schlenderte prüfend um die Cessna herum. Von weitem konnte es so aussehen, als habe die silberne, gelb abgesetzte Maschine irgendeinen leichten Schaden, um den der Besitzer sich sorgte.

Der untersetzte Pilot warf einen schnellen Blick über den verlassenen Platz. Es war so früh am Tag, daß das Bodenpersonal nicht zur Landung des Flugzeugs erschienen war. Er spazierte zu einer größeren, stärkeren Maschine, die der Cessna am nächsten stand. Er schwang sich schnell in das Cockpit und bewegte sich dabei mit der Selbstverständlichkeit eines Mannes, der mit Flugzeugen lebt, von Klapperkisten bis zu Düsenjägern. Er regulierte die Schalthebel, drückte den Startknopf.

Der Kopf seines Begleiters schnellte beim störrischen Winseln der Maschine herum, sein Gesicht erstarrte. Zweimal sprang der Motor fast an, dann erstarb er lärmend.

Plötzlich rannte der Blonde um die Cessna herum, seine Stimme war gepreßt. «Los, komm!» brüllte er. «Laß die Maschine. Wir hauen hier ab. Einer von den Abschmierheinis hat dich entdeckt –»

Verärgert darüber, daß ein bockiger Motor seine Pläne durchkreuzte, schwang sich der untersetzte Mann unwillig aus der Kabine, und im Nu war die Cessna wieder in der Luft, landeinwärts, Richtung Südwest. Es war noch keine 6 Uhr morgens...

Gegen 9 Uhr 30 sichteten sie das Gilbert Field von Winter Haven, etwa 70 Luftmeilen landeinwärts von Clearwater, Florida. Der Pilot hatte jetzt auch zu trinken begonnen.

Seine Stimme verriet den schwelenden Ärger über ihr Anfangspech beim Diebstahl des zweiten Flugzeugs. «Das darf uns nicht noch mal passieren. Hoffentlich klappt der Rest des Plans besser. Noch ein paar solche Pannen –»

«Hör auf.» Der Blonde lachte. «Wir sind alles durchgegangen. Jeden einzelnen Schritt. Oft genug. Da kann nichts schiefgehen.»

«Trotzdem, mir gefällt das nicht, daß man unsere Maschine da unten gesehen hat. Wir müssen uns eine andere beschaffen, die nicht auf unsere Spur führt. Mein Chef glaubt, ich habe sie für was Geschäftliches ausgeliehen. Ich muß sie heil zurückbringen.»

«Na und? Wer ist schon um diese Zeit draußen? Wir können fliegen, wohin wir wollen.»

Der Pilot murmelte etwas, richtete die silberne Cessna auf einen Punkt neben einer leuchtendgelben Aeronca, die auf dem Gilbert-Flugplatz abgestellt war. Er ließ den Motor der Cessna laufen, schwang sich heraus, jagte übers Rollfeld. Der Blonde wechselte den Sitz und übernahm das Steuer der Cessna.

Diesmal ging der Flugzeugraub schnell vonstatten. Die Aeronca kam stotternd ins Laufen, der Pilot schwenkte seinen Arm in einer Weise, die deutlicher als Worte sagte: «Diesmal haben wir Schwein gehabt, machen wir, daß wir verdammt hier wegkommen.»

Beide Maschinen starteten problemlos. Der jüngere Mann am Steuer der Cessna behielt die gestohlene gelbe Aeronca seines Kollegen in Sichtweite, während beide Flieger sich wieder nach Westen wandten. Jetzt stieg die Erregung in dem jungen Blonden. Ein weiteres Stück war geschafft, sie rückten immer näher an den Volltreffer, den sie beide so dringend brauchten. Sein Puls raste. Eine Vene klopfte in seiner Schläfe. Er hatte unkontrollierte Lachanfälle.

Er gab acht, daß die Cessna auf das zerborstene Rollfeld eines verlassenen Flugplatzes zuhielt, den sie Tage zuvor außerhalb von Plant City, Florida, ausgekundschaftet hatten. Sie hatten sich Tampa nun wieder auf 30 Meilen genähert, und alles lief genauso wie geplant – es schien zu klappen.

Er wußte, sein Kumpel hatte immer noch damit zu tun, daß die Maschine in Clearwater nicht angesprungen war. Klar wäre es hübscher gewesen, wenn sie in Winter Haven im Austausch für die Aeronca ein gestohlenes Flugzeug hinterlassen hätten; es hätte ihre Spuren sehr viel besser verwischt, aber das war unwesentlich, nicht mehr von Bedeutung. Er setzte die Cessna auf die Landebahn auf, merkte, daß er nicht so routiniert wie der Ältere flog. Auch diese Tatsache beunruhigte ihn nicht – nur wenige Männer konnten so gut fliegen.

Es gab kaum Versteckmöglichkeiten auf diesem verlassenen Flugplatz, doch er rollte die Cessna neben die Begrenzungshecke, stellte den Motor ab. Er schwang sich aus der Maschine und lief rüber zur Aeronca, die Flasche in der Hand. Er lachte, als er hineinkletterte.

«Zufrieden jetzt?» sagte er. «Komm, wir starten.»

«Wir haben massenhaft Zeit. Gib mir einen Schluck.»

Die beiden Diebe hatten Gilbert Field gegen 9 Uhr 45 morgens verlassen. Jetzt war es fast 11. Der Pilot hörte das Radio ab, aber soweit er ihm entnehmen konnte, war der Verlust der Aeronca noch nicht gemeldet worden.

«Prima!» sagte der große Mann und lachte. «Alles läuft glatt. Vielleicht merken sie den ganzen Tag nicht, daß das Flugzeug fehlt. Komm, Kumpel, du kannst ruhig mal wieder lachen. Was ist los, hast du was dagegen, reich zu sein?»

Die Mittagssonne ließ die stählernen Türme und Hochspannungsdrähte aufblitzen, die sich über die Stoppelfelder am Stadtrand von Fort Meade, Florida, spannten. Die zwei Männer kreuzten mit der Aeronca im Tiefflug über das Gelände und umkreisten die hochgetürmten Sandhaufen der Düngemittelfirma hinter einem Waldstück.

Es war etwa 12 Uhr 10, als der Pilot mit der Maschine auf dem Feld aufsetzte, an den Hochspannungsdrähten entlangglitt, über den stoppeligen, zerfurchten Boden holperte. Der große Mann schleuderte eine leere Flasche ins Unkraut.

Auf dem West Broadway No. 711 in Fort Meade bemerkte Ex-Polizeichef L. M. Roberts, der sich nach 14 Dienstjahren 1953 hatte pensionieren lassen, um eine Tankstelle mit angeschlossener Bierbar aufzumachen, zwei Fremde in Overalls, die die Sand Mountain Road Richtung Innenstadt entlang schlenderten.

Fort Meade, eine friedliche, sonnenverbrannte Stadt mitten in der Rindergegend von Florida, hat weniger als 4000 Einwohner; Fremde erregen Aufmerksamkeit. Ex-Polizist Roberts hatte die schwache Eingebung, daß irgendwas nicht stimmte, ein Gefühl, das er in den langen Jahren als Polizist entwickelt hatte, nichts, was er benennen konnte. Zwei Fremde, die in diese abgelegene Stadt kamen, das war eigenartig. Er vermutete, daß sie auf der Sand Mountain Road, der Verbindung nach Wachula, bevor der neue Highway gebaut worden war, vielleicht Probleme mit ihrem Wagen gehabt hatten. Er erwartete, daß die Neuankömmlinge um Hilfe bitten würden, aber durchgeschwitzt von der Mittagshitze wanderten sie vorbei.

Sie überquerten die Gleise, nahmen den Broadway in östlicher Richtung. Mrs. Maxine Johnson und Mrs. Neil Heath fielen sie auf, als sie im Laden Sonnenbrillen kauften. Nicht nur, weil sie Fremde waren, sondern auch, weil beide betrunken schienen. Vor allem der Größere wirkte angespannt und nervös, fast wie unter Drogen.

Auf der anderen Straßenseite kündigten die Fox-Lichtspiele ihren Samstagsfilm an. *Wem die Stunde schlägt*, aber keiner der beiden Männer sah sich den Aushang an. Das Mädchen an der Sodabar riet dem kleineren Mann, er solle auf seinen Freund aufpassen, sie würden sonst beide wegen Trunkenheit festgenommen.

«Scharfe Stadt hier, was?» sagte der Lange sarkastisch. Er ging zum öffentlichen Telefon vorne im Laden, und obwohl er das Polizeigebäude auf der anderen Straßenseite sehen konnte, wählte er dessen Nummer.

Das Mädchen hörte mit offenem Mund, wie er den Polizeichef verlangte. Als er erfuhr, daß Glenn Baggett über Mittag zu Hause war, fragte er mit undeutlicher Stimme, wer am Apparat war. «Constable Harry Godwin», lautete die Antwort.

«Also, Constable Harry Godwin, Sie kommen besser mal rüber zum East Broadway. 'n paar Männer hier, die sind ganz schön voll, machen 'ne Menge Mist.»

Lachend traten die beiden Männer auf die Straße, als Harry Godwin seinen Streifenwagen am Bordstein parkte und ausstieg.

Der Constable war ein stämmiger, gutaussehender Polizist. Er nickte den beiden torkelnden Fremden zu und sagte gutgelaunt: «Schon gut, Jungs, steigt in den Wagen, und es gibt keinen Ärger.»

Die beiden Männer im Overall gehorchten artig. Godwin setzte sich hinters Steuer und fuhr los.

Plötzlich wurden seine Passagiere nüchtern. «Fahr aus der Stadt raus», befahl der Größere.

Godwins Gesicht verfinsterte sich beim Anblick der Pistolen, die die Männer trugen. Sie zwangen ihn, seine eigene Waffe auszuhändigen, den Streifenwagen in einem Waldstück abseits vom Highway 17 anzuhalten. Der Lange stieß Godwin seine Kanone in die Seite. «Du glaubst wohl nicht, daß wir Ernst machen, oder?»

Er ließ seine Kanone hochschnellen, feuerte sie ab, um Haaresbreite am Gesicht des Polizisten vorbei. «Glaubst du jetzt, daß ich es ernst meine?»

Godwin sagte: «Ich glaube schon.»

Der große Gangster verkündete: «Wir werden um zwei Minuten vor 1 Uhr in die Stadt zurückkehren. Du wirst uns fahren.»

Godwin fuhr langsam. Als er mit dem Wagen auf den Highway 17 einbog, wurde sein Herz leicht. Im Streifenwagen kam ihm der Patrolman Herbert Goodson entgegen. Godwin schwenkte mit seinem Wagen auf die Gegenspur, aber Goodson, der einen Begleiter hatte, lachte, machte ihm Platz und winkte, als sie einander passierten.

Auf der Kreuzung von Highway 17 und East Broadway nahm Constable Godwin einem herannahenden Wagen die Vorfahrt. Höflich ließ ihn der Fahrer vorbei.

«Du willst, daß wir dir weh tun. Gar nicht schön», drohte der Lange. «Versuch noch einen einzigen Trick von der Sorte!»

Es war jetzt 12 Uhr 58 auf der Uhr des Constable. Der große Mann konnte nicht mehr stillsitzen. Er und sein untersetzter Kumpan zogen sich Frauenstrümpfe übers Gesicht und befahlen Godwin, in die Seitenstraße neben der First State Bank von Fort Meade einzubiegen. Das Gebäude hat an seiner Westwand einen Schalter für Autofahrer.

Direkt hinter der gläsernen Eingangstür zur First State Bank wurde gerade wegen Umbauarbeiten die Vorderwand eingerissen. Halloween sei diesmal aber früh, fand J. T. Smith, der Bauunternehmer aus Winter Haven, der die Leitung des Projekts hatte, und staunte die maskierten Männer an, die den Constable vor sich hertrieben.

Allerdings glaubte Smith nicht mehr an einen Scherz, als einer der Männer ihm eine Kanone in die Rippen stieß und ihn zusammen mit Grover Altman, einem Automechaniker aus Fort Meade, der zufällig gerade vorbeikam, in die Bank kommandierte.

Der vierundzwanzigjährige Hilfskassierer Morris Lunn sah die Gruppe durch die Eingangstür kommen. Der größere Mann hielt Godwin am Gürtel fest, seine Pistole war auf den Hinterkopf des Polizisten gerichtet.

Den vier weiblichen Schalterangestellten, Mrs. Cleo Brown, Mrs. Lila Crews, Mrs. Leona Cloid und Mrs. Patricia Futral, verschlug es die Sprache beim Anblick des hilflosen Constable Godwin, der Gefahr lief, von den zwei grotesk maskierten Männern umgebracht zu werden.

Der kleinere Mann warf mehrere Stoffbeutel zu den Schaltern hin. Der andere Pistolero schob Godwin so vor sich her, daß er stolperte.

«Ihr Ladies schiebt jetzt mal Geld in diese Beutel, oder ich blas' euch das Gehirn raus!»

Morris Lunn starrte den Großen mit der Kanone an. Es war nicht die Angst vor einem Raubüberfall, was er spürte, sondern eine Ahnung, daß der nervöse Gangster in diesem Augenblick ein potentieller Mörder war. Der große Bankräuber fing an, Lunn zu beschimpfen. Seit dem Augenblick, da er die Bank betreten hatte, redete der Desperado ununterbrochen, fluchte, schlug den Constable mit der Pistole, um zu zeigen, wie ernst es ihm mit der Drohung war, den Polizisten zu töten, falls seine Befehle nicht befolgt wurden. Er warf dem Kassierer Lunn einen Beutel zu, befahl: «Mach ihn voll!»

Besorgt um das Leben der Frauen und der Kunden in der Bank, wies Lunn die Schalterangestellten an, dem Befehl Folge zu leisten.

«Kein Schein unter zehn», forderte der große Pistolero.

Lunn wandte sich um. «Ihr habt schon alles große Geld», sagte er.

Die Worte des Kassierers schienen den Gangster in Rage zu bringen. Er schlug Lunn mit seiner Pistole auf den Hinterkopf. Der Kassierer stürzte zu Boden, landete mit dem Kopf fast an der Eingangstür.

Als er wieder zu sich kam, sah Lunn einen Mann draußen vor der Bank stehen. Er stammelte: «Wir – wir werden grade überfallen!»

Der Passant starrte nur verständnislos herein. Lunn schrie: «Holen Sie die Polizei!», aber als der Mann sich nicht rührte, murmelte er: «Mach, daß du wegkommst!»

Lunn rollte sich vom Eingang weg, starrte auf die Bankräuber. Der kleinere Ganove hatte die Beutel voller Geld eingesammelt und versuchte, seinen Kumpan zum Gehen zu bewegen. «Laß uns abhauen, bevor uns das Glück verläßt.»

Der große Desperado stand in der Mitte des Raums, als versetze ihm dieser Augenblick bösen Triumphes einen Kick, der vielleicht nie wiederkehren würde. Sie hatten sich nicht länger als sieben Minuten in der Bank aufgehalten. Ihre Beute betrug mehr als 26000 Dollar.

«Komm, los.» Der untersetzte Mann bewegte sich zur Tür. «Mußt du unbedingt 'ne Show für sie abziehen?»

Der große Pistolero ging rückwärts zur Tür. Er behielt Kassierer Lunn im Auge, riß die Pistole hoch, feuerte einen Schuß ab, um die Augenzeugen einzuschüchtern. Die Kugel landete in einem Fensterrahmen.

Bevor noch der Knall des Schusses verhallt war, bevor die Überfall-Opfer sich von der Lähmung erholt hatten, waren die zwei Gangster in Godwins Dienstfahrzeug gesprungen und auf dem Broadway nach Westen davongeprescht.

Alton Bourne, ein Angestellter im Eisenwarenladen neben der Bank, war durch den Vizepräsidenten der Bank, J. H. White, von dem Überfall informiert worden. Er hatte seinerseits das Polizeihauptquartier angerufen, von wo die Alarmmeldung per Funk an Polizeichef Glenn Baggett weitergegeben wurde.

Baggett erreichte die Bank in dem Moment, als die zwei Gangster in Wachtmeister Godwins Wagen stürzten und losstarteten. Baggett nahm die Verfolgung auf.

Quietschend beschleunigte das Fluchtauto. Vom Lärm aus seiner Tankstelle gelockt, sah Ex-Polizeichef L. M. Roberts den Mann am Steuer, der immer noch seine Strumpfmaske trug. Der Gangster fuhr zu schnell, um den Abzweig in die Sand Mountain Road zu erwischen, und er schleuderte seitwärts in den Morast.

Das Getriebe knirschte, als der Desperado den Rückwärtsgang reinhaute. Der Wagen rührte sich nicht von der Stelle, die zwei Verbrecher sprangen heraus und flohen zu Fuß.

In diesem Moment bog Perry Johnson, ein Großhändler aus Fort Meade, in die Zufahrt zu Roberts Tankstelle ein. Und genau in diesem Augenblick brachte Polizeichef Baggett seinen Wagen hinter Constable Godwins verlassener Limousine zum Stehen.

Johnson eilte Baggett zu Hilfe, der schon im dichten Gestrüpp einer Hecke hockte und das Feuer auf die Kriminellen eröffnet hatte, die mit den Geldtaschen über die Felder rannten.

Baggett warf Johnson eine Pistole zu und feuerte gleichzeitig weiter aus seiner Dienstwaffe. Die Gangster hetzten über die Felder und ballerten zurück. Jetzt hatten die Verbrecher ihre Maschine erreicht.

Der Pilot kletterte in die Aeronca. Der große Mann warf die Geldbeutel vor sich in die Kabine, stolperte, als er sich umwandte, um auf seine Verfolger zu schießen. Der Pilot packte seinen Kumpan beim Hemdkragen, zog ihn ins Flugzeug.

Während Johnson und Baggett noch weiterliefen, kam das Flugzeug in Gang, vibrierte und machte ruckartige Sprünge. Der große Mann gab noch einen Schuß ab, um die beiden zurückzuhalten.

Der Polizist und sein mutiger Begleiter standen wie betäubt, als die Maschine noch einen kurzen Satz machte, bevor sie abhob – fast so, als würde sie durch die Erfahrung und das wahnwitzige Geschick jenes Piloten leibhaftig emporgehoben...

Innerhalb von Minuten verbreitete sich die Kunde von dem Banküberfall am hellichten Tag und von der außergewöhnlichen Flucht überall in jenem Teil des Staates über Funk. Alle Verfolgungsorgane, inklusive FBI, hatten sich in der Sache Fort Meade zusammengetan.

In der gelben Aeronca stopfte der große Gangster unterdessen die Beute in zwei Koffer, die er im Zuge der Vorbereitungen für die Operation mitgebracht hatte.

Und während sich dies ereignete, strahlte die Radiostation WGTO von Haines City auf ihrer Normalfrequenz die folgende Nachricht aus: «Heute mittag meldete John Parker aus Lake Alfred den Verlust seiner gelben Aeronca mit Standort Gilbert Field, Winter Haven. Macht keinen Quatsch, Jungs, bringt Johns Flugzeug zurück!»

Der große Gangster konnte sich kaum halten vor Lachen über die komische Bemerkung des Ansagers. Selbstverständlich hatte der Radiomensch keine Ahnung, wofür das Flugzeug benutzt worden war.

Dem Piloten war nicht so lustig zumute. Sein Radio meldete, daß sich mehrere Flugzeuge der Bodenstation Bartow, zwei Maschinen der Florida-Forstverwaltung und ein Küstenschutz-Hubschrauber vom Stützpunkt St. Peterburg an der Luftaufklärung beteiligten. Waldbrand-Wachstationen von Fort Myers bis nach Gainesville waren dringend aufgefordert worden, nach der Aeronca Ausschau zu halten.

Avon Park und Sebring meldeten, es sei ein Flugzeug gesichtet worden, das der Beschreibung der Aeronca entsprach. Bundes- und Bezirkspolizei prüften diese Berichte, doch die Bodenstation von Bartow meldete, daß eines der Suchflugzeuge die Aeronca auf einem verlassenen Landeplatz in der Nähe von Plant City gesichtet habe.

Die Bezirkspolizei von Hillsborough jagte zum Landeplatz, fand die Aeronca, übersät mit Schußlöchern. Die Räuber waren verschwunden und hatten als einzigen Beweis Fußspuren hinterlassen, die von der Aeronca wegführten. Hilfssheriff Leon Thornton brachte den Bluthundtrainer Carl Andrews und ein paar seiner besten Spürhunde zum Flugplatz. Der Fingerabdruckexperte der Bezirks-Polizei von Hillsborough, Lieutenant J. J. Mitchell, suchte das Flugzeug nach Fingerabdrücken ab, während andere Beamte Gipsabdrücke der Fußspuren sicherstellten.

Sheriff Ed Blackburn aus Hillsborough hatte in seinem Büro gerade ein Gespräch mit dem Sheriff von Pinella, Sid Saunders, als der Fall eine Wendung nahm. Zeugen berichteten, daß sie gesehen hatten, wie die zwei Flüchtigen die Aeronca verlassen und ihre Flucht in einer kleinen silbernen Cessna fortgesetzt hatten. Eine Beschreibung der zweisitzigen Maschine wurde mitgeliefert.

Eine Prüfung der Luftfahrtregister ergab, daß im Staat Florida nur zwei Flugzeuge in der speziellen Farbkombination von Gelb auf silbernem Grund gemeldet waren. Eines der beiden wurde schnell gefunden. Das andere vermutete man in seinem Heimathangar in Tampa.

Sheriff Blackburns Telefon läutete. Ein Mann namens Eiler sagte, er habe gehört, daß die Polizei seine Cessna suche; er habe so schnell wie möglich angerufen. Er hatte die Maschine einem seiner Angestellten mit Namen Don Thompson geliehen, der ihm gesagt hatte, er habe dringend etwas in Venice, drüben auf der anderen Seite der Bucht, zu erledigen.

Thompson war für die Bezirksverwaltung von Hillsborough kein Unbekannter. Er war als ehemaliger Air Force-Pilot am McDill-Stützpunkt nach Tampa gekommen, galt als hervorragender Flieger, sowohl was Schnelligkeit als auch was Kunstflug anbetraf.

Thompsons Ehefrau und seine sieben Jahre alte Tochter waren nicht zu Hause. Die Polizei bezweifelte, daß der Kriegsheld etwas mit dem Verbrechen zu tun hatte, verbreitete aber trotzdem eine Beschreibung von ihm und der silbernen Cessna über Funk in ganz Florida.

Nachmittags kurz vor fünf wurde die Polizei von Tampa zur Kreuzung Cypress Street und Howard Avenue gerufen. Zwei Autos waren zusammengestoßen. Ein Mann namens Irvin U. Suits wurde wegen Trunkenheit am Steuer festgenommen.

Suits, sechsundzwanzig Jahre alt, jugendlich, gutaussehend, Sohn einer angesehenen Familie aus Hillsborough, wurde routinemäßig verhört. Da bekannt war, daß er mit Don Thompson befreundet war, und da er als Flugzeugmakler arbeitete, mehr als 300 Dollar in neuen Scheinen in der Tasche hatte und dem Mann ähnlich sah, der als der Größere der beiden Luft-Gangster von Fort Meade beschrieben worden war, wurde er Sheriff Blackburn und dem FBI übergeben.

Um 5 Uhr landete Don Thompson auf dem internationalen Flugplatz von Tampa. Ein Flughafen-Bediensteter rief Sheriff Blackburn an und meldete, daß «Bugs» Thompson – wie er auf den Plätzen genannt wurde, wo er als Fluglehrer arbeitete – soeben mit einer silbernen Cessna gelandet sei.

«Verwickeln Sie ihn in ein Gespräch», befahl Blackburn. «Halten Sie ihn so lange auf, bis ich jemand rausgeschickt habe.»

Thompson wurde von Männern des Sheriffs festgenommen. Er gab zwar zu, daß er getrunken hatte, blieb aber dabei, daß er den ganzen Nachmittag lang Irvin Suits Flugunterricht gegeben habe und nichts von dem Raubüberfall in Fort Meade wisse. Es wurden weder bei ihm noch im Flugzeug Pistolen gefunden, keine Spur von den 26000 Dollar. Trotzdem wurde Thompson festgehalten.

Constable Harry Godwin kam von Fort Meade herüber, erkannte ihn unter mehreren Männern bei einer Gegenüberstellung, identifizierte ihn eindeutig als den Mann, der ihn in der Bank von Fort Meade beschimpft und mit der Pistole geschlagen hatte. Es gelang Godwin allerdings nicht, den untersetzten Don Thompson bei einer zweiten polizeilichen Gegenüberstellung zu identifizieren.

Als man ihm vorhielt, daß sowohl Godwin als auch die anderen Zeugen in Fort Meade ihn eindeutig als einen der Männer des Überfalls erkannt hatten, gab Irvin Suits das Verbrechen zu und benannte gleichzeitig Donald J. «Buds» Thompson als seinen Komplizen.

Er sagte, Thompson und er hätten eine Reihe von Banken im Innern Floridas ausgekundschaftet und sich für die von Fort Meade entschieden, weil sie sich ausgerechnet hatten, daß sie eine kleine Stadt ohne große Schwierigkeiten und ohne Gefahr, verfolgt zu werden, anfliegen und wieder verlassen könnten.

Suits gab an, daß Thompson und er nach der Schießerei mit Polizeichef Baggett und Perry Johnson zurück nach Plant City geflogen seien. Auf dem verlassenen Flugplatz hatten sie die Maschinen gewechselt und waren zur Insel Boca Grande in der Nähe von Sarasota geflogen. Thompson hatte die Cessna auf einem ehemaligen Golfplatz gelandet. Er hatte das kleine Flugzeug an einem Platz abgestellt, der mit hohem Gras und Unkraut bewachsen war, dort hatten sie auch die zwei Koffer gelassen – den einen mit dem größten Teil des gestohlenen Gelds, den anderen mit den Overalls, die sie getragen hatten, und dazu einer gewissen Menge Munition.

«Ich war zu dem Zeitpunkt so betrunken», behauptete Suits, «daß mir ehrlich gesagt die ganze Sache nicht so recht klar ist. Ich bin nicht sicher, ob ich Sie zu der Stelle mit den Koffern führen kann oder nicht.»

Nachdem sie die Beute versteckt hatten, waren sie zum Peter O. Knight-Flugplatz auf den Davis-Inseln von Tampa zurückgeflogen, wo Thompson Suits abgesetzt hatte.

Als nächstes hatte Suits einen Wagen gestohlen, er sollte Thompson damit auf dem internationalen Flughafen abholen, nachdem er die Cessna seines Arbeitgebers zurückgebracht hätte. Aber der Zufall – und schwere Trinkerei – kamen dazwischen: Suits fuhr auf der Kreuzung Cypress und Howard in ein anderes Auto, plötzlich war dem waghalsigen Duo das Glück ausgegangen. Don Thompson beharrte trotz dieser Beweise auf seiner Unschuld. Sein Schuh paßte allerdings genau zu dem Abdruck der Spuren auf dem Flugplatz von Plant City.

Suits begleitete die Polizisten auf ihrer Fahrt nach Boca Grande. Es dauerte immerhin fünf Stunden, bis die zwei Koffer gefunden waren.

Thompson und Suits wurden nach Bartow in Polk County gebracht, wo der Bankraub stattgefunden hatte. Dort erhob Sheriff Hagan Parris wegen bewaffneten Raubüberfalls Anklage gegen sie. Zusätzlich hatten sie Anklagen zu erwarten wegen Bankraubs, einem Delikt auf Bundesebene; wegen Flugzeugdiebstahls und Autodiebstahls.

Zwei Tage nach dem tollkühnen Bankraub gab Don Thompson seine Beteiligung an dem Verbrechen zu.

«Wir haben Flughäfen nach Flugzeugen abgesucht, mit denen wir unsere Spuren verwischen wollten», begann Thompson. «Eines sahen wir in Clearwater. Wir wollten es stehlen, dann in die Aeronca umsteigen. Wenn wir das gemacht hätten, hättet ihr uns nie gekriegt.

Aber das Flugzeug in Clearwater – es wollte einfach nicht starten. Also mußten wir mit der Cessna nach Gilbert Field in Winter Haven fliegen und sie dort lassen, als wir in die Aeronca umstiegen. Wir sind mit dem Ding nach Plant City geflogen und haben mit dem Bankraub weitergemacht.

Anscheinend hat uns jemand gesehen, als wir wegen der Cessna nach Plant City zurückkehrten, und hat uns gemeldet. Da haben wir unseren ersten Fehler gemacht.»

Thompson schüttelte traurig den Kopf. «Das zweite dicke Pech», murmelte er, «hatten wir mit dem Wetter. Eigentlich sollte eine Kaltfront aufziehen, mit heftigem Wind und einer Menge Regen. Wir hatten damit gerechnet, daß an dem Tag keine anderen kleinen Maschinen unterwegs sein würden. Aber der Regen kam nicht.»

Die zwei Angeklagten wurden nach Fort Meade gebracht, wo sie die Polizei zu dem Unkrautstreifen an der Straße führten, die sie nach ihrer Schießerei mit Polizeichef Baggett und Perry Johnson genommen hatten. Es dauerte nicht lange, bis der Revolver gefunden war, den Thompson und Suits Constable Godwin entwendet hatten. Die Gangster hatten ihn weggeworfen, bevor sie an Bord der Aeronca kletterten.

So endete die Karriere der zwei Jesse Jameses der Lüfte. Seine großen Verdienste im Krieg werden Thompson kaum zustatten kommen, wenn er zusammen mit Suits vor Gericht geladen wird, zuerst in Polk County, dann in Hillsborough und schließlich vor das Bundesgericht.

Es sollte allerdings nicht vergessen werden, daß Donald Thompson und Irvin Suits Anspruch auf faire Verfahren haben, die zu gegebener Zeit klären werden, ob sie in den betreffenden Anklagepunkten unschuldig oder schuldig sind.

Originaltitel:
Invaders from the Sky aus *True Police Cases* 1958
Aus dem Englischen von Christel Dormagen

Nunnally Johnson

Ein Schrei im Dunkeln

...Und dann gibt es noch diejenigen, die das Verbrechen nur gelegentlich zu ihrem Thema machten, wie Dashiell Hammetts alter Zechkumpan *Nunnally Johnson.* Johnson ist heute vor allem bekannt als Autor, Produzent und Regisseur eindrucksvoller Western wie *The Gunfighter* (Der Scharfschütze, mit Gregory Peck), fesselnder, spannungsgeladener Geschichten wie *The Dark Mirror* (mit Olivia de Havilland), gesellschaftskritischer Filme wie *The Man in the Grey Flannel Suit* (Der Mann im grauen Flanell, mit Gregory Peck, Jennifer Jones, Lee J. Cobb, Frederic March) und heiterer, unbeschwerter Komödien wie *Mr. Peabody and the Mermaid* (mit William Powell und Ann Blyth) und *How to Marry a Millionaire* (Wie angelt man sich einen Millionär, mit Marilyn Monroe und Betty Grable). Mitte der zwanziger Jahre, als Hollywood noch nicht winkte, verdiente Johnson sich die ersten Sporen als Zeitungsreporter beim *Brooklyn Daily Journal* und schrieb Kurzgeschichten für die *Saturday Evening Post* und *The Smart Set* von H. L. Mencken und George Jean Nathan. Aus dieser Zeit stammt die folgende, bisher nicht wieder veröffentlichte True-Crime-Story. Geschrieben im Gestus des «wie man mir zutrug» (der Erzähler ist ein gewisser Maxwell Livingston), läßt sie uns einen Blick hinter die Kulissen werfen, «auf die wahren Hintergründe der Juwelendiebstähle der oberen Zehntausend». Sie zeichnet sich durch einen etwas verschrobenen, amüsanten Stil aus.

Nan zitterte. «Ich bin nervös», erklärte sie und zog das Tuch unter ihrem Kinn noch fester zusammen. Ich nickte verständnisvoll. Die Situation war beunruhigend.

«Ich habe das Gefühl, daß wieder etwas passiert», fuhr sie fort, schwieg eine Weile und sagte dann: «Trotzdem bin ich froh, daß ich gekommen bin. Es ist richtig aufregend, findest du nicht, Max?»

Diesmal fiel mein Nicken weniger verständnisvoll aus. Ich hatte den Verdacht, daß diese Aufregung, wie immer sie aussehen mochte, ein bißchen aus dem Rahmen dessen fallen könnte, was mir zusagte.

«Sich vorzustellen», sie ereiferte sich richtig, «daß einer aus unserer Clique ein Dieb ist, ein richtiger Schmarotzer, der sein Gewerbe ganz professionell betreibt! Zweimal hat er sich schon mit dem Zeug, wertvollem Zeug, davongemacht, und das vor unser aller Augen.»

«Du liest einfach zuviel Zeitung», widersprach ich. «Es ist absurd, anzunehmen, daß einer von den Leuten, die vor einem Monat bei den Brandons waren oder bei den Merritts, zu so etwas fähig wäre. Daß es jedesmal zu einem Diebstahl gekommen ist, war Zufall, reiner Zufall. Da war ein Profi am Werk, ein Tresorknacker, vielleicht auch zwei. Schließlich gab es, wenn du dich erinnerst, dieses Jahr schon mehr als zwei Partys in Long Island.»

«Möglich», das klang nicht überzeugt, «aber mein Gefühl sagt mir, daß du dich irrst. Ruel, der Sheriff, behauptet –»

«Ruel ist ein Schwachkopf», unterbrach ich sie, «als Detektiv eine Witzfigur. Wer, bitte schön, soll es denn gewesen sein? Dein eigener Bruder? Ted Harrison? Polly Gleason? Mrs. Fothergill? Harry Fothergill?»

«Unsinn, von denen keiner. Aber es waren jedesmal ein oder zwei andere dabei, Leute, die wir nicht näher kannten.»

«Und wer?» Ich blieb hartnäckig. «Zählen wir sie auf. Da war zunächst Tim Crosby.» Ich machte eine Pause und wartete ab, wie die Erwähnung seines Namens auf sie wirken würde.

Sie schnappte sofort nach dem Köder.

«Das ist doch albern», regte sie sich auf. «Du kennst Tim schon genauso lange, wie du mich kennst.»

«Mit dem Unterschied», erinnerte ich sie, «daß Tim verschwunden war, sehr, sehr mysteriös verschwunden. Bis zu seinem Auftauchen bei den Brandons hast sogar du ihn zwei Jahre lang nicht gesehen.

Was hat er in dieser Zeit getrieben? Wovon lebt er? Er arbeitet nicht, soviel ist sicher, aber er lebt auch nicht auf Pump. Von dem Vermögen der Crosbys ist nichts mehr übrig. Woher bekommt er also sein Geld – kannst du mir das sagen?»

Zorn stand in ihren Augen, als sie scharf zurückgab: «Du solltest dich schämen, Max! Du behauptest, ein Freund von Tim zu sein, und dann sprichst du so von ihm! Ich will nichts mehr davon hören. Wenn du weiter so redest, gehe ich rein.»

«Versteh mich recht, das ist eine rein theoretische Erörterung», beteuerte ich. «Ich glaube ebensowenig wie du, daß Tim die Brandons oder Merritts bestehlen würde. Ich habe mir einfach die Lage mal von allen Seiten angeschaut. Und wenn du mir Verrat an meinem Freund vorwirfst, dann hast du eben, ganz genauso, deine sämtlichen Freunde verraten – mit deinem Verdacht, einer von ihnen könnte ein Dieb sein.»

«Oh, ich wollte nicht – gut, mach weiter.» Sie beruhigte sich wieder. «Natürlich meinen wir das alles nicht persönlich.»

«Natürlich nicht», pflichtete ich ihr bei. «Dann wären an nächster Stelle diese beiden Männer zu erwähnen, beide völlig fremd in unserem Kreis und alle beide eingeführt von Tim.»

Wieder empörte sie sich. «Was hast du dauernd mit Tim?» fragte sie. «Das sind ganz direkte Anspielungen, Max, und unpersönlich sind sie auch nicht. Du weißt sehr gut, daß der erste von den beiden – den Namen habe ich vergessen – ein alter Freund von Tim war, aus der Armee, und der zweite –»

«Der zweite», half ich ihr weiter, «war ein alter Freund vom College. Ist dir jemals irgendein Mensch begegnet, der so wenig nach College aussah wie dieser Mann? Sein Benehmen sah auch nicht gerade nach College aus.»

«Das ist gemein!»

«Gut» – ich war bereit, nicht weiter darauf herumzureiten, zumal es wirklich nur eine Gelegenheit für mich gewesen war, Tim noch einmal ins Spiel zu bringen –, «dann war da noch dieser Engländer, Darcy, der von sich behauptet, Journalist und Schriftsteller und was sonst noch alles zu sein. Er war» – das fiel mir plötzlich ein – «sowohl bei den Brandons wie bei den Merritts zu Gast, und heute abend wird er auch kommen. Sonst ist er, glaube ich, noch nirgends aufgetaucht.»

Nan war ratlos. «Ich weiß nicht», sagte sie nach einer Weile sehr langsam, «aber Polly Gleason verbürgt sich für ihn. Polly würde bestimmt keinen Gauner mitbringen. Und außerdem –»

«Ich weiß schon – außerdem sieht er nicht aus wie der typische Gauner, die Sorte Gauner, die du aus der Zeitung kennst», vollendete ich ihren unausgesprochenen Gedanken. «Er ist charmant, nicht?»

«Ich finde schon.»

Damit waren wir, wenn ich mich richtig erinnerte, am Ende der Liste angelangt. Und es war Nan, die das Schweigen brach.

«Warum», fragte sie, «bringt Tim wohl ständig neue Leute mit, was meinst du?»

«Es sind alte Freunde von ihm, aus der Armee, vom College», erinnerte ich sie nicht ohne Doppeldeutigkeit. «Wieso? Beunruhigt es dich?»

Statt zu antworten, sprang sie vom Geländer, auf dem wir gesessen hatten, und ging zur Tür.

«Laß uns reingehen», sagte sie, «ich glaube, es ist gerade jemand gekommen.»

Ich zog noch einmal an meiner Zigarette, bevor ich sie wegwarf, dann folgte ich ihr. Vor der Tür des Empfangszimmers war Nan stehengeblieben und lauschte. Hinter der Tür spielte sich das Übliche ab: Vorstellung der Neuankömmlinge, von Fremden. Eine Stimme, die von Tim Crosby:

«Ich war sicher, daß Sie nichts dagegen hätten, also habe ich ihn einfach mitgebracht, Mrs. Gleason, Mr. Durling, noch ein alter Kumpel von der Armee.»

Ein seltsames Glitzern erschien in Nans Augen, als sie sich zu mir umdrehte, ein mißtrauisches, beunruhigtes Glitzern.

«Schon wieder ein Neuer!»

Dann, als mache sie sich über ihren eigenen Verdacht lustig, zerteilte sie lachend den Vorhang, der uns vom Empfangszimmer trennte. Kurz darauf wurden sie und Mr. Durling einander vorgestellt.

Wie gesagt, auch ich war nervös. So viel hatte in den Zeitungen über diese beiden Diebstähle gestanden, so gespenstisch und einleuchtend waren die Anspielungen auf einen Schmarotzer, daß sogar ich ihnen halbwegs Glauben schenkte. Nur – wer von all diesen Leuten, wer aus unserem exklusiven Kreis konnte es sein?

Nicht nur für Nan, auch für mich selber hatte ich die Namen aufgezählt. Alle übrigen waren Freunde, für die ich meine Hand ins Feuer gelegt hätte. Über Tim Crosby allerdings wußte ich nichts, außer daß er ein umgänglicher Kerl war, der sich in den zwei Jahren seit dem Tod seines Vaters Gott weiß wo herumgetrieben hatte. Geerbt hatte er nichts, so hieß es wenigstens. Dennoch – und das gehört zu den Dingen, die mich immer verblüfften – lebte er nicht schlecht, konnte bei allem, was die Clique unternahm, mithalten, arbeitete aber nicht. Menschen, die existieren können, ohne zu arbeiten, haben mich stets fasziniert.

Was die offensichtlich endlose Zahl seiner Armeekumpel und Collegefreunde betraf, so war ich bereit, alle und jeden zu verdächtigen, besonders aber den letzten, diesen Mr. Durling. Sie waren, alle drei, vom gleichen Schlag – auffällig gekleidet, geneigt, schon nach kurzer Bekanntschaft übertrieben vertraulich zu werden und ihre Anwesenheit als selbstverständlich zu betrachten.

Ich muß allerdings zugeben, daß ich Leo Darcy Unrecht tat, indem ich ihn erwähnte. Es gab für mich nicht den geringsten Grund, ihn irgendwelcher unlauterer Absichten zu verdächtigen. Er war Pollys persönlicher Gast, und selbst wenn sie ihn, einmal angenommen, nicht aus der Zeit in England kannte, so hatte er ohne Zweifel die besten Referenzen. Er war gebildet, belesen, von guten Manieren und hatte so in unserem Kreis die Sympathien fast aller gewonnen – bis auf meine.

Aber dergleichen ist für mich nicht ausschlaggebend. Mir fiel an ihm lediglich eine etwas übertriebene Leutseligkeit, ein Bemühen, sich beliebt zu machen und anerkannt zu werden, auf, ja, tatsächlich ein ähnliches Verhalten, wie ich es auch bei Tims Freunden festgestellt hatte, allerdings mit mehr Schliff. Aber andererseits bin ich in Gesellschaft gewöhnlich schüchtern und insofern nicht geeignet, mir in dieser Sache ein Urteil zu erlauben.

Die Diebstähle wurden natürlich Gesprächsthema, beim Abendessen. Es war Leo Darcy, der die Rede darauf brachte.

«Ich weiß», sagte er auf die ihm eigene, etwas vorlaute Art, «jeder von uns hat im Laufe dieses Abends schon einmal an diese kleinen Unerquicklichkeiten gedacht. Für mich, das versichere ich Ihnen, ist es die reinste Offenbarung. Ich hätte mir niemals träumen lassen, an einer Gesellschaft der eh – eh – Angst teilzunehmen, um es einmal so auszudrücken, geschweige denn, daß ein Dieb durchs Fenster springt.»

«Unsinn», erklärte Polly. «Es gibt wenig in diesem Haus, das einen Dieb reizen könnte.»

Es war Durling, der ihr widersprach. «Was ist mit der Perlenkette um Ihren Hals? Was ist mit Mr. Fothergills Armbanduhr, gut und gerne 500 Dollar wert? Was ist mit –»

Zufällig fiel mein Blick auf Tim Crosby. Er starrte seinen alten Kumpel aus der Armee an. Aber Durling bemerkte es nicht.

«Genau», mischte sich Nan ein, «und denkt an Pollys Ringe!»

Aus irgendeinem Grund blickten wir alle auf die Ringe, obwohl wir sie kannten, sie schon hundertmal gesehen hatten. Drei Dinger aus Platin mit Diamanten, die verführerisch glitzerten, als Polly sie in die Höhe hielt. Sie war stolz darauf, trug sie mit Begeisterung. Aber ich glaube, die Faszination, die von ihnen ausging, weckte in uns allen auch das Gefühl einer drohenden Gefahr.

Jedenfalls herrschte eine Zeitlang Schweigen. Wieder blickte ich zu Tim Crosby. Er war noch beschäftigt mit dem Essen, sein Gesicht war weiß, und er hob den Blick nicht einmal vom Teller. Durling, der links neben Polly saß, starrte teilnahmslos auf die Steine, und Darcy lächelte Nan quer über den Tisch vertraulich zu, als teilten sie ein Geheimnis.

«Wenn nachher getanzt wird», sagte er plötzlich zu ihr, «darf ich Sie dann um den ersten Tanz bitten?»

Diese Fähigkeit, diese Leichtigkeit, mit der er Dinge aussprach, die ich nicht sagen konnte, erst recht nicht auf diese Art, war es, die mich gegen ihn aufbrachte. Ich hätte diese Frage erst später gestellt, aber nicht jetzt, da unsere Aufmerksamkeit so gefesselt war und man sich nicht noch mit anderem beschäftigen wollte.

Nan nickte.

«Einmal habe ich mit Lady Diana getanzt», fuhr er fort. «Sie ist groß, wie Sie wissen, und ich bin nicht so groß. Es muß eine Qual für sie gewesen sein, und zweifelsohne habe ich die ganze Zeit nichts mehr befürchtet, als daß sie sagen könnte: ‹Lassen Sie uns aufhören, Sie sind einfach zu klein für mich.› Aber Lady Diana ist ebenso tolerant wie schön, und wir tanzten den Tanz zu Ende.»

Das Mädchen kam herein, blieb neben Polly stehen.

«Sie entschuldigen», sagte es und nickte Darcy kurz zu, «aber kann ich jetzt den Kaffee servieren?»

Polly nickte, und das Mädchen zog sich zurück. Eine Minute später war es wieder da, und sofort fühlten wir uns, ungeachtet der unterschwelligen Spannung, alle angenehm angeregt.

Darcy nahm den Faden seiner Geschichte wieder auf; es folgte ein weitschweifiger, aber flüssiger Bericht über ein Wochenende in England, als er zum zweitenmal unterbrochen wurde. Tim Crosby hatte sich von seinem Stuhl erhoben.

«Entschuldigen Sie mich bitte», sagte er hastig, «aber ich glaube, es hat angefangen zu regnen, und mein Wagen steht in der Einfahrt.»

Er ging um den Tisch herum zur Tür. «Gehen Sie durch die Vorratskammer», rief Polly ihm zu, «das ist kürzer.»

«Genau das hatte ich vor», antwortete er. Er stieß die Schwingtür auf und verschwand. Wir hörten ihn über etwas stolpern.

Polly lachte. «Die Golfschläger», erklärte sie.

Kaum hatte sie zu Ende gesprochen, als, zu unserem Erstaunen, das Licht ausging. Eine Sekunde lang saßen wir sprachlos vor Schrecken, die Nerven zum Zerreißen gespannt. Das ganze Ausmaß der Spannung wurde mir, zum Beispiel, erst in diesem Augenblick klar. Dann kicherte Polly.

«Er ist an den Lichtschalter gestoßen», sagte sie. «Würde bitte jemand –»

Hastig stieß ich meinen Stuhl zurück. Noch ein Stuhl quietschte über den Boden. Mit vorgestreckten Händen bahnte ich mir den Weg.

«Er ist links neben –»

«Die Stimme erstickte, erhob sich dann zu einem ohrenbetäubenden Schrei, einem Schrei voller Angst, Panik. Ein Stuhl fiel um, allerlei unklare Geräusche, dann sprang jemand auf, und Nan schrie: «Polly! Polly! Was ist denn, Polly?» Ich stürzte im Dunkeln vorwärts, dahin, wo ich die Tür vermutete, und prallte gegen den Tisch. Dann fand ich die Tür, riß sie auf und – stieß mit Tim Crosby zusammen.

«Was soll das, zum Teufel!?»

«Machen Sie das Licht an!»

«Das Licht? Wieso?»

Ich stieß ihn zur Seite, ließ meine Hand über die linke Wand gleiten und fand den Schalter. Als ich zurückkehrte, hörte ich Polly gerade noch schluchzen:

«Meine Ringe! Meine Ringe! Jemand hat sich meine Ringe geschnappt!»

Verblüfft blickte ich um mich. Nan hielt Polly im Arm und bat sie zu erzählen, was passiert sei. Tim Crosby stand direkt neben mir, offensichtlich bemüht, sich einen Reim auf die Sache zu machen. Harry Fothergill und Fletcher Gleason starrten sich an, benommen. Durling bemühte sich allem Anschein nach, Blickkontakt mit Tim herzustellen, und Darcy stand neben Pollys Stuhl.

«Wollen Sie damit sagen, daß Ihnen gerade jemand die Ringe entwendet hat?» fragte er.

Polly ließ den Kopf an Nans Schulter sinken und hielt ihre Hand. Der Ringfinger war gerötet, zerkratzt und – leer.

«Guter Gott!»

Fletcher Gleason schüttelte sich, als müsse er sich davon überzeugen, daß er nicht träumte. «Aber sonst war doch niemand –» Er brachte den Satz nicht zu Ende.

Durling tat es für ihn. «Nein», sagte er, «niemand außer uns.»

Die Stille, die folgte, dauerte eine Ewigkeit. Schließlich brach Tim Crosby das Schweigen.

«Ich weiß nicht», begann er, «das heißt, ich wußte nicht, wußte wirklich nicht, daß ich an den Lichtschalter gekommen bin.»

Das Licht! Wie auf Verabredung blickten wir ihn alle gleichzeitig an. Jemand ließ ein Streichholz aufflammen – Durling. Langsam, bedächtig entzündete er seine Zigarre. Etwas, das unseren Blicken wohl unwillkürlich abzulesen war, fast gegen unseren Willen, veranlaßte ihn auszusprechen, was wir unausgesprochen dachten.

«Wollt ihr mich nicht durchsuchen?»

Gleason winkte sofort ab. «Unsinn!» sagte er. «Reg dich nicht unnötg auf, Tim. Niemand ist angeklagt worden.» Er schwieg einen Moment. «Es geht doch nicht um die Ringe», sagte er dann, «sondern um die Frage – ist einer von uns ein Dieb?»

«Ich bin wohl», ließ sich Durling vernehmen, «der einzige Fremde hier. Möglicherweise halten Sie das nicht für angebracht, aber ich bin bereit, mich einer Untersuchung zu stellen, von Kopf bis Fuß, ehe ich diesen Raum verlasse.»

Wieder hob Gleason die Hand, wurde aber diesmal einmütig überstimmt. Darcy machte sich zum Sprecher für uns alle. «Mir scheint Mr. Durlings Vorschlag ganz in Ordnung», sagte er. «Auch ich bin vergleichsweise fremd hier. Aber ich denke, die restlichen Gentlemen werden mir in der Meinung zustimmen, daß wir uns alle durchsuchen lassen sollten, und zwar gründlich, von oben bis unten. Hier und jetzt ist die Gelegenheit herauszufinden, was – eh – eh – auch immer herauszufinden ist.» Er blickte um sich, und wir nickten alle zustimmend.

«Das ist entsetzlich», bemerkte Gleason, offensichtlich außer Fassung. «Und doch –»

«Und doch», unterbrach ich ihn, «war es ohne Zweifel einer von uns.»

Polly saß wieder aufrecht auf ihrem Stuhl. Ihre Augen waren gerötet, und sie rieb sich den Finger. Nan und Mrs. Fothergill standen auf. «Vielleicht», sagte Nan, «kann Polly uns weiterhelfen.»

Polly schüttelte den Kopf. «Ich weiß auch nichts», sagte sie, «nur so viel: zwei Hände griffen nach meinen Händen, als ich gerade etwas sagen wollte, und zogen mir die Ringe vom Finger, ehe ich eine Faust machen konnte. Kräftige Hände.»

«Wenn ich einen Vorschlag machen darf», sagte ich, «dann sollte vielleicht Tim die Durchsuchung durchführen, bei uns allen. Er war zur betreffenden Zeit nicht im Zimmer. Ich nehme an, daß –»

Warum zum Teufel mußte ich das auch noch aussprechen? Aber Durling half mir aus der Klemme.

«Natürlich sind die Damen von der Untersuchung ausgeschlossen», führte er meinen Gedanken zu Ende.

«Dann», sagte Nan energisch, «können wir auch nach draußen gehen und euch die Sache überlassen. Bitte, bitte, beeilt euch.»

Polly erhob sich, die anderen folgten ihr, dann verließen sie nacheinander das Zimmer, Nan als letzte. Als sie an mir vorbeikam, zog sie mich zur Seite. «Max! Max!» flüsterte sie. «Unternimm doch etwas, irgend etwas!»

Ich schüttelte den Kopf. «Geh nach draußen», sagte ich. «Ich gebe dir sofort Bescheid.» Sie lief hinter den anderen her.

Neun von uns waren übrig, als sich die Tür hinter ihr schloß. Gleason, Fothergill, Ted Harrison, Cully Mason, Nans Bruder, Durling, Darcy, Tim Crosby und ich. Gleason war ungeduldig.

«Fang an, Tim.»

Tim blickte zweifelnd in die Runde. Ich trat nach vorn. «Beginnen Sie mit mir», schlug ich vor. Er entschuldigte sich gleichsam, als er mich der Prüfung unterzog. Und für deren Gründlichkeit kann ich mich verbürgen: die Taschen, das Futter von Jackett und Weste, die Hohlräume meiner Fliege, den Hosenbund – er knöpfte sich alles vor.

Als nächstes kam Fothergill an die Reihe. Dann Gleason. Danach Darcy. Der kleine Engländer schwatzte bei der Durchsuchung ununterbrochen, wies auf alle möglichen und unmöglichen Verstecke hin. Schließlich Harrison, Cully und als letzter Durling. Tim beeilte sich. Als er von dem Mann, den er selber mitgebracht hatte, zurücktrat, meldete sich Darcy zu Wort.

«Einen Augenblick, Mr. Crosby», sagte er scharf. «Mr. Durling ist nicht so sorgfältig untersucht worden, wie es sich gehört. Sollten wir nicht alle mit der gleichen Respektlosigkeit von Ihnen behandelt werden?» Zu diesem Satz lächelte er kalt, humorlos.

Durling brummte vor sich hin. «Nur keine Schonung, Tim», sagte er dann. «Schau genau nach.»

Kommentarlos machte sich Tim an die erneute, diesmal gründliche Durchsuchung – ohne Ergebnis. Als er fertig war, faßte er zusammen, was uns allen bereits klar war.

«Hier sind sie nicht.»

Automatisch ließ ich die Augen durch das Zimmer schweifen. Es war verhältnismäßig leer, bot dem Dieb kaum eine Möglichkeit, die Ringe eine Sekunde, nachdem er sie entwendet hatte, irgendwo zu verstecken. Die Fenster waren geschlossen. Der Parkettboden glänzte in seiner vollen Ausdehnung.

Gleason nahm wieder Platz. «Ruft bitte jemand die Mädchen herein?» fragte er. Ich ging ins Nebenzimmer. Die Damen sprangen auf. «Gleason wird Bericht erstatten», sagte ich, und sie folgten mir, eine nach der anderen.

Wir nahmen unsere Plätze wieder ein. Darcy hatte das Wort.

«Die Situation ist entsetzlich peinlich geworden», sagte er, als ich mich setzte. «Einer von uns hat das Zeug mitgehen lassen, so muß man wohl sagen. Einer von uns ist also ein heimlicher Dieb. Wir alle verdächtigen uns gegenseitig. Ich wage kaum, den Vorschlag zu unterbreiten, daß die Polizei hinzugezogen –»

«Nicht alle», unterbrach ihn Gleason. «Es ist ein Diebstahl im privaten Kreis.» Er lächelte bitter.

«Ich persönlich», fing Darcy wieder an, «sehe keinen Sinn darin, hier festgehalten zu werden. Aber ich will auch Ihren Standpunkt verstehen. Die Frage ist: Sollen wir alle hierbleiben? Würde es Ihre

Nerven arg strapazieren, wenn wir noch länger bleiben? Was ist mit all den anderen Klunkern, auf die Mr. Durling uns hingewiesen hat?» – Dasselbe kalte, humorlose Lächeln, diesmal an die Adresse von Tims Freund. – «Und vielleicht geht ja auch irgendwann das Licht wieder aus.» Diesmal galt sein Lächeln Tim. Tim sprang auf. «Ich habe schon gesagt, daß es ein Versehen war. Wenn Sie das bezweifeln wollen –»

«Ich wollte gar nichts, Mr. Crosby», entgegnete der Engländer gelassen. «Sie sind entschieden zu aufbrausend.»

Tim schluckte eine weitere wütende Bemerkung hinunter und setzte sich wieder. Sein Gesicht war weiß wie die Wand. Daran konnten wir nichts ändern, die Umstände – die Sache mit dem Licht, Durling, Darcys Bemerkung, daß die Durchsuchung zunächst nicht ordentlich durchgeführt worden war –, all das erfüllte uns zweifellos mit einer gewissen Skepsis. Und als ich mich zu Nan umdrehte, sah ich, daß sie weinte.

«Also dann», fuhr Darcy fort, «wenn es keine Einwände gibt, und wenn Mr. und Mrs. Gleason Verständnis dafür haben, daß wir Ihnen nur Unannehmlichkeiten ersparen wollen, schlage ich vor, daß wir uns verabschieden.»

«Einwand.»

«Von wem?» Überrascht drehte Darcy sich um und stand Tim Crosby gegenüber.

«Von mir.»

«Tim», sagte Durling, «Mr. Darcy hat recht. Laß uns gehen.»

«Ich nicht.»

«Du auch.»

Es klang wie ein Befehl. Durling sprach knapp, bellend, und wir sahen ihn überrascht an. Tims Blick kreuzte sich für einen Moment mit dem Durlings, dann, nach einer Weile, fügte er sich.

«Also gut», sagte er.

Durling und ich standen zögernd auf. Gleason folgte uns. Darcy blickte lächelnd um sich. «Gewiß», sagte er und griff nach seiner Mokkatasse, «bedauern wir diesen Vorfall alle aus tiefstem Herzen. Es ist die unglücklichste Geschichte, die ich je erlebt habe.»

Er führte die Tasse zum Mund. In derselben Sekunde sprang Tim Crosby auf.

«Faßt ihn», schrie er.

Durling warf sich in voller Länge über den Tisch, Tassen, Gläser, Teller zerbrachen, aber es kümmerte ihn nicht. Seine Hände schossen nach vorne und packten Darcys.

Die Hölle war los. Tim war blitzschnell um den Tisch herumgelaufen. Nan kreischte. Ich brüllte irgend etwas – keine Ahnung was. Alles, was ich mitbekam, war, daß Durling über den Tisch gezogen wurde und dabei alles zu Boden fegte, daß Tim wie ein Irrer schrie und Darcy wie ein Wilder kämpfte in dem verzweifelten Versuch, sich aus Durlings Griff zu befreien. Dann streckte Tim den Engländer nieder.

Sein Faustschlag traf Darcy an der Kinnspitze, mit einer Wucht, die für einen Kieferbruch reichte, und damit war der Kampf zu Ende. Darcy stürzte bewußtlos zu Boden. Im Nu hockte Tim rittlings auf dem hingestreckten Körper, hatte ihn auf den Boden gedreht und bohrte mit seinem Finger in Darcys Mund herum. Ein Lächeln überzog sein Gesicht. Er zog den Finger wieder heraus, hielt ihn in die Höhe. Wir sahen Pollys Ringe, alle drei!

Eine halbe Stunde später saß ein schweigsamer, mürrischer Darcy nicht sehr bequem in einem gepolsterten Stuhl, die Hände auf dem Rücken zusammengebunden. «Und jetzt erzähle», sagte Nan.

Tim setzte sich. «Also», begann er, «erst einmal möchte ich die wahre Identität von Mr. Durling lüften. Er ist von Scotland Yard und in wichtiger Mission hier. Und Mr. Darcy – nun, der wird gesucht, nachgewiesenermaßen wegen eines Diebstahls und Tötungsdelikts in London, er wird noch anderer Dinge verdächtigt. Er führt mehrere falsche Namen, an die ich mich im einzelnen nicht erinnere. Ich glaubte ihn wiederzuerkennen, als wir uns bei den Brandons trafen. Als ich letzten Sommer in London war, hatte ich die Fotos von ihm in den Zeitungen gesehen. Nach dem Vorfall war ich mir ziemlich sicher. Ich setzte mich mit Scotland Yard in Verbindung. Zufällig interessiere ich mich für solche Dinge. Zugegeben, ich bin

Detektiv. Aber als die Party bei den Merritts stattfand, war Durling noch nicht hier, also brachte ich einen anderen Detektiv mit, meinen alten Freund vom College.»

«Und wer war der erste, der bei den Brandons?»

«Er war das, wofür er sich ausgab – als was ich ihn ausgab –, wirklich und wahrhaftig ein Kumpel aus der Armee. Aber der Detektiv war ein Reinfall. Wir kamen nicht weiter, konnten nichts machen. Wir hatten alles geplant, aber der Coup bei den Merritts mißlang. Dann kam Durling.

Um es kurz zu machen, Durling erkannte Darcy sofort. Ursprünglich hatten wir vor, Darcy nach dem Abendessen rauszulocken und ihn dort ohne viel Aufhebens festzunehmen, während die Party weiterlief. Dann passierte mir das peinliche Mißgeschick mit dem Licht, es war übrigens wirklich ein Versehen. Offensichtlich wartete Darcy nur auf die erstbeste Gelegenheit. Danach konnten wir ihn nicht eher festnehmen, bis wir herausgefunden hatten, was mit den Ringen geschehen war.

Nachdem die Durchsuchung kein Ergebnis erbracht hatte, saßen wir erst mal ziemlich auf dem trockenen. Aber dann, als Darcy seinen Abgang vorbereitete, hatte Durling das Gefühl, der Schleier könnte sich lüften. Darcy wollte seinen Mokka austrinken – und der war eiskalt! Blitzartig ging mir auf, was los war – er hatte die Ringe in den schwarzen Kaffee geworfen. Und damit das Ganze auch ein bißchen menschlich aussieht, habe ich ihm einen Kinnhaken versetzt. So konnte er Pollys Ringe nicht hinunterschlucken. Sind damit alle Fragen beantwortet?» Wir nickten sprachlos.

«Dann», sagte Tim, «habe ich jetzt eine Frage – an Nan.» Er wandte sich zu ihr. «Du dachtest, ich hätte sie, stimmt's?»

Sie wurde rot. «Ja», antwortete sie wahrheitsgemäß, «aber – aber – selbst wenn, es wäre mir egal.»

Originaltitel:
A Scream in the Dark, 1925 aus *True Detective*
Aus dem Englischen von Gisela Pispers

Erle Stanley Gardner

Der Kino-Mord

Im Laufe der Jahre haben die berühmtesten Kriminalschriftsteller, ob Romanciers oder Sachbuchautoren, versucht, den William Desmond Taylor-Fall zu klären. Taylor war ein erfolgreicher Filmregisseur, und seine Ermordung im Jahre 1922 ist eines der großen ungelösten Geheimnisse Hollywoods. Manche verdächtigten die Komikerin Mabel Normand, andere deuteten auf Mary Miles Minter, ein zwanzigjähriges aufstrebendes Starlet, oder auf Taylors Sekretär oder Charlotte Shelby, Minters dominante Mutter. Schließlich nahm sich Erle Stanley Gardner des Falles an, ein Autor, der wie kaum sonst einer geeignet war, die bizarren Fakten dieses Verbrechens sorgfältig abzuwägen. Gardner hatte zwanzig Jahre lang als Anwalt in Süd-Kalifornien gearbeitet, ehe er sich ganz der Schriftstellerei zuwandte. Seine ersten Stories erschienen 1923 in *Black Mask*. 1932 kam sein erstes Perry Mason-Buch heraus, *The Case of the Velvet Claw*. Es war der Beginn einer Erfolgsserie – bis zu seinem Tod im Jahr 1969 wurden mehr als 100 Millionen Mason-Bücher verkauft. Wenn Gardner die verdiente literarische Anerkennung versagt geblieben ist, so mag das überwiegend auf den Erfolg seiner Bücher zurückgehen. Das ist ungerecht. Wenn auch nicht alle, so sind doch viele seiner Romane, speziell die frühen, perfekte Reisebegleiter, packend, rauh und voller Action. Zwischen seinen Romanen berichtete Gardner über einige der berüchtigtsten Kriminalfälle seiner Zeit im populären Abenteuer-Magazin *True*. Hier erschien auch seine Untersuchung des Taylor-Mordes, und sie ist bis heute eine der präzisesten und überzeugendsten geblieben. Sein Urteil? Lesen Sie und Sie werden es erfahren.

Jene, die mit der Psychologie Süd-Kaliforniens vertraut sind, wird es nicht überraschen, daß dieser Landstrich nur einen Fall zu den großen ungelösten Morden beisteuern kann, den Hollywood unter der Bezeichnung «super-kolossal» verkaufen würde.

Der William Desmond Taylor-Fall entspricht diesem Etikett in jeder Hinsicht. Zum einen erweist sich der Ablauf der Ereignisse als so ungewöhnlich und bizarr, daß er die Bereitschaft des Lesers, ihm zu folgen, aufs äußerste strapaziert. Zum andern muß angemerkt werden, daß zum Tatzeitpunkt das Wetter von zumindest einem Zeugen als «außergewöhnlich» beschrieben worden ist.

Am Abend des 1. Februar 1922 saß William Desmond Taylor in seiner Wohnung in einem relativ bescheidenen, zweistöckigen Bungalow-Court und nahm sein Abendessen ein. Es war etwa 18 Uhr 30.

Zu jener Zeit waren in Los Angeles Gebäude in Mode, die man als «Bungalow-Court» bezeichnet. Die Bungalows wurden so nebeneinander errichtet, daß sie nicht zur Straße ausgerichtet waren, sondern zu einem Fußweg oder einer Einfahrt, die sich durch die ganze Tiefe des Grundstücks zogen. Auf diese Weise war es möglich, auch bei relativ tiefen Grundstücken aus jedem Quadratzentimeter profitable Mieten zu erlösen.

Die Bungalows in dem Court, in dem William Desmond Taylor wohnte, waren vorwiegend von Leuten gemietet, die irgendwie mit der Filmindustrie zu tun hatten. Zwar widersprechen sich einige Presseberichte im Hinblick auf die Belegung der Nachbarwohnungen, doch erscheint es heute, mit relativem zeitlichen Abstand zum Geschehen, am wahrscheinlichsten, daß es sich bei Taylors Bungalow um ein Doppelhaus handelte und die andere Hälfte von Edna Purviance bewohnt war, damals Charlie Chaplins weiblicher Star. Im gegenüberliegenden Bungalow lebten Mr. und Mrs. Douglas MacLean.

Die Filmindustrie befand sich gerade in einer Übergangsphase. Die Zugräuber und Banditen, die in der Frühzeit die Leinwand bevölkerten, waren verdrängt worden durch die Verfilmung von Dramen. Es war eine Epoche der steigenden Gagen und der dramatischen Zwischentitel im Stummfilm. Einer der am häufigsten benutzten Titel hat Unsterblichkeit erlangt: «Und es dämmerte der neue Tag herauf.» Wenn dieser Titel erschien, zogen im Hintergrund normalerweise Wolken ihres Weges, während das Bild langsam aufblendete, das alles begleitet von passender Stimmungsmusik auf Klavier oder Orgel.

William Desmond Taylor, ein bedeutender Regisseur, verdiente, was man beim Film heutzutage als Taschengeld bezeichnen würde; doch damals zählte er zu den höchstbezahlten seiner Zunft.

Die Einkommensteuer lag in jener Zeit bei vier Prozent, und es gab bereits damals Proteste und Beschwerden über die Steuer-Vampire, die das Geld anderer Leute sinnlos verschwendeten. Diese Umstände finden hier lediglich Erwähnung, weil Taylor offensichtlich an jenem Abend einer unerfreulichen Pflicht nachging. Er erledigte seine Einkommensteuer-Erklärung für das Jahr 1921. Sein teilweise ausgefülltes Formular verzeichnete ein Einkommen von Dollar 37,000.

Henry Peavey, Taylors schwarzer Butler, meldete, daß das Abendessen angerichtet sei, und der Filmregisseur ließ seine Steuererklärung im Stich, um sich an den Eßtisch zu begeben, auf dem ein einfaches Mahl auf einen einsamen Junggesellen wartete.

Es war die Zeit, als es in Hollywood die Prominenz noch nicht nötig hatte, sich abends in Nachtclubs zu tummeln und sich von Reportern für die Fan-Magazine fotografieren zu lassen.

Hier nahm also ein wichtiger Regisseur um 18 Uhr 30 allein in einem relativ kleinen Bungalow-Court sein Abendessen ein. Die Einrichtung bewies allerdings exquisiten Geschmack. Die Bücherschränke waren gefüllt mit Bänden, die mit Kenntnis ausgewählt und intensiv gelesen waren. Die im Zimmer befindlichen Kunstwerke verrieten den Connoisseur. Diese Umgebung gibt Auskunft über den Charakter des Besitzers. Sie zeigt einen bescheidenen, einfachen Mann mit einem großen Einkommen, der einen simplen, unaufwendigen Lebensstil pflegt.

Bislang deutet nichts darauf hin, daß sich etwas im Leben dieses Mannes nicht wie ein offenes Buch lesen läßt. Seine Kollegen sehen in ihm einen ernsten, feinen, nachdenklichen Manager. Immer wieder beweist er Weitblick und Einfallsreichtum. Sein Gesicht wird erhellt durch ein freundliches Lächeln. Bei allem Sinn fürs Praktische zeigen seine Umgangsformen ein wenig den älteren Bruder. Adela Rogers St. John, eine scharfsinnige Beobachterin der Filmprominenz und selbst eine bekannte Autorin, beschrieb ihn später einmal: «William D. Taylor gehörte zu denen, die den Glauben an das männliche Geschlecht wieder festigen konnten... Er war so ausgeglichen, so eindeutig, so sicher in seinen Entscheidungen, daß er gar keine schlechte Arbeit abliefern konnte... Bei ihm verband sich Phantasie mit einem geschäftsmäßigen Verstand für das, was die Leinwand brauchte.»

Also haben wir einen würdigen, anziehenden Filmschaffenden, der sich an diesem Februar-Abend zum Essen niedersetzt, seine Einkommensteuer-Erklärung auf dem Schreibtisch, sein Kopf beschäftigt mit der Zukunft der Filmkunst.

Um etwa 18 Uhr 45 erreicht Mabel Normand, von ihrem Chauffeur gefahren, den Court.

Mabel Normand war eine der glamourösesten, schillerndsten Figuren des Stummfilms. Man muß nur einen kurzen Blick in die Berichte über sie werfen, um etwas von ihrem dynamischen Charakter zu erfassen. Beispielsweise hört man nicht viel später, es sei ihr einfach zu umständlich gewesen, ihre Uhr vor- und zurückzustellen, wenn sie auf der Eisenbahnfahrt von Küste zu Küste in eine neue Zeitzone kam. Deshalb hätte sie mehrere Uhren mitgeführt, auf die unterschiedlichen Zeitzonen eingestellt. Wenn sie eine Zeitgrenze überschritt, soll sie sich von der nun nicht mehr richtig gehenden Uhr befreit haben, indem sie sie einfach aus dem Fenster warf.

Kühl und sorgfältig betrachtet, trägt diese Story eindeutig die Handschrift ihres Presse-Agenten. Mabel Normand reiste sicherlich nicht im Personenwagen. Die Fenster eines Pullmannwagens bestanden damals aus dickem Doppelglas. Zu jener Zeit hatten die Züge auch noch keine Klimaanlage, und man öffnete häufig die Fenster unten um einige Zentimeter, doch waren dort stabile, engmaschige Gitter befestigt, um soviel Staub wie möglich draußen zu halten. Doch die Anekdote um die weggeworfenen Uhren ist typisch für die Zeit, für das Denken der Leute und für den Star. Allein die Tatsache, daß man es für eine gute Publicity hielt, ist interessant. Hätte heutzutage ein Star die Gewohnheit, Uhren aus dem Zug zu werfen, nur weil er keine Lust hätte, die Zeiger vor- oder zurückzustellen, würden sich Presse-Agenten die Haare ausraufen aus Furcht, diese Angewohnheit könnte bekannt werden und in der Presse erscheinen. Doch zu jener Zeit gehörte so etwas zum Temperament, das man von einer großen Schauspielerin erwartete.

Am Abend des 1. Februar 1922 saß also Mabel Normand im Fond ihres von einem Chauffeur gesteuerten Wagens und aß Erdnüsse, deren Schalen sie auf den Boden fallen ließ. Beim Aussteigen gab sie dem Chauffeur den Auftrag, den Wagen zu reinigen. Dann eilte sie durch die feuchte Kälte des frühen Abends zur Hinterseite des Courts zu dem Bungalow, den der Regisseur bewohnte.

Taylor telefonierte gerade, als Normand vom Butler hereingelassen wurde.

Mabel Normand plauderte mit Taylor, während der Butler dem Regisseur den Nachtisch servierte. Dann verließ der Butler offensichtlich das Haus, um sich mit Mrs. Normands Chauffeur zu unterhalten und vermutlich bei der Entfernung der Erdnußschalen zu helfen. Seiner Erinnerung nach verließ er das Haus um 19 Uhr 30. Zu diesem Zeitpunkt tranken Miss Normand und Taylor Cocktails.

Es liegt eine fast pastorale Schlichtheit über der Szene. Der Filmregisseur, der gegen 7 Uhr seinen Nachtisch serviert bekam, nimmt nun einen Cocktail mit Mabel Normand ein, die offenbar bereits vor ihrer Ankunft diniert hat. Deshalb müßte Normands Magen das Abendessen, Erdnüsse und Cocktail enthalten, in dieser Reihenfolge eingenommen. William Desmond Taylor, der vom Abendessen direkt zum Cocktail überging, ersparte sich die Tortur mit den Erdnüssen.

Taylor scheint großen Wert darauf gelegt zu haben, daß Mabel Normand ein bestimmtes Buch lesen sollte. Aus irgendwelchen unerfindlichen Gründen ist der Eindruck entstanden, daß es sich um ein Werk von Freud handelte. Es gab offenbar zwei Bücher, von denen Taylor unbedingt wollte, daß Miss Normand sie las. Eines davon hatte er ihr im Laufe des Tages nach Hause geschickt, doch wegen des anderen hatte er sie gebeten, persönlich vorbeizukommen. Am 11. Februar erschien in der Presse eine Stellungnahme von Mabel Normand, daß es sich dabei um *Rosmundy* von Ethel M. Dell handelte und es ihr unverständlich sei, wie das Gerücht entstehen könnte, es ginge um ein Buch von Freud.

Diskutierten Miss Normand und Taylor über dieses Buch im Laufe ihrer Unterhaltung im Bungalow? Es ist wichtig festzuhalten, daß Taylor an jenem Tag ein Buch in Mabel Normands Apartment schickte, er sie andererseits gebeten hatte, das andere persönlich abzuholen. Warum?

Außerdem wurde, als sie ihn um 19 Uhr 45 verließ, ausgemacht, daß er sie gegen neun anrufen sollte, um zu erfahren, ob ihr das Buch gefiel. Noch einmal: Warum?

Wie dem auch sei, um 19 Uhr 45 verließ Mabel Normand, ihrer Aussage nach, Taylor in seinem Bungalow. Dabei ist anzumerken, daß den Aussagen Mabel Normands und ihres Chauffeurs nach Taylor Miss Normand bis zu ihrem Wagen begleitete, eine galante Geste des Regisseurs, die ihn möglicherweise das Leben kostete. Denn eine der Theorien der Polizei lautete, daß er die Tür des Bungalows offen ließ, während er Miss Normand begleitete, und daß eine finstere Gestalt, die am Fußweg gelauert haben muß, diese Gelegenheit nutzte, in Taylors kleinen Bungalow zu huschen.

Taylor, ohne Arg, was bald geschehen würde, stand am Bordstein, schaute dem sich entfernenden Wagen nach, wandte sich um und ging zurück, um seine Verabredung mit dem Tod einzuhalten.

Am Morgen des 2. Februar 1922 kam Henry Peavey, der Butler, gegen halb acht zum Haus, um seine tägliche Arbeit aufzunehmen.

Er öffnete die Tür und erstarrte bei dem Anblick. Der Leichnam William Desmond Taylors lag ausgestreckt auf dem Boden, auf dem Rücken, die Füße zur Tür, über den Beinen ein umgestürzter Stuhl.

Henry Peavey rannte aus der Tür und rief, daß Mr. Taylor tot sei. In seinen eigenen Worten: «Ich wandte mich um und rannte hinaus und schrie. Und dann schrie ich weiter.»

E. C. Jessurum, der Besitzer des Bungalow-Courts, reagierte auf den Alarm.

Was dann geschah, liegt weitgehend im unklaren. Aus den ersten Zeitungsberichten ergibt sich, daß die Polizei auf der Stelle benachrichtigt wurde und den Fall sofort routinemäßig anging. Ein Arzt erschien und stellte den Tod aus natürlichen Ursachen fest – offensichtlich eine innere Blutung. Der amtliche Leichenbeschauer erschien, und erst dann bemerkte man, daß Taylor mit einem 38er-Revolver erschossen worden war. Das Geschoß, ein überholtes Modell, war auf der linken Körperhälfte eingedrungen, etwa dort, wo sich der Ellbogen befunden hätte bei normal herabhängenden Armen. Die Kugel durchdrang seinen Körper aufwärts, bis sie auf der rechten Seite des Nackens knapp unterhalb der Haut steckenblieb.

Später stellte man zwei auffällige Umstände fest. Zum einen, daß der Körper ordentlich «hingelegt» dalag, die Gliedmaßen ausgestreckt, Krawatte, Kragen und Manschetten ordentlich – eine höchst ungewöhnliche Position für eine Leiche. Hierfür gab es niemals eine Erklärung, wenn man von der Bemerkung eines Polizisten absieht, der Dahingegangene habe es möglicherweise «im Todeskampf» so arrangiert.

Zum zweiten ergab sich etwas später, daß die Löcher, die das Geschoß im Jackett und in der Weste hinterlassen hatte, nicht übereinanderpaßten. Mit den Armen an den Seiten lag das Loch im Jackett deutlich tiefer als das Loch in der Weste; und nur, wenn man den linken Ellbogen hob, stimmten die Löcher überein.

Aufgrund dieser Tatsache entwickelte die Polizei sofort die Theorie, der sie offenbar die längste Zeit unbeirrt anhing, daß eine Art Überfall mit dem Verbrechen zusammenhing beziehungsweise ihm vorausging und daß Taylor mit erhobenen Armen dastand, als er erschossen wurde.

Augenscheinlich wurde das Geschoß aus einer Waffe abgefeuert, die nur wenige Zentimeter vom Körper gehalten worden war.

Bei der Durchsuchung von Taylors Leiche fand die Polizei Schmuck und Bares im Wert von 2000 Dollar. Es befanden sich 78 Dollar in seiner Tasche, ein zwei Karat schwerer Diamantring an seinem Finger sowie eine Platinuhr in der Weste. Die Uhr war um 19 Uhr 21 stehengeblieben; und fast drei Wochen nach dem Mord beschloß die Polizei plötzlich, dies könnte eine Spur sein. Am 21. Februar wurde die Uhr eiligst zu einem Juwelier gebracht, um festzustellen, ob die Uhr abgelaufen oder beim Fall des Körpers stehengeblieben war. Die Zeitungen übermittelten der Öffentlichkeit diesen raffinierten, doch reichlich späten Einfall der Polizei.

Am 22. folgte die Antwort. Die Uhr war einfach so stehengeblieben.

Auf dem Tisch lag ein offenes Scheckbuch. Dicht daneben ein Füllfederhalter. Außerdem die schon erwähnte, halb ausgefüllte Einkommensteuer-Erklärung.

Edna Purviance, Charlie Chaplins weiblicher Star und offenbar eine enge Freundin von Mabel Normand, gab zu Protokoll, daß ihre Bekanntschaft mit William Desmond Taylor nur flüchtig gewesen sei und sich lediglich auf Gesten der Höflichkeit beschränkt habe. Sie hätte bemerkt, daß auf Taylors Bungalowseite noch Licht brannte, als sie in der Mordnacht gegen Mitternacht nach Hause zurückkehrte.

Irgendwann zwischen 20 und 20 Uhr 15 an jenem Abend ging Douglas MacLean, der den Bungalow 406-B bewohnte (Taylor bewohnte 404-B), in den ersten Stock, um einen elektrischen Ofen zu holen, weil er die «außergewöhnliche» Kälte bemerkt hatte. Als er sich dort aufhielt, vernahm er, was er als «krachendes Geräusch» beschrieb, doch im ganzen Raum gut hörbar.

Seine Frau ging zur Tür von 406-B, gerade rechtzeitig, um eine Gestalt in den Lichtschein treten zu sehen, der aus Taylors Bungalow fiel. Die Gestalt blieb auf der Veranda stehen, wandte sich zurück zum Lichtstreifen, der aus der halboffenen Tür drang, trat kurz wieder ein, wie um sich zu verabschieden. Er lächelte. Dann trat er wieder auf die Veranda, schloß ruhig und normal die Tür, ging ein paar Schritte direkt auf Mrs. MacLean zu, bis er zur Lücke zwischen den beiden Häusern kam, wandte sich ab, ging zwischen den beiden Häusern hindurch und verschwand in die Nacht.

In ihrer ersten Aussage beschrieb Mrs. MacLean diese Gestalt als Mann mit einer Mütze und einem Schal um den Hals. Sie war sich nicht absolut sicher, ob der Mann einen Mantel trug oder nicht. Sie war sich jedoch in bezug auf die Mütze sicher. Später dann räumte sie ein, daß es sich auch um eine Frau anstatt eines Mannes gehandelt haben könne. Eine Frau in Männerkleidung.

Jedoch ziemlich genau um 19 Uhr 55 versuchte Howard Fellows, der Taylors Automobil fuhr und der den Auftrag hatte, Mr. Taylor an jenem Abend anzurufen, ihn telefonisch zu erreichen. Er erhielt keine Antwort. Um 20 Uhr 15 ging er zu Taylors Bungalow, klingelte an der Tür und bekam keine Reaktion. Andererseits sagte er aus, er habe Taylor zwei- oder dreimal an jenem Abend antelefoniert, ohne daß dieser abnahm.

Er parkte Taylors Auto für die Nacht und ging nach Hause. Er trug eine Mütze und einen Regenmantel und geht seinerseits davon aus, daß er der Mann gewesen sei, den Mrs. MacLean gesehen hatte. Doch offensichtlich öffnete er weder die Tür, noch war die Tür offen, als er auf der Veranda stand. Wenn er also der Mann gewesen ist, den Mrs. MacLean sah, dann muß sie sich in Hinblick darauf täuschen, was der Mann tat. Nebenbei bemerkt, scheint Mrs. MacLean nicht zu jenen zu gehören, die sich von ihrer eigenen Erinnerung hypnotisieren lassen. Es war außerordentlich kalt, und man darf vermutlich davon ausgehen, daß die Gestalt einen Mantel trug. Eine weniger genaue Zeugin hätte sich die Tatsache eingebildet, daß der Mann einen Mantel getragen haben müßte, und sich so langsam in der Überzeugung verfestigt, daß er einen Mantel trug. Doch nicht Mrs. MacLean. Sie ist sich der Mütze sicher, sie ist sich des Schals ziemlich sicher, doch hier endet ihre Sicherheit. Ein höchst löbliches Zeichen. Doch muß man bedenken, daß sie sicher ist, gesehen zu haben, wie die Gestalt von der Veranda in die erleuchtete Tür zurücktrat. Sie sah ihn herauskommen und «ruhig und normal» die Tür schließen.

Es gab die üblichen Geschichten mit verwirrenden Spuren. Geheimnisvolle Gestalten huschten durch den Blätterwald. Ein Straßenbahnschaffner sagte, ein Mann, auf den Mrs. MacLeans Beschreibung zuträfe, hätte in der Maryland Street einen Zug bestiegen, entweder um 19 Uhr 54 oder 20 Uhr 27 am Abend des Mordes. Er war etwa 1 Meter 75 groß, ziemlich gut gekleidet, wog zirka 165 Pfund (74 Kilo), hatte eine helle Mütze und trug etwas Beigefarbenes, wie der Schaffner meinte. Er konnte sich nicht erinnern, wo der Mann den Wagen verließ. Dann gab es noch einen Mann, der behauptete, kurze Zeit vor dem Mord habe ihn jemand auf der Straße angehalten und zunächst nach einer fiktiven Adresse gefragt, sodann, ob er wisse, wo William Desmond Taylor wohne. Er erhielt die Auskunft. Dann gab es zwei Männer an einer Tankstelle, die sich daran erinnerten, kurz vor 6 Uhr habe ein Mann, der der Beschreibung des Mannes entsprach, die Mrs. MacLean gegeben hatte, an der Tankstelle gehalten, um sich zu erkundigen, wo W. D. Taylor wohne. Der Mann wurde als etwa sechsundzwanzig- oder siebenundzwanzigjährig beschrieben, 165 Pfund schwer, dunkler Anzug und heller Hut oder Mütze. Sie wiesen ihm den Weg zum Bungalow-Court und sahen ihn nie wieder.

Eine Mrs. C. F. Reddick, eine Nachbarin, sagte aus, sie sei zwischen ein und zwei Uhr morgens durch einen Schuß oder eine Fehlzündung geweckt worden. Die Polizei setzte die Todeszeit auf zwischen 19 Uhr 40 und 20 Uhr 15 am Mittwoch, dem 1. Februar, fest.

Gegen 9 Uhr lag Mabel Normand mit ihrem Buch auf dem Bett und erwartete vergeblich den Anruf von William Desmond Taylor.

Zu diesem Zeitpunkt war er bereits etwa eine Stunde tot.

Es ist erwähnenswert, daß sich in dem Raum, in dem die Leiche gefunden wurde, drei gerahmte Porträts von Mabel Normand befanden. Am 18. Februar berichtete man von einem Medaillon mit einer Fotografie von Mabel Normand und der Unterschrift «Meinem Liebsten».

Eine Zeitlang verlief die Untersuchung routinemäßig. Es gab Anzeichen, daß ein geheimnisvoller Mann hinter Taylors Bungalow auf die Gelegenheit gelauert hatte, durch die Tür zu schlüpfen. Er konnte offensichtlich die Erwartung hegen, daß er mit etwas Ausdauer erfolgreich sein würde – möglicherweise jemand, der wußte, daß Taylor Damenbesuch hatte oder haben würde und diese Dame höchstwahrscheinlich zu ihrem Automobil begleiten würde. Auf alle Fälle fand sich ein Häufchen Zigarettenstummel, was darauf hindeutet, daß jemand eine Zeitlang dort gewartet hatte.

Es wurde berichtet, in der Nähe der Leiche habe ein geheimnisvolles Taschentuch mit dem Monogramm «S» gelegen. Einer der Polizisten hob es auf und ließ es etwas leichtfertig auf einem Tisch liegen. Als er es wieder suchte, war es verschwunden und ist offenbar niemals wieder aufgetaucht.

Hiermit beginnt die «Versteckspiel-Phase» des Falles. Mit offener, entwaffnender Beiläufigkeit machen die «Autoritäten» sowie andere Personen Aussagen, die dem Leser den Kopf schwirren lassen.

Fangen wir der Einfachheit halber mit den Mabel Normand-Briefen an. Augenscheinlich erfuhr Mabel Normand erstmals vom Geschehenen, als Edna Purviance (die, wie schon erwähnt, die andere Hälfte von William Desmond Taylors Bungalow bewohnte) sie am Morgen des 2. Februar anrief und ihr von Taylors Tod berichtete. Miss Normand begab sich offensichtlich auf der Stelle zum Bungalow und bat um gewisse Briefe und Telegramme, die sie an Taylor geschickt hatte. Sie legte großen Wert darauf, sie zurückzuerhalten, und sagte, sie wisse genau, wo sie zu finden seien.

Durch einen Vergleich der Zeitungen ist es nicht immer leicht, zu rekonstruieren, was geschah, und in welcher Reihenfolge es geschah. Im *Los Angeles Examiner* vom 10. Februar 1922 wird behauptet, daß Peavey, nachdem er Taylors Leiche gefunden hatte, als erste Person Charles Eyton, den Manager der Lasky Studios, angerufen habe. Eyton und andere Filmleute waren offensichtlich über eine Stunde am Tatort, ehe die Polizei eintraf. Etwa acht Tage nach dem Mord behauptete ein Journalist kühn: «Der irrwitzige Versuch einiger mächtiger Personen aus Hollywoods Filmkolonie, die Untersuchung abzublocken, wird ihnen nichts nützen, nachdem jetzt Woolwine die Leitung übernommen hat.» Woolwine, das sei hier angemerkt, war zu jener Zeit der Distrikt-Staatsanwalt.

Am Tage vor dieser Veröffentlichung hatte eine Zeitung gedruckt:

«Man vermutet, daß beide (Filmschauspielerinnen) nur die halbe Wahrheit sagen, da eine umfassende Veröffentlichung ihre beruflichen Interessen beeinträchtigen würde. Und es wird weiter vermutet, daß beide dem Druck anderer aus der Filmbranche unterliegen, keine Enthüllungen zu machen, die einen negativen Effekt auf den Marktwert ihrer Filme haben könnten.»

Vor solch einem Hintergrund ist es nur zu verständlich, wenn wir auf Gerüchte und Widersprüche stoßen, auf naive Äußerungen, die nichts zur Aufklärung beitragen. Tatsachen werden durch Verleumdungen oder Ausreden übertüncht, Beweise lösen sich vor unseren Augen in nichts auf.

Doch fügen wir die Fakten allein auf Grundlage dessen zusammen, was die Öffentlichkeit durch die Presse erfuhr, und verfolgen die höchst bemerkenswerte Geschichte dieser Normand-Briefe.

In einem Interview vom 5. Februar behauptet Mabel Normand gegenüber dem Reporter: «Ich suchte diese Briefe und hoffte, sie zu finden, ehe sie andere zu Gesicht bekamen. Ich gebe dies zu, aber es geschah allein aus einem Grunde, nämlich um zu verhindern, daß aus Beweisen der Zuneigung falsche Schlüsse gezogen würden.»

Am 7. Februar findet sich jedoch folgendes Zitat von Miss Normand: «Es gibt Behauptungen, ich sei nach der polizeilichen Untersuchung am Samstag in Mr. Taylors Haus gegangen, um einige meiner Briefe an ihn zu suchen. Dies ist absolut falsch. Ich kam zum Bungalow auf Bitte der Polizisten und in ihrer Begleitung und allein zu dem Zweck, ihnen genau zu zeigen, wie die Möbel gestanden hatten, als ich das Zimmer verließ. Das diente dazu, nachzuweisen, wie sehr der Raum nach dem Eindringen des Mörders verändert worden war.»

Wie dem auch sei, Miss Normand erschien offenbar im Haus, bat um ihre Briefe und erhielt die Erlaubnis, sie mitzunehmen. Es ist unklar, an wen sie diese Bitte richtete, wann genau sie geäußert wurde, und wer ihr die Erlaubnis gab. Aber es wird berichtet, sie habe behauptet, genau zu wissen, wo sie wären, und sei direkt an die oberste Schublade von Taylors Frisierkommode in seinem Schlafzimmer im oberen Stockwerk gegangen.

Die Briefe waren nicht da.

Unter dem Datum vom 7. Februar erscheint in der Presse die Behauptung, man glaube, eine hochgestellte und einflußreiche Persönlichkeit der Filmindustrie habe Mabel Normands Briefe an sich genommen, vielleicht auch anderes, um den Marktwert von Schauspielerinnen zu schützen, an denen er geschäftliches Interesse habe.

Der staatliche Untersuchungsbeamte Frank Bryson behauptet, zu dem Zeitpunkt, als seine Beamten Taylors Haus am Donnerstag morgen betraten, sei der Raum voller Polizisten, Filmleute und Reporter gewesen, und auf dem gesamten Grundstück habe es von ihnen nur so gewimmelt.

Im *Examiner* vom 9. Februar 1922 findet sich folgendes: «‹Es ist vollkommen klar›, sagte ein Polizist, ‹jemand hat, kurz nachdem Taylors Leiche gefunden wurde, das Haus betreten und gründlich durchsucht und alle Briefe von Frauen oder Männern an sich genommen, die bei der Aufklärung seines geheimnisvollen Todes hilfreich sein könnten.›»

Aber dann: welche Überraschung! Am 10. Februar gibt Frank Bryson, der staatliche Untersuchungsbeamte, zu Protokoll, er habe die Normand-Briefe in Taylors Apartment «unter doppeltem Verschluß» versteckt gefunden. Wo waren die Briefe zwischen dem 1. Februar und dem 9. Februar? Ist es möglich, daß Beamte das Haus so oberflächlich durchsuchten, daß diese wichtigen Briefe, «unter doppeltem Verschluß», erst nach über einer Woche gefunden wurden? «Unter doppeltem Verschluß» erinnert entfernt an die Zwischentitel jener Zeit. In übertragenem Sinn ist es ein Ausdruck undurchdringlicher Sicherheit. Wörtlich heißt es «mit zwei Schlössern gesichert». Es gibt keinen präzisen Hinweis, in welchem Sinn dieser Ausdruck in der zitierten Aussage benutzt wurde.

Am 11. Februar scheint Mabel Normands Haltung gegenüber diesen «unter doppeltem Verschluß» entdeckten Briefen recht distanziert. Man zitiert sie mit der Bemerkung: «Meine Briefe an ihn – ich würde sie gerne der Welt bekanntmachen, wenn es die Behörden erlaubten. Ich habe nichts zu verbergen... Man hat mir vorgeworfen, diese Briefe zurückzuverlangen, sie verbergen zu wollen. Das ist Unsinn. Falls diese Briefe gedruckt werden, werden Sie sehen, daß sie zum größten Teil völlig harmlos sind...»

Und am 10. Februar 1922 stellt Distrikt-Staatsanwalt Thomas Lee Woolwine fest, die Normand-Briefe enthielten nichts, was der Untersuchung weiterhelfen würde. Ein anderer Beamter sagte nach der Lektüre, es seien nicht die heißen Ergüsse, die man sich vorgestellt habe. Offensichtlich wurden diese Briefe Miss Normand zurückerstattet. Am 14. Februar räumte Miss Normand ein, daß sie nun im Besitz der Briefe sei.

Es gibt augenscheinlich keine Erklärung, warum Briefe, die in Taylors Wohnung «unter doppeltem Verschluß» waren, fast acht Tage lang übersehen wurden.

Tatsächlich gemahnt der William Desmond Taylor-Fall, wie er in der Presse wiedergegeben worden ist, bisweilen an Alice im Wunderland und läßt den nachdenklichen Leser verwundert sich die Augen reiben.

Es gibt noch einen weiteren Brief, der in der Untersuchung eine Rolle spielt. Als Polizisten einige Zeit nach dem Mord in der Bibliothek ein Buch öffneten, fiel ein Brief heraus. Der Brief trug das Monogramm M. M. M. und lautete: «Liebster, ich liebe dich. Ich liebe dich. Ich liebe dich.» Dazu diverse Kreuzchen und ein großes Kreuz sowie die Unterschrift, «Immer die Deine, Mary».

Am 14. August 1923 erschien in der Presse ein Bericht, Mary Miles Minter habe erklärt, nun sei die Zeit gekommen, das wahre Verhältnis zwischen ihr und William Desmond Taylor zu enthüllen. Sie seien zum Zeitpunkt seines Todes verlobt gewesen. Sie erläuterte außerdem die Gründe, weshalb der Umstand der Verlobung nicht sofort nach der Ermordung veröffentlicht worden sei.

Eine der merkwürdigsten Entwicklungen in diesem Fall ist die Art und Weise, in der wichtige Tatsachen nach Jahren erstmals bekanntgegeben werden. In den Zeitungen vom 26. März 1926, vier Jahre nach dem Verbrechen, erfuhr die Öffentlichkeit offensichtlich zum erstenmal, daß zwei «blonde Haarsträhnen», die man auf der Leiche

William Desmond Taylors gefunden habe, im Büro des Staatsanwalts verwahrt worden seien und die Grundlage einer neuen Untersuchung des Falles bildeten. Und erst im Mai 1936 enthüllt Captain Winn in einem Zeitungsinterview, man habe in einem der Reitstiefel William Desmond Taylors ein Dutzend leidenschaftlicher Liebesbriefe gefunden, verfaßt in einem leicht zu durchschauenden Code, alle mit der Unterschrift «Mary». Diese Briefe wurden beschrieben als die Herzensergüsse eines jungen Mädchens an den Mann, den es eindeutig liebte.

Doch es handelt sich hier um keinen normalen Mordfall. In der ganzen Geschichte existiert vermutlich kein Mordfall, bei dem alle Aspekte so von bizarren Geheimnissen umgeben sind.

William Desmond Taylor, dem einfachen, netten Filmregisseur, wie Hollywood ihn kannte, war es gelungen, das Geheimnis seiner wahren Identität zu verbergen. Doch nun, nachdem er ermordet worden war und eine Untersuchung seines Vorlebens begonnen hatte, entdeckte man, daß der berühmte Regisseur eine verwickelte Vergangenheit hatte, mit geheimnisvollen Schicksalswendungen, die einem Drehbuch jener Zeit alle Ehre gemacht hätten.

William Desmond Taylor, so stellte sich heraus, war in Wahrheit William Cunningham Deane Tanner. 1908 war William Deane Tanner offenbar in New York Geschäften nachgegangen, die ihm einen Gewinnanteil von gut 25 000 Dollar im Jahr einbrachten, eine zu jener Zeit außerordentliche Summe – vor allem, wenn man bedenkt, daß die Einkommensteuer noch nicht erfunden und unserem Wirtschaftsleben einverleibt worden war.

Aus irgendeinem unbekannten Grund kehrte William Cunningham Deane Tanner, nachdem er im Herbst 1908 das Vanderbilt Cup-Rennen besucht hatte, nach New York zurück, übermittelte einem Hotel, wo er offenbar ein Zimmer gemietet hatte, die Nachricht, man möge ihm seine Kleider schicken, entnahm seiner Geschäftskasse 500 Dollar – und verschwand.

Eben gab es noch einen erfolgreichen Geschäftsmann mit frei verfügbarem Reichtum, einflußreichen Freunden und Beziehungen. Er hatte eine charmante Frau, eine hübsche Tochter, ein eingeführtes Geschäft, eine rosige Zukunft. Im nächsten Moment hatte er sich in dünne Luft aufgelöst.

Es folgt eine Periode, die niemals zufriedenstellend aufgeklärt werden konnte. Es gibt diese und jene Gerüchte. Offensichtlich war er eine Zeitlang in Alaska. Und es ist sicher, daß er gegen 1917 in Hollywood auftauchte, wo aus ihm William Desmond Taylor wurde und er schnell die Leiter von Erfolg und Einfluß erklomm.

Doch zuvor, 1912, verschwand auch sein Bruder, Dennis Deane Tanner, plötzlich ins Nichts, dabei Frau und zwei Kinder hinterlassend.

Die Frau dieses Bruders setzte anschließend ihre Scheidung durch. Sie zog nach Süd-Kalifornien und sah dort einen Film über einige der Filmgewaltigen. Während sie diese flimmernden Gestalten auf der Leinwand betrachtete, klammerte sie sich plötzlich an ihre Armlehne, beugte sich vor und starrte ungläubig nach vorne. Sie hatte das Bild William Cunningham Deane Tanners, ihres lang vermißten Schwagers, vor ihren verwunderten Augen. Sie sah die wohlbekannte Gestalt, seine Gesten, sein Lächeln. Der Mann war William Desmond Taylor, der berühmte Filmregisseur, der schnell zu Wohlstand und Ruhm in der Welthauptstadt des Films gekommen war!

Sie informierte auf der Stelle ihre Schwägerin, berichtete ihr, was sie gesehen hatte, und erfuhr von ihrer völlig unbeeindruckten Schwägerin, daß ihr das schon längst bekannt sei. Dennoch hatte es keinen offensichtlichen Versuch von Mrs. William Cunningham Deane Tanner gegeben, Kontakt zu ihrem Mann aufzunehmen.

Anschließend, um die ganze Situation noch komplizierter zu machen, ging die ehemalige Mrs. Dennis Deane Tanner zu William Desmond Taylor und beschuldigte ihn, William Cunningham Deane Tanner zu sein, der 1908 verschwunden sei. Und der Mann, der ihr Schwager war, warf der Frau freiheraus vor, einer Personen-Verwechslung zu unterliegen. Dennoch scheint er sie im Auge behalten zu haben, denn als sich ihre Gesundheit verschlechterte, schickte er ihr monatlich eine Unterstützung, die sie regelmäßig bis zum Zeitpunkt des Mordes erhielt – wobei er zugleich jedoch darauf bestand, daß die Frau für ihn eine völlig Fremde sei.

Doch das ist nicht alles. Während William Desmond Taylor durch die Kühle des frühen Februarabends seinem Tod entgegeneilte, hatte er in der Tasche eine Anzahl Schlüssel, zu denen die Polizei keine passende Tür identifizieren konnte. Außerdem befand sich, wenn man der Aussage seines Butlers Glauben schenken kann, im Bungalow ein geheimnisvolles rosafarbenes Seiden-Nachthemd, das im Mordfall eine bedeutsame Rolle spielen sollte.

Von keinem geringeren Experten als Arthur B. Reeve, damals ein berühmter Autor von Kriminalgeschichten, stammt die Information, Taylors Angestellter (er meint damit vermutlich Taylors ehemaligen Sekretär Edward F. Sands) habe, als kleines privatdetektivisches Schnüffelspiel, regelmäßig dieses Seiden-Nachthemd der Schublade entnommen, in der es ordentlich zusammengelegt lag, es in einer ganz bestimmten Art neu gefaltet und an seinen Platz zurückgelegt. Am nächsten Morgen stellte er fest, daß die Knicke des Nachthemdes verändert waren, was darauf hindeutete, daß es getragen und wieder zusammengelegt worden war. Der Amateur-Detektiv nahm es wieder auseinander, faltete es in seiner bestimmten Art und fand es am nächsten Morgen wieder benutzt und zusammengelegt vor. Später versuchten alle Betroffenen die Bedeutung des Nachthemdes herunterzuspielen. Der Butler meinte lediglich, er habe es weiter nicht beachtet; die Polizei tat es als unerheblich für den Fall ab. Arthur Reeve verrät nicht, woher er seine Information hat, und die Presse ist zu verschämt, die Initialen zu verraten, mit denen das Kleidungsstück bestickt war oder auch nicht.

Es gab in Hollywood reichlich Gerüchte über jene Initialen, und es findet sich in der Presse eine Bemerkung von Miss Normand über die Initialen. Doch die Angelegenheit wird verworren durch die Art, in der die Behörden die Spur beiseite schoben. Wie eine Zeitung schrieb: «Man schenkte dem rosafarbenen Seiden-Nachthemd, das man im Apartment des Regisseurs fand, wenig Bedeutung. Dieses war, so erfährt man, nur ein- oder zweimal gereinigt worden und trug keine

Initialen oder andere Kennzeichen, die auf die Besitzerin hindeuteten.»

Trotz der Tatsache, daß William Desmond Taylor ein ausgezeichnetes Gehalt bezog, schien sich sein Geld in nichts aufzulösen. Sein Bankkonto schmolz wie Schnee in der Sonne.

Man stellte fest, daß er am 31. Januar die Bank aufsuchte und 2500 Dollar in bar abhob. Dann am folgenden Tage, seinem Todestag, war er wieder in der Bank erschienen und hatte 2500 Dollar in bar eingezahlt. Es gab keine Begründung, die Polizei fand keine Erklärung. Offenbar hatte er am 31. Januar gemeint, er würde 2500 Dollar in bar benötigen. Am nächsten Tag war das Bedürfnis verschwunden, und das Geld wurde zur Bank zurückgebracht. Später jedoch, nachdem das Abheben und Wiedereinzahlen als Tatsache in diesem Fall akzeptiert worden waren (und offensichtlich ging die Beschreibung des Vorgangs auf den staatlichen Untersuchungsbeamten zurück, der Taylors Eigentum nach dessen Tod beschlagnahmt hatte und es genau wissen mußte), stoßen wir auf ein plötzliches Gestöber von Erklärungen und Alibis. Taylor, so scheint es, wollte ein paar Diamanten kaufen. Also ging er ganz natürlich zur Bank und hob das Geld ab. Dann änderte er seine Meinung die Diamanten betreffend und zahlte das Geld wieder ein. So weit ist alles ganz klar. Dann, etwa zwei Wochen nach dem Mord, findet sich eine andere erstaunliche Erklärung für das geheimnisvolle Abheben und Einzahlen. Diese ist wahrhaft preiswürdig. Am 15. Februar behaupteten die Zeitungen kurz und knapp, auch wenn bekannt gegeben worden sei, Taylor habe am 31. Januar 2500 Dollar bei der First National Bank abgehoben und am 1. Februar eine Einzahlung jener Summe beziehungsweise von 2350 Dollar, getätigt, so sei am Tage zuvor (also am 14. Februar) mitgeteilt worden, er habe keine größere Transaktion in den zwei Wochen vor seinem Tode vorgenommen.

Ein munteres Versteckspiel. Diese merkwürdigen «Berichte» und die beeindruckende Einfalt der Polizei – ganze zwei Wochen. Also wirklich!

Am 6. Februar wird berichtet, Miss Normand habe ausgesagt, bei ihrem Besuch bei Taylor am Abend des Mordes sei Peavey auf ihr

Klingeln an die Tür gekommen und habe ihr gesagt, Mr. Taylor telefoniere. Da sie ihn nicht unterbrechen wollte, wartete Mabel Normand draußen. Als jedoch Taylor ihre Stimme hörte, brach der das Telefonat sofort ab und eilte zu ihr.

Man beachte, was Miss Normand, den Berichten zufolge, zu jenem Zeitpunkt über das Telefongespräch äußerte: «Sollte die Möglichkeit bestehen, daß die Eifersucht einer anderen Frau in diesem geheimnisvollen Fall eine Rolle spielt, dann hat sicherlich der Anruf, den er empfing, als ich sein Apartment betrat, etwas damit zu tun. Wer immer ihn anrief, schien intensiv in das versunken, was er zu sagen hatte.»

Natürlich erhebt sich die Frage: Woher wußte Mabel Normand, daß diese Person Taylor angerufen hatte und der Anruf nicht von Taylor ausging? Woher konnte Mabel Normand, die den Raum betrat und sah, wie Taylor hastig ein Telefonat beendete, wissen, daß die Person am anderen Ende der Leitung intensiv in das versunken war, was Taylor zu sagen hatte?

Erzählte ihr Taylor von diesem Anruf während der anschließenden Unterhaltung, als er mit Miss Normand dort allein beisammensaß? Deutete Miss Normands naive Aussage darauf hin, daß sie sehr viel mehr über das Telefonat wußte, als sie der Polizei sagte? Ein interessantes Feld für Spekulationen.

Schweifen wir an dieser Stelle für einen Augenblick ab und erwähnen einen Artikel, der am 1. Februar 1929 in *Liberty* erschien und in dem der Autor, Mr. Sidney Sutherland, behauptet, er habe sich im Jahr zuvor (also 1928) mit Mabel Normand über den Taylor-Mord unterhalten. Und zum Zeitpunkt dieser Unterhaltung soll sie geäußert haben: «Als ich Bills offene Tür erreichte, hörte ich drinnen eine Stimme; er war am Telefon. Also schlenderte ich ein paar Minuten um die Blumenbeete, bis er das Gespräch beendet hatte und auflegte. Dann klingelte ich. Er kam an die Tür, lächelte und streckte mir beide Hände entgegen. ‹Hallo, Mabel, Darling›, sagte er. ‹Ich weiß, weshalb du gekommen bist – zwei Bücher, die ich für dich habe.›»

Einige Zeit nach der Todesnacht äußerte einer von Taylors Freunden die Vermutung, er sei es gewesen, mit dem Taylor telefonierte, als Miss Normand ankam. Doch ein aufmerksamer Leser, der die verschiedenen Aussagen von Miss Normand bedenkt, wird sich die Frage stellen, was Taylor ihr über das Telefonat erzählt haben mag, als sie allein nebeneinander auf der Chaiselongue saßen und ihre Cocktails schlürften. Und warum versuchte Miss Normand so offensichtlich die Polizei auf die mögliche Bedeutung dieses Telefonanrufes hinzuweisen?

Zu alledem war William Desmond Taylor das Opfer mehrerer geheimnisvoller Einbrüche. Knapp zwei Wochen vor seinem Tod war in seine Wohnung eingebrochen und etwas Schmuck gestohlen worden, außerdem eine größere Anzahl besonderer Zigaretten, die der Regisseur speziell für seinen Geschmack hatte herstellen lassen. Sodann waren Pfandscheine *auf den Namen William Dea Tanner* in einem Couvert an William Desmond Taylor geschickt worden, so daß dieser, indem er seinen richtigen Namen benutzte sowie unter Zahlung der Pfandsumme jenen ihm gestohlenen Schmuck zurückerlangen konnte.

Etwa sechs Monate vor seinem Tod war Taylor von einer Auslandsreise zurückgekehrt und hatte seinen Sekretär, einen Mann namens E. F. Sands, des Betrugs beschuldigt. Offensichtlich lief die Beschuldigung darauf hinaus, Sands habe in Taylors Abwesenheit Schecks gefälscht, teure Dessous und Damenbekleidung auf seine Rechnung gekauft und ganz allgemein die Wohnung ausgeplündert. Zu jenem Zeitpunkt etwa verschwand Sands, löste sich in Luft auf und konnte niemals von der Polizei aufgegriffen werden, die alle Anstrengungen unternahm.

Diesen Mann, Sands, muß man sich merken. Am 10. Februar behaupten Zeitungen, daß ein Mann in Denver, «der darum gebeten hat, seinen Namen nicht zu veröffentlichen», erklärt habe, Sands sei niemand anders als Taylors Bruder! Dieser Mann hat angeblich beide Brüder gut gekannt. Sands war anscheinend mit einer jungen Schönheit verlobt gewesen, und der ältere Bruder hatte ihm dieses Mädchen ausgespannt. Jahre später sei der jüngere Bruder in das Büro dieses geheimnisvollen Informanten gekommen, um den Aufenthaltsort des älteren Bruders herauszufinden. Dieser geheimnisvolle Informant hat angeblich behauptet: «Bei meinem Leben, ich wette, wenn man Sands faßt, wird das Geheimnis des Taylor-Mordes gelüftet sowie eine Reihe von Ungereimtheiten im Leben dieses Mannes deutlich werden. Rache ist das Motiv hinter dem Mord an William Desmond Taylor.»

Nach Mabel Normands Zeugenaussage bei der Untersuchung, wie sie in der *Los Angeles Times* vom 3. Februar zusammengefaßt wird, bewohnte ein gewisser «Edward Knoblock Mr. Taylors Haus, während sich Mr. Taylor im letzten Sommer in Europa aufhielt, und Mr. Taylor benutzte Mr. Knoblocks Haus in London. Sands blieb offensichtlich die ganze Zeit in Mr. Taylors Diensten in Los Angeles und ging auch Mr. Knoblock zur Hand. Zwei oder drei Tage, bevor Mr. Taylor aus London zurückerwartet wurde, sagte Sands Mr. Knoblock, er würde gerne zwei oder drei Tage Urlaub nehmen, sei jedoch am Sonntag zurück. Er tauchte nie wieder auf. Als Mr. Taylor aus London ankam, sagte er, er habe feststellen müssen, daß Sands alles gestohlen und seine Unterschrift auf Schecks gefälscht habe, außerdem sei er zu Hamburgers gegangen und habe Dessous gekauft... Vor wenigen Wochen wurde Mr. Taylors Haus wieder ausgeraubt. Darauf erhielt er anonyme Briefe aus Stockton, außerdem den Schein eines Pfandleihers, der zeigte, daß Dinge auf den Namen einer Mrs. Tennant, der Schwägerin von Mr. Taylor, beliehen wären. Daß Sands dahintersteckte, erkannte Mr. Taylor daran, daß dieser Mrs. Tennants Namen immer falsch buchstabierte; diese falsche Schreibweise fand sich auch auf dem Pfandschein. Dieser Tatsache entnahm Mr. Taylor, daß Sands sich noch in Kalifornien aufhielt.»

Augenscheinlich gibt es eine Verwirrung, welcher Name auf diesen Pfandscheinen stand. Das mag daran liegen, daß es mehrere Pfandscheine gab und mehr als einen Einbruch. In dem schon erwähnten Interview von 1936 erscheint Captain Winn als Quelle für die Aussage, daß im Verzeichnis einer Pfandleihe in Fresno, das alle

Namen von Kunden festhielt, «in einer Handschrift, die von Experten leicht als jene von Edward Sands identifiziert werden konnte, der Name ‹William Deane Tanner›» auftauchte.

Es gibt Beweise, daß William Desmond Taylor sehr böse auf seinen ehemaligen Sekretär war. Als Taylor von der Polizei gefragt wurde, ob er die Umstände auf sich nehmen würde, Sands aus einem anderen Staat ausweisen zu lassen, soll Taylor geantwortet haben, «ich würde alle Mühen und Kosten auf mich nehmen, um ihn nicht nur aus einem Nachbarstaat ausweisen zu lassen, sondern aus jedem Land der Erde. Ich will nur mal fünf Minuten allein mit ihm sein.»

Im *Examiner* vom 4. Februar erinnert sich Claire Windsor an ein Gespräch, das sie mit Mr. Taylor etwa eine Woche vor seinem Tod geführt hatte. Es war mithin knapp eine Woche nach dem geheimnisvollen Einbruch in Taylors Haus. Und laut Miss Windsor habe Taylor gesagt: «Wenn mir Sands noch einmal in die Finger gerät, bringe ich ihn um.»

Es gab natürlich die üblichen Berichte und Gerüchte. Sands wurde angeblich in verschiedenen Teilen des Landes verhaftet; er wurde von den Behörden aufgefordert, sich zu stellen und seine Unschuld zu beweisen. Es wurde ihm sogar durch den Distrikt-Staatsanwalt Immunität angeboten, wenn er seine Unschuld im Mord an William Desmond Taylor beweisen könne und Informationen beibrächte, die die Behörden in die Lage versetzten, den wahren Mörder zu fangen.

Sands meldete sich nicht.

Da wir nun schon die Zeitschriften-Story aus dem Jahre 1936 mit der Meinung Captain Winns zu diesem Fall erwähnt haben, können wir noch einige andere Punkte anführen, die in dem Interview vorkamen. Beispielsweise Captain Winns Aussage, «aus einer Quelle – einer Quelle, die ich nicht einmal jetzt aufdecken möchte – haben wir erfahren, daß Sands nicht einmal 24 Stunden nach dem Mord an Taylor behauptete: ‹Ich bin in die Stadt zurückgekommen, um diesen Taylor zu erwischen.› Dieselbe Person, die hörte, wie Sands diese harte Drohung aussprach, behauptete nachdrücklich, sie habe Sands – und es bestünde kein Zweifel an der Identität – nur eine Straße vom

Alvarado-Court entfernt gesehen, weniger als eine Stunde, bevor der tödliche Schuß fiel.»

In diesem Interview wiederholt Captain Winn auch die Behauptung, Edward Sands sei niemand anderes als Dennis Gage Deane Tanner, der geheimnisvolle, verschwundene Bruder. «Scharfe, klar erkennbare Fotografien von Sands existierten praktisch kaum», sagte Captain Winn angeblich. «Bilder von Dennis Deane Tanner waren noch seltener, ein verblaßter Abzug des Mannes war das einzige, was jemals auftauchte. Es war schwer zu sagen, ob eine Ähnlichkeit zwischen den Bildern von Sands und dem verblaßten Porträtfoto von Dennis Deane Tanner bestand. Aber es war genauso schwer zu behaupten, es bestünde keine Ähnlichkeit... Unsere Untersuchung ergab, daß William Deane Tanner nicht weniger als drei Reisen nach Alaska unternommen hatte, um Gold zu suchen, und daß ihn zumindest auf einer dieser Reisen sein Bruder Dennis begleitete.»

Ein merkwürdiger Widerspruch ergab sich im Zusammenhang mit der Aussage von William Davis, Mabel Normands Chauffeur. George F. Arto, ein Filmvorführer, bestand darauf, entweder in der Mordnacht oder in der Nacht zuvor gesehen zu haben, wie sich Peavey auf dem Weg hinter Taylors Haus mit einem Mann unterhielt. Zwei Tage nach dieser Aussage wurde berichtet, Arto habe gesagt, daß in der Mordnacht ein Mann, der nicht Davis war, mit Peavey vor dem Court gesprochen habe, in dem Taylor lebte. Davis, so soll Arto ausgesagt haben, saß zu diesem Zeitpunkt in seinem (vermutlich Mabel Normands) Wagen. Sowohl Davis wie Peavey streiten dies ab. Dieser Widerspruch in den Zeugenaussagen wird eine Zeitlang von den Zeitungen erwähnt und ist dann offenbar in Vergessenheit geraten.

Dies geschah in einer Phase relativer Normalität, was den Fall betrifft. Ein paar Tage lang konnte man die Zeitungsberichte lesen und vergessen, daß es sich um etwas anderes als einen normalen ungeklärten Mord handelte. Alices Wunderland schien hinter uns zu liegen.

Dann plötzlich durchbrach der Fall wiederum alle Grenzen des Fantastischen.

Es erschien ein Filmindustrieller auf der Szene, der eine Geschichte vorbrachte, die zu jener Zeit einen wundervollen Filmstoff abgegeben hätte.

Anscheinend hatte diese Person einige Jahre zuvor Taylor beschäftigt, und während dieser Zeit hatte Taylor ihr erzählt, er habe in England drei Jahre lang vollkommen unschuldig im Gefängnis gesessen. Er war angeblich verhaftet worden, während er Geld in der Hand hielt, das eine Frau in den Safe zurücklegen sollte. Da erschien überraschend der Ehemann dieser Frau und beschuldigte Taylor des Diebstahls; und Taylor, ganz galanter Gentleman, schwieg eisern, um den guten Ruf der Frau zu schützen – und sei es um drei Jahre Gefängnis.

Es gibt detailliertere Fassungen dieser Geschichte, einige gehen so weit und konstruieren ein Komplott um einen heimtückischen Spieler, einen hinterhältigen Ehemann, eine betrogene Gattin und den galanten Taylor. Im entscheidenden Moment tritt Taylor an die Rampe, stellt sich zwischen die Frau und die Schande, neigt schweigend sein Haupt und geht lieber für drei Jahre ins Gefängnis, daß ja kein Schatten auf die Tugend jener Frau fallen möge. Es war typisch für das Stummfilm-Drama jener Zeit.

Am 24. enthüllte ein Tom Green, stellvertretender Bundes-Staatsanwalt, Taylor habe ihn gebeten, eine gewisse Wohnung «sauber» zu machen. Offenbar versuchte Taylor, eine Frau vor Drogen zu schützen, die wöchentlich 2000 Dollar dafür ausgab.

Die Presse druckte diese Story allen Ernstes ab, ohne Erläuterung, warum diese Enthüllung nicht schon früher gemacht worden war.

Für 2000 Dollar bekommt man eine Menge Drogen.

Dann plötzlich setzte die abstruseste Entwicklung ein. Ein Rancher, der in der Nähe von Santa Ana lebte, etwa 40 Meilen von Los Angeles entfernt, erklärte, er habe zwei Tramper mitgenommen, rauhe Gesellen, die ihm anvertrauten, sie hätten in der kanadischen Armee gedient, wo sie unter der harten Disziplin eines Hauptmanns gelitten hätten, den sie «Bill» nannten.

Es wurde angedeutet, daß dieser «Bill» dafür verantwortlich war, daß einer der Männer «eingelocht» worden sei. Die beiden Tramper machten ihre Absicht deutlich, sich Hauptmann Bill «vorzunehmen», der in Los Angeles lebte, wohin sie augenscheinlich ihre Rache-Tour führte. Einer der Tramper ließ versehentlich eine Pistole fallen. Der Rancher aus Santa Ana erkannte einen achtunddreißiger Revolver.

Um die Bedeutung dieser Spur zu betonen, enthüllte jetzt die Polizei, sie habe einen Brief von einem ehemaligen Armee-Offizier aus London erhalten, der behauptete, kurze Zeit nach Unterzeichnung des Waffenstillstands mit Hauptmann Taylor in einem Londoner Hotel diniert zu haben. Als ein Fremder in kanadischer Armee-Uniform das Restaurant durchschritt, habe Taylor plötzlich gesagt: «Da geht ein Mann, der mich erwischen wird, und wenn es tausend Jahre dauert.» Taylor erläuterte sodann, er habe diesen Mann wegen Diebstahls von Armee-Eigentum angezeigt und vor das Kriegsgericht gebracht. Dieser Brief an die Polizei enthielt eine Beschreibung, die mit jener, die der Rancher aus Santa Ana von «Spike», einem der Tramper, gegeben hatte, exakt übereinstimmte.

Offensichtlich hatte die Polizei Anlaß zu der Vermutung, daß sich diese Tramper in Siedlungen nahe der mexikanischen Grenze aufhielten, und sie durchkämmte sofort Tijuana, südlich von San Diego, und Mexikali, das etwas südlich von Calexico im Imperial Valley liegt.

Zufälligerweise stießen sie in einer Bar in Mexikali auf einen Mann namens Walter Kirby, der zum Zeitpunkt der Festnahme angeblich eine Mütze trug, ähnlich jener, die die Gestalt trug, die Mrs. MacLean beim Verlassen von Taylors Bungalow beobachtet hatte. Außerdem soll dieser Kirby von dem Rancher, der die Tramper mitgenommen hatte, «positiv» als einer der beiden Männer identifiziert worden sein. Den Berichten nach wurde bei der Durchsuchung von Kirbys Zimmer zudem eine Armee-Reithose mit passenden Gamaschen gefunden sowie eine Anzahl von achtunddreißiger Patronen. Es wurde behauptet, er habe zugegeben, in einem kanadischen Regiment gedient zu haben, dem William Desmond Taylor als Hauptmann angehörte. Außerdem sollen Polizisten gesagt haben, sie hätten Kirby als Chauffeur erkannt, der in Los Angeles als «Slim» oder «Whitey» Kirby bekannt gewesen sei. Sodann wurde berichtet, daß er einen Tag lang für Taylor gearbeitet habe und ihm bekannt gewesen sei.

Ein ziemlich sicherer Fall, so würde man sagen.

24 Stunden später scheint Kirby auf Befragen der Polizei ein todsicheres Alibi beigebracht zu haben. Und dann kommt die interessanteste und amüsanteste Entwicklung überhaupt. Der Rancher aus Santa Ana, so behauptet die Zeitung ernsthaft, «konnte ihn nicht positiv als jenen Mann identifizieren, den er in seinem Wagen mitgenommen hatte... Er sagte auch, der Festgenommene sei viel jünger als der Mitgenommene, außerdem mehrere Zentimeter kleiner.»

Dieser Kirby, den man auf der Stelle aus der Haft entließ, sollte jedoch dem rätselhaften Fall ein weiteres geheimnisvolles Kapitel hinzufügen. Anfang Mai 1922 entdeckten zwei kleine Jungen, die in den sumpfigen Niederungen des New River, westlich von Calexico im Imperial Valley, Kaninchen jagten, die Leiche von Walter Kirby.

Diesmal fiel die Identifizierung positiv aus.

Zeitungsberichten zufolge hatte Kirby kurz vor seinem Tod einem Freund in Mexikali anvertraut, jemand sei hinter ihm her und würde ihn «bald kaltmachen». Unter dem Datum vom 2. Mai 1922 stellten die Zeitungen die Frage, ob Kirby an einer Überdosis Drogen gestorben, verdurstet und verhungert sei oder «durch Methoden, wie sie nur der Unterwelt an der Grenze bekannt sind, zu Tode kam».

Nebenbei sei bemerkt, daß Kirby angeblich drogenabhängig war. Schwer Drogenabhängige sind, wie jeder Leser von Kriminalromanen weiß, besonders geeignete Opfer mörderischer Anschläge. Die illegalen Drogen sind normalerweise stark verschnitten, es ist also lediglich notwendig, einem schwer Drogenabhängigen eine Dosis vom «reinen Stoff» zukommen zu lassen, und der Mann wird, in der Annahme, es handele sich um die übliche verschnittene Ware, auf bequemste Weise aus dem Verkehr gezogen.

Es gibt allerdings noch so viel über den Taylor-Fall zu berichten, daß wir uns nicht weiter vom Tod des Walter Kirby ablenken lassen wollen.

So unwahrscheinlich es dem Leser auch erscheinen mag, ist offenbar die Tatsache eindeutig belegt, daß bis zum 6. März 1922 mehr als 300 Menschen allein in den Vereinigten Staaten den Mord an William

Desmond Taylor gestanden haben, hinzu kommen ein Geständnis in Paris und eines in England. Diese Geständnisse waren zum größten Teil mit den erstaunlichsten Einzelheiten ausgeschmückt, vom durchaus Wahrscheinlichen bis zum Haarsträubenden. Eine Person, die beschwor, der Freund einer gewissen Filmschauspielerin zu sein, gab angeblich zu Protokoll, er sei in der Mordnacht an Taylors Bungalow vorbeigekommen und habe den Regisseur und diese Schauspielerin bei einem hitzigen Streit beobachtet. Er sei ins Haus geschlichen und habe gesehen, daß Taylor eine Pistole hatte, mit ihm um die Pistole gerungen und ihn im Verlauf dieser Auseinandersetzung erschossen.

Zusätzlich zu diesen Geständnissen gab es ernsthafte Aussagen von «Zeugen». Ein Häftling «gestand», er sei in Taylors Bungalow eingedrungen, um ihn auszurauben; durch das unerwartete Auftauchen von Taylor überrascht, habe er sich an der einzigen verfügbaren Stelle versteckt, nämlich hinter dem Piano. Und aus seinem Versteck heraus habe er einen Streit zwischen Taylor und einer Frau, die wie ein Mann gekleidet war, beobachtet; der Streit endete mit der Erschießung des Regisseurs.

Es ist tatsächlich ein Mordfall, in dem 30 Tage lang bis zu zehn Geständnisse täglich eingingen.

Aber das alles war noch gar nichts! Das war bisher nur die Ouvertüre. Der Taylor-Fall sollte nicht so schnell abgeschlossen sein.

Sieben Jahre später, im Dezember 1929, ließ Friend W. Richardson, der ehemalige Gouverneur des Staates Kalifornien, eine Bombe platzen, indem er bekanntgab, er wisse, wer William Desmond Taylor umgebracht habe, und er habe die Beweise, daß eine Filmschauspielerin das Verbrechen begangen habe und daß Asa Keyes, der Staatsanwalt von Los Angeles, den Fall abgeblockt habe. Asa Keyes, der Ex-Staatsanwalt, veröffentlichte prompt ein Dementi und verlangte – unter anderem – zu erfahren, warum der Gouverneur diese Information nicht früher enthüllt habe. Richardson erwiderte, er sei an die Grand Jury in Los Angeles herangetreten und habe die Auskunft erhalten, man könne nichts tun, weil «Keyes den Fall niemals zur Anklage bringen würde».

Und da diese Enthüllungen mitten in einem Wahlkampf kamen, kann man sich leicht vorstellen, welchen Wirbel sie in der Presse verursachten.

Als man ihn um Belege für seine Beschuldigungen anging, soll Ex-Gouverneur Richardson gesagt haben, er habe seine Informationen von einem inzwischen begnadigten Folsom-Häftling. Dessen Namen habe er «vergessen und würde ihn auch nicht verraten, wenn er sich erinnerte, da das für den Mann den Tod bedeuten würde».

Zeitungsreporter waren nicht so zurückhaltend. Sie entschieden unverzüglich, die Quelle für die Informationen des Gouverneurs sei ein gewisser Otis Hefner.

Am 13. Januar 1930 hat eines der in Los Angeles erscheinenden Blätter, das offensichtlich gegenüber der Politik des Ex-Gouverneurs Richardson ziemlich ablehnend eingestellt war, zu vermelden: «Mr. Hefner ist der einfallsreiche junge Mann, dessen aufgewärmte Erzählungen über das, was er über den Mord des Hollywood-Regisseurs wußte, einen großen Aufstand hervorriefen, als der ehemalige Gouverneur Friend W. Richardson sie vor einigen Wochen in den politischen Ring warf. Er hatte überwiegend im Jahr 1926 geplaudert und war mit einer Begnadigung belohnt worden. Nachdem er nun seinen Job verloren hat und ein Comeback sowie Unterstützung für seine kleine Familie sucht, stünde er recht bald sehr allein da. Doch wenn Mr. Fitts an den Tatsachen interessiert ist – hier ist, was Mr. Hefner dem Staatsanwalt von Los Angeles zu berichten vorhat: Bei dem meisten, wenn nicht allem, was er jemals zu dem Fall gesagt habe, handele es sich um Hörensagen; er habe niemals behauptet, jemand könne eine Frau identifizieren, von der er einmal gesagt habe, er habe sie beim Verlassen von Taylors Bungalow in der Mordnacht beobachtet. Er wisse nicht, wo Edward F. Sands, Taylors ehemaliger Diener und inzwischen Verdächtiger, sich zur Zeit aufhalte. Und bei der Story, die er Gouverneur Richardson erzählte und die in den letzten Tagen in Zeitungen in San Francisco erschienen ist, handele es sich um die alte Geschichte, die die Behörden in Los Angeles bereits als jeglicher Aufmerksamkeit unwert verworfen hätten.»

Nachdem auf diese Weise das Interesse am Mordfall wieder erwacht war, veranstalteten die Zeitungsreporter eine Suche nach Peavey und fanden ihn schließlich in Nord-Kalifornien. Was dann geschah, wird in den Zeitungen vom 8. Januar 1930 folgendermaßen berichtet: «Im Laufe des Tages machte Peavey zwei lange Aussagen. Wie üblich widersprachen sie sich.

In der ersten behauptete er schlicht und einfach, eine berühmte Filmschauspielerin habe den ebenso berühmten Regisseur ermordet – dieselbe Schauspielerin, die Hefner am Montag in seiner Story nannte. Er fügte hinzu, er würde nach Los Angeles zurückkehren und vor der Grand Jury erscheinen, und daß die Behörden ihn zu Stillschweigen verpflichtet und kurz nach dem Mord aufgefordert hätten, ‹aus der Stadt zu verschwinden›.

Doch in seiner zweiten Aussage war sich Peavey nicht so sicher. Später am Tage erklärte er, er habe die meisten Einzelheiten des Mordes vergessen. Er glaubte, er wisse, wer der Mörder sei, aber selbst hierbei sei er nicht völlig sicher. Und er habe keine Sehnsucht, hierher zurückzukehren, und noch weniger, vor der Grand Jury zu erscheinen.

In beiden Aussagen setzte er jedoch die Tatzeit auf 19.30 Uhr fest. Peavey, den man im Schwarzen-Viertel von Sacramento aufstöberte, erklärte, der Fall ginge ‹mir auf die Nerven›, und er könne sich kaum so weit zurück erinnern. Wenige Stunden zuvor war ihm jedoch offensichtlich alles gegenwärtig.»

Der Name der Filmschauspielerin, auf die sich Hefner und Peavey offenbar bezogen, fand in den Zeitungsspalten keinen ausdrücklichen Niederschlag, wurde aber, möglicherweise, als politischer Sprengsatz angesehen, wenn man die Berichterstattung der Zeit richtig deutet; er erwies sich jedoch sodann als zu wenig explosiv, um eine Neueröffnung des Falles zu erreichen.

Durch all die Jahre durchzieht der geheimnisvolle Mord an William Desmond Taylor wie ein roter Faden die Zeitungsspalten. Verschiedene Umstände haben «an den Taylor-Mordfall erinnert». Und von Zeit zu Zeit erschienen zufällige Nebenaspekte in den Blättern.

Während der Amtszeit von Asa Keyes als Staatsanwalt gab es ein Aufflackern aus Anlaß von zwei Tagebüchern, die offensichtlich aus einem Banksafe stammten und ihren Weg in die Hände des Staatsanwalts gefunden hatten. Es gab in der Presse eine Menge Kommentare zu diesen Tagebüchern, doch die junge Frau, die sie verfaßt hatte, engagierte einen geschickten Anwalt, der den Staatsanwalt darauf hinwies, sollte irgendein Detail ihres Inhalts bekannt werden, würde der Staatsanwalt dafür zur Verantwortung gezogen. Offensichtlich hatte diese Drohung ernüchternde Wirkung, und während die Zeitungen hier und dort Andeutungen machten, sind Zitate, Auszüge oder Nacherzählungen des Inhalts niemals gedruckt worden.

Diese Tagebücher, im Zusammenhang mit anderen Tatsachen, veranlaßten Keyes, im Lande herumzueilen und eine Untersuchung durchzuführen. Wieder einmal wurden Leute befragt – und dann verebbte das Ganze wieder.

Als das Jahr 1923 sich neigte und 1924 lautstark und mit den üblichen Festlichkeiten begrüßt wurde, befanden sich Mabel Normand und Edna Purviance auf einer Silvester-Party.

Auseinanderzusortieren, was sich auf jener Party ereignete, ist, als folge man den unfehlbaren Wegweisungen eines wohlmeinenden Freundes, um ein Haus in einer unbekannten Gegend zu finden.

Es genügt wohl zu erwähnen, daß Mabel Normands Chauffeur (nicht mehr derjenige wie zur Zeit des Taylor-Mordes) auf einen der Partybesucher geschossen hat. Eine Zeitlang erwartete man, daß das Opfer sterben würde. Dann erholte es sich jedoch, wenn auch die Presse berichtete, sein Gedächtnis sei «immer noch leidend». Die Eröffnung der Voruntersuchung war für den 9. März 1924 angesetzt. Am 17. März erwähnen die Blätter, Miss Normand sei am Vortage nach New York abgereist. Am 16. April verkündete das Büro des Staatsanwalts, es würde ohne die Anwesenheit von Mabel Normand die Anklage gegen Miss Normands Chauffeur wegen der Schüsse nicht vor Gericht bringen. Der Prozeß wurde bis zum 16. Juni ausgesetzt. Am 15. Juni berichteten die Zeitungen, daß die

Grand Jury eine Untersuchung darüber anstelle, wie es geschehen konnte, daß das Opfer der Schießerei den Zuständigkeitsbereich der Gerichte von Kalifornien verlassen konnte, unter Mitnahme von 5000 Dollar, die er als Kaution hinterlegt hatte, um sicherzustellen, daß er als Zeuge erscheinen würde.

Der Chauffeur wurde freigesprochen.

Alles in allem entspricht Hollywoods Beitrag zu den ungelösten Mordfällen jener Zeit, in der sich der Stummfilm auf dem Zenit seiner Popularität befand, dem, was man erwarten konnte – einem «superkolossalen» Mord-Geheimnis.

Zu diesem späten Zeitpunkt ist es unmöglich, aufgrund der in der Presse veröffentlichten Tatsachen den Mordfall des William Desmond Taylor zu «lösen». Es ist allerdings interessant, über einige Spuren zu spekulieren, die die polizeiliche Untersuchung vor Jahren hätte verfolgen können. Zunächst, so erscheint mir, hat die Polizei-Theorie von einem «Überfall» einige riesige Löcher.

Angenommen, ein Mann sei durch die Tür geschlüpft und habe Taylor aufgefordert, die Hände zu heben. Der Filmregisseur gehorchte – warum dann die Schüsse? Wenn ein Mann einen Raub begeht und das Opfer hebt die Hände, wäre der nächste Schritt des Räubers, die Taschen zu durchsuchen und die persönlichen Wertgegenstände an sich zu nehmen. Die Anwendung von Schußwaffen ist lediglich letztes Mittel, wenn sich das Opfer weigert, die Hände zu heben. Zudem scheint Raub nicht das Motiv gewesen zu sein, denn man fand ja Geld und Schmuck bei der Leiche des Regisseurs.

Es scheint mir, als habe die Polizei eine sehr viel logischere Theorie als diese Überfall-Hypothese übersehen oder mutwillig vernachlässigt.

Auf dem Schreibtisch lagen ein Scheckbuch, ein Füller sowie die Einkommensteuer-Erklärung. Wenn eine Person schreibt und sie ist Rechtshänder, dann ruht der linke Ellbogen auf der Platte, und der Körper ist leicht gewendet. Das hätte den Effekt, daß das Jackett um etwa genau die Strecke hochrutscht, damit die Schußlöcher in Taylors Jacke und Weste übereinstimmten.

Nehmen wir also an, daß Taylor zum Zeitpunkt des Schusses gerade schrieb.

Was schrieb er?

Offensichtlich war es kein Scheck. Er hatte möglicherweise angeboten, einen Scheck auszustellen, aber die Person, die ihn erschoß, wollte keinen Scheck. Sie wollte etwas anderes Geschriebenes.

Wenn sich William Desmond Taylor geweigert hätte, einen Scheck auszustellen, hätte das Scheckbuch mit dem Füller nicht auf dem Tisch gelegen. Hätte er einen Scheck ausgestellt, dann hätte es im Interesse der Person, die den Scheck entgegennahm, gelegen, daß Taylor mindestens bis zur Einlösung des Schecks lebte. Ein Konto wird von der Bank sofort gesperrt, sobald sie vom Tod des Besitzers erfährt.

Ich vermute deshalb, daß die Person von Taylor eine handgeschriebene Aussage verlangte und höchstwahrscheinlich auch erhielt. Sobald diese Aussage ordentlich niedergeschrieben und unterzeichnet war, hatte die Person keine weitere Verwendung für Taylor und drückte, vielleicht aus Haßgefühl oder in der Absicht, seine Lippen zu versiegeln, den Abzug einer Pistole, die gegen die Körperseite des Regisseurs gedrückt war.

Es wäre interessant zu spekulieren, ob sich zum Zeitpunkt des Schusses im oberen Stockwerk des Hauses eine Frau verborgen hielt. Das Vorhandensein des rosafarbenen Nachthemds deutet darauf hin, daß sich zuvor Frauen, oder zumindest eine Frau, dort aufgehalten hatten.

Man bedenke die Art, wie die Leiche «ausgestreckt» dalag.

Angenommen, die Person im Schlafzimmer im oberen Stock hat die Stimmen unten gehört, darauf den Knall eines Schusses, dann das Geräusch eines fallenden Körpers, dann das Öffnen und Schließen einer Tür... Vielleicht – nach zehn oder fünfzehn Minuten angstvollen Wartens – ist die Person die Treppe hinabgeschlichen und hat den Leichnam des Regisseurs auf dem Fußboden liegend gefunden. Es ist durchaus möglich, daß diese Frau, ehe sie in der Heimlichkeit der Nacht verschwand, sich über den leblosen Körper beugte, ein paar

Tränen vergoß und die Kleidung so ordentlich wie möglich arrangierte.

Die interessanteste Spur stammt von Mabel Normand in ihren Aussagen über das Telefongespräch. Ganz offensichtlich wollte sie die Polizei davon überzeugen, daß dieses Telefongespräch vermutlich eine gewisse Bedeutung für den Tod des Regisseurs hatte. Es ist fast sicher, daß es sich nicht um eine Plauderei handelte und daß Taylor bei ihrer anschließenden Unterhaltung darauf zu sprechen kam. Wie sonst konnte Mabel Normand wissen, daß die Person Taylor angerufen hatte und nicht anders herum? Woher sonst wußte sie, daß die Person am andern Ende der Leitung sehr an dem interessiert war, was Taylor sagte? Und warum wich ihre spätere Erinnerung an das Telefonat so weit von dem ab, was sie ursprünglich der Presse erzählte?

Ist es möglich, daß die Polizei die Bedeutung von Miss Normands Aussage nicht richtig einschätzte, oder war Miss Normand, nachdem sie die Sache überdacht hatte, zu dem Schluß gekommen, sie sei zu weit gegangen und es wäre besser, alles zu vergessen, was sie schon über das Telefonat geäußert hatte?

Man muß bedenken, daß die Polizei zu der Zeit unter ziemlichem Druck stand. Sie war zudem verwirrt durch die Geständnisse, die 30 Tage lang mit einer täglichen Quote von zehn bei ihr einliefen. Das ist mehr als eines pro Stunde eines Arbeitstages.

Eines ist sicher, kein eingefleischter Krimi-Fan hätte Miss Normands bedeutsame Aussage über das Telefongespräch unbeachtet gelassen. Und ich glaube, die meisten intelligenten Krimi-Leser wären von der Tatsache, daß der Schußkanal eine erhobene linke Schulter zum Zeitpunkt des Todes voraussetzte, zu einer anderen Interpretation als der Überfall-Hypothese gelangt.

Nachdem so viel Zeit vergangen ist, wird es immer unwahrscheinlicher, daß der Fall jemals von der Polizei gelöst wird. Doch eröffnet sich ein interessantes Feld für Spekulation aus der Tatsache, daß die Polizei Fingerabdrücke von Edward Sands besitzt. Es wird heutzutage immer üblicher, daß von Menschen aller Schichten die Fingerabdrücke genommen und an das FBI geschickt werden. Man stelle sich das Aufsehen vor, wenn eines Tages das FBI bei einer Routineuntersuchung von Fingerabdrücken auf jene des verschollenen Sekretärs des ermordeten Filmregisseurs stößt. Dies ist eine recht naheliegende Möglichkeit, eine, die den Fall noch einmal ins Scheinwerferlicht bringen könnte. Und deshalb kann man den Mordfall an William Desmond Taylor nicht zu den Akten legen – noch nicht.

Originaltitel:
The Case of the Movie Murder aus *LA Murders* 1947
Aus dem Englischen von Hans-Michael Bock

Linda Barnes

«Carlotta Carlyle ist eine großartige Bereicherung der schnell wachsenden Gruppe intelligenter, witziger, verführerischer, tougher, aber dennoch verwundbarer Privatdetektivinnen ...»
The Times

Carlotta steigt ein
(thriller 2917)
Carlotta Carlyle, Privatdetektivin, Ex–Cop und Hin–und–wieder–Taxifahrerin, bekommt von der alten Dame Margaret Devens den Auftrag deren spurlos verschwundenen Bruder zu suchen...
«Linda Barnes' Stil gefällt mir ungemein gut: klar, straff und aufregend.»
Tony Hillermann

Carlotta fängt Schlangen
(thriller 2959)
Zwei Fälle halten Carlotta in Atem: in Fall 1 sucht sie im Auftrag ihres kürzlich suspendierten Freundes Mooney eine Entlastungszeugin. Hauptmerkmale: Wasserstoff–Blondine, attraktive Nutte, Schlangen–Tätowierung. Fall 2 beschert ihr eine halbwüchsige Ausreißerin, Tochter aus gutem Hause und Schülerin der ebenso teuren wie angesehenen Emmerson–Privatschule. In beiden Fällen führen die Spuren in Bostons üblen Rotlichtbezirk.

Früchte der Gier *Ein Michael Spraggue-Roman*
(thriller 3029)
Michael Spraggue, Schauspieler und Detektiv (auch wenn seine Lizenz schon abgelaufen ist) bekommt es in seinem ersten Fall mit gleich drei Kofferraum–Leichen zu tun.

rororo thriller

Marathon des Todes
(thriller 3040)
Jemand will die Wahl von Senator Donagher verhindern und Spraggue einen Mord...

Blut will Blut
(thriller 3064)
Wer goß Blut in den Bloody Mary, wer enthauptete Puppen und Fledermäuse? Und wer legte den toten Raben ins Büro des Theaterdirektor? Michael Spraggue wird wieder einmal gefordert.

Im Wunderlich Verlag ist erschienen:

Carlotta jagt den Coyoten
Roman
288 Seiten. Gebunden

Carlotta spielt den Blues
Roman
288 Seiten. Gebunden

rororo thriller wird herausgegeben von Bernd Jost. Ein Gesamtverzeichnis der Reihe finden Sie in der *Rowohlt Revue*. Jedes Vierteljahr neu. Kostenlos in Ihrer Buchhandlung.

Serientäter

Robert Brack
Die siebte Hölle
(thriller 2941)
Oldtimer bringen's besser als Bücher, meint der bankrotte Buchhändler Jercy Pacula, und überführt zwei Limousinen nach Lissabon...
Schwere Kaliber
(thriller 2967)
Psychofieber
(thriller 3058)

Frank Göhre
Schnelles Geld
(thriller 3048)
Der erste, seit Jahren vergriffene Kriminalroman von Frank Göhre, der mit mehreren Literaturpreisen ausgezeichnet wurde und als Kinofilm Beachtung fand. Neu bearbeitet und wesentlich erweitert.
Der Tod des Samurai
(thriller 2832)
Ein Thriller über organisiertes Verbrechen in Hamburg.
Der Tanz des Skorpions
(thriller 3025)
Letzte Station vor Einbruch der Dunkelheit
(thriller 2795)
Der Schrei des Schmetterlings
(thriller 2759)

Daniel Pennac
Wenn nette alte Damen schießen...
In Belleville, dem Kreuzberg von Paris, schneidet ein erbarmungsloser Killer armseligen Rentnern die Kehlen durch. Angst macht sich breit, gefolgt von einer kräftigen Paranoia. Ausgezeichnet mit dem «Prix Mystère de la critique».
(thriller 2921)
Königin Zabos Sündenbock
(thriller 3003)

rororo thriller

30 Jahre thriller Jubiläums-Lesebuch
(thriller 3030)
Dieser Jubiläumsband präsentiert einen opulenten Querschnitt durch die Geschichte der rororo thriller- Reihe und bietet literarischen Nervenkitzel pur. Die Palette internationaler Autoren gleicht einem Who is Who der Kriminalliteratur.

Pacio Ignacio Taibo II
Der melancholische Detektiv *Drei Fälle für Héctor Belascoarán Shayne*
(thriller 3039)
Der Boxer Angel, Freund von Detektiv Héctor Belascoarán, wird beim Training im Ring von einem Unbekannten erschossen. Mögliches Motiv: eine alte Rivalität um eine Frau... Taibo liefert nicht nur ungewöhnliche Stories, sondern ein dichtes Bild von Mexiko, seiner Atmosphäre, seinen Problemen und seiner Faszination.
Das bizarre Leben
(thriller 2940)
Comeback für einen Toten
(thriller 3019)